COLLECTION FOLIO

William Faulkner

Requiem pour une nonne

Traduit de l'anglais
par M.-E. Coindreau

Avant-propos
d'Albert Camus

Gallimard

Titre original :

REQUIEM FOR A NUN

William Faulkner est né en 1897 dans l'État du Mississippi. Il appartient à une vieille famille aristocratique ruinée par la guerre de Sécession.

Après avoir essayé d'exercer différents métiers, après avoir vécu à New York et à Paris, il revient habiter dans son pays natal et s'installe à Oxford, Mississippi. Il partage alors son temps entre la littérature et la gestion de ses terres.

William Faulkner a reçu le prix Nobel en 1950. Il est mort en juillet 1962.

Il est probablement l'écrivain américain qui a eu le plus d'influence sur la littérature contemporaine, et en France, en particulier, il a été découvert et commenté par André Malraux, Jean-Paul Sartre, Claude Edmonde-Magny et bien d'autres écrivains.

AVANT-PROPOS

Cet avant-propos n'a pas pour but de présenter Faulkner au public français. Malraux s'en est chargé avec éclat, il y a une vingtaine d'années, et Faulkner, grâce à lui, a pu connaître chez nous une gloire que son pays ne lui avait pas encore accordée. Ce n'est pas non plus la traduction de M. E. Coindreau qu'il s'agit de vanter. Les lecteurs français savent que la littérature américaine d'aujourd'hui n'a pas de meilleur ni de plus efficace ambassadeur parmi nous. Qu'on imagine Faulkner trahi comme l'a été Dostoïevsky par ses premiers adaptateurs et l'on mesurera mieux le rôle joué par M. E. Coindreau. Un écrivain sait ce qu'il doit à ses traducteurs, quand ils sont de cette qualité. Mais je veux seulement, puisque j'ai porté Requiem pour une nonne *à la scène, donner quelques indications à ceux qu'intéressent les problèmes posés par l'adaptation théâtrale. La publication des deux textes permet aujourd'hui une comparaison que je voudrais faciliter.*

On remarquera d'abord que le roman original, bien qu'il soit divisé en actes, comporte, en même temps que des scènes dialoguées, des chapitres à la fois historiques et lyriques sur la naissance des édifices où se déroule l'action proprement dite. Ces édifices sont le Tribunal, le Capitole, siège du gouverneur de l'Etat, et la Prison. Chacun d'eux figure en même temps le portique d'un acte et le lieu où les scènes se passent. Les dialogues du premier acte se situent dans le living-room des jeunes Stevens, mais ils se font à la sortie du tribunal et ils concernent la sentence de mort qu'on vient d'y rendre. La grande scène de la confession de Temple Stevens, qui constitue l'essentiel du deuxième acte, se déroule dans le cabinet du gouverneur, au Capitole de Jackson. Enfin la rencontre de Temple et de la négresse condamnée, au troisième acte, a lieu dans la prison. L'intention de Faulkner est évidente. Il a voulu que le drame des Stevens se noue et se dénoue dans les temples élevés par l'homme à une justice douloureuse dont Faulkner ne croit pas qu'elle soit d'origine humaine. A cet égard, le tribunal peut être vu comme un temple, le cabinet du gouverneur comme un confessionnal et la prison comme un couvent où la négresse vouée à la mort rachète son crime et celui de Temple Stevens. Pour faire vivre ces édifices sacrés, Faulkner a eu recours à des évocations poétiques qui enracinent dans une épaisseur humaine et historique les événements qu'ils abritent.

Il va de soi que ces chapitres ne pouvaient être utilisés au théâtre, sinon dans quelques détails. Je les ai donc délaissés, conscient de ce que je perdais, mais résigné à confier au décorateur et à la mise en scène le soin de faire sentir, avec discrétion, le caractère religieux des lieux où se déroulait la pièce. Seules les scènes dialoguées pouvaient alors fournir la matière d'une action dramatique. Le lecteur de ce livre apercevra rapidement qu'elles ne pouvaient être reprises telles quelles ; à bien des égards, elles restent des scènes de roman. On sent ici, à l'occasion d'un exemple privilégié, combien peuvent être différentes la durée dramatique et la durée romanesque. Le raccourci, la condensation, l'alternance du raidissement et de l'explosion sont les lois de la première, le libre développement et une certaine rêverie sont inséparables de la seconde. Il a donc fallu redistribuer ces dialogues à l'intérieur d'une continuité proprement dramatique qui fasse avancer l'action sans jamais cesser de la suspendre, qui souligne l'évolution de chaque personnage et la mène à son terme, qui clarifie les mobiles sans les jeter dans une lumière trop crue et qui, enfin, rassemble dans l'élévation finale tous les thèmes amorcés ou orchestrés pendant l'action. Pratiquement, cela revenait à étoffer le prologue du tribunal, à découper autrement les scènes du premier acte, à développer le personnage de Gowan Stevens à qui j'ai donné une scène entière chez le gouverneur et que j'ai fait reparaître dans la dernière scène, et à conduire jusqu'à la fin l'histoire des lettres de chantage. De plus, pour des raisons d'efficacité dramatique, il fallait refaire la scène du gardien de prison.

Cette nouvelle charpente établie, le problème le plus difficile, celui du langage, restait à résoudre. Le style de Faulkner, malgré les apparences, est loin de se refuser à la transcription dramatique. J'étais même sûr, après avoir lu ce Requiem, *que Faulkner avait résolu à sa manière, et sans même y penser, un problème très difficile : celui du langage dans la tragédie moderne. Comment faire parler à des personnages en veston une langue qui soit assez quotidienne pour être parlée dans nos appartements et assez insolite pour rester à la hauteur d'un destin tragique? Or, le style de Faulkner, avec son souffle saccadé, ses phrases interrompues, reprises et prolongées en répétitions, ses incidences, ses parenthèses et ses cascades de subordonnées, nous fournit un équivalent moderne, et nullement artificiel, de la tirade tragique. C'est un style qui halète, du halètement même de la souffrance. Une spirale, interminablement dévidée, de mots et de phrases conduit celui qui parle aux abîmes des souffrances ensevelies dans le passé, Temple Stevens aux délicieux enfers du bordel de Memphis qu'elle voulait oublier, et Nancy Mannigoe à la douleur aveugle, étonnée, ignorante, qui la rendra meurtrière et sainte en même temps.*

Il fallait à tout prix conserver ces effets de style. Mais si ce langage haletant, agglutiné, insistant peut apporter quelque chose de neuf au théâtre, il ne peut le faire que par un emploi limité. Sans ce langage, la pièce, certainement, serait moins tragique. Mais à lui seul, il détruirait toute pièce par un effet de monotonie qui lasserait le spectateur le mieux disposé et risquerait aussi de renvoyer la tragédie au mélodrame qu'elle côtoie toujours. Je devais donc à la fois utiliser ce style et le neutraliser à bon escient. Je ne suis pas sûr d'y avoir réussi. Voilà en tout cas le parti que j'ai pris : pendant toutes les scènes où les personnages refusent de se livrer, où l'action est suspendue à une sorte de mystère évident, pendant toutes les transitions, aussi, qui servent à amener un développement, à exposer de nouveaux faits, ou à changer le rythme de la scène, bref, dans tout ce qui n'est pas souffert directement par le personnage et donc par l'acteur, mais simplement éprouvé et joué extérieurement, j'ai choisi de simplifier le langage de Faulkner et de le rendre aussi direct que j'ai pu, en ajoutant seulement, pour les besoins de l'unité et de la composition, quelques rappels, quelques touches de style « haletant ». En revanche, pour tout ce qui concernait la souffrance nue, irrépressible, et particulièrement dans les aveux de Temple et les révoltes de son mari, j'ai pastiché, en français, le style de Faulkner.

Encore un mot et qui intéressera sans doute ceux qui, après avoir écouté le dernier tableau où Nancy dit sa foi, m'ont demandé si je m'étais converti (on remarquera que si je traduisais et mettais en scène une tragédie grecque, personne ne me demanderait si je crois en Zeus). J'ai en effet considéra-*

* Paradoxe de notre société intellectuelle, quand elle se prétend avancée : elle excommunie ceux qui deviennent chrétiens. En attendant, elle surveille et dénonce jalousement ceux qui ne rejettent pas avec assez d'éclat cette vilaine hérésie. D'où la tentation, pour certains esprits diaboliques, de se mettre hors la loi d'une société aussi bête, et de se faire cardinal, au moins

blement modifié la dernière scène. On verra dans ce livre qu'elle est constituée surtout par de grands discours de Nancy Mannigoe et de Gavin Stevens sur la foi et le Christ. Faulkner expose là son étrange religion, qu'il a encore développée dans A Fable, *et qui est moins étrange par son contenu que par les symboles qu'il en propose. Nancy décide d'aimer sa souffrance et sa propre mort, comme beaucoup de grandes âmes avant elle, mais, selon Faulkner, elle devient ainsi la sainte, la nonne singulière qui investit soudain de la dignité du cloître les bordels et les prisons où elle a vécu. Ce paradoxe essentiel, il fallait le conserver. Le reste, c'est-à-dire les longs discours d'édification, sont des libertés accordées au romancier, s'il y tient vraiment, mais interdites au dramaturge. J'ai donc coupé et resserré ces discours et me suis au contraire servi de Temple pour contester le paradoxe illustré par Nancy et le faire mieux ressortir. Je dois ainsi m'accuser d'avoir abrégé le message de Faulkner. Mais je n'ai obéi en cela qu'à des nécessités dramatiques et je crois avoir respecté l'essentiel de ce message.*

ALBERT CAMUS.

Requiem pour une nonne

ACTE PREMIER

LE TRIBUNAL

(Un nom pour la Ville)

Le tribunal est moins vieux que la ville qui, au début, vers la fin du siècle, n'était qu'un simple comptoir d'échanges de la Chickasaw Agency, et qui mit trente ans à s'apercevoir, non qu'il lui manquât un endroit où déposer ses archives, ni certainement qu'elle en eût besoin d'un, mais que c'était seulement en en créant un, ou pour le moins en décrétant qu'il en fallait un, qu'on pourrait faire face à une situation qui, autrement, coûterait de l'argent à quelqu'un.

Le petit groupe de settlers avait ses papiers ; même le simple fait que des Indiens avaient été dépossédés donna naissance, avec le temps, à un embryon d'archives — sans parler de la paperasserie inhérente à la confédération de l'homme contre son environnement — qu'on se rappelle l'époque et l'état de sauvagerie du pays — constituées dans le cas présent, par une maigre poignée de documents déteints, écornés, sans corrélation, et d'une rédaction parfois à peine compréhensible : actes de cessions de terre, brevets, transferts, ventes, feuilles d'impôts et de milice, reçus de ventes d'esclaves, comptes bancaires de fausses monnaies et de taux d'échange illégaux, privilèges et hypothèques, listes de récompenses pour la capture de nègres et autre bétail échappés ou volés, mentions, au jour le jour, de naissances et de mariages, de morts, de pendaisons publiques, de ventes de terrains aux enchères, tout cela accumulé lentement pendant ces trois décades dans une sorte de coffre de pirate en fer logé dans l'arrière-boutique du bâtiment qui servait à la fois de bureau de poste et de comptoir jusqu'au jour où, trente ans plus tard, des prisonniers s'étant évadés de la prison — évasion à laquelle fut mêlé un vieux cadenas d'une taille monstrueuse transporté à cheval de la Caroline sur une distance de mille milles — le coffre fut placé dans une petite pièce, sorte d'appentis comme ceux où l'on serre le bois ou les outils, accolé deux jours auparavant à l'un des murs extérieurs de la prison faite de rondins aux interstices bouchés de glaise et que l'évasion avait fortement ébranlée; et c'est ainsi qu'était né, sans que rien l'eût pu faire prévoir, le tribunal de Yoknapatawpha County; tribunal non seulement moins vieux que la prison, mais venu au monde par pur hasard et accident. Le coffre aux documents n'avait pas été changé de place; on l'avait simplement porté quelque part. Ce n'était pas pour des raisons inhérentes au coffre ou à l'arrière-boutique qu'on l'avait sorti d'où il se trouvait, bien au contraire : car non seulement il ne gênait personne dans l'arrière-boutique, mais on le regretta quand il en fut parti. Pendant bien des nuits d'hiver, en effet, il y avait servi de siège, près du poêle, parmi les barrils de poudre et de whisky, les tonnelets de sel et de lard; et il fut transféré pour la simple raison que le settlement (en l'espace d'une nuit cette petite colonie de settlers allait devenir une ville sans avoir jamais été un village, et un jour, cent ans plus tard environ, elle se réveillerait frénétiquement de sa léthargie communale, démangée par une éruption de Rotary et de Lion Clubs, de Chambres de Commerce et de sociétés d'urbanisme : roulement furieux de tambours vides et n'ayant d'autre but que de faire plus de bruit que la petite agglomération humaine la plus proche, aussi bien au nord qu'au sud, à l'est qu'à l'ouest, se donnant elle-même le nom de « cité » comme Napoléon s'était donné lui-même celui d'empereur, et défendant le procédé en étoffant un peu ses feuilles de recensement — fièvre, délire qui lui feraient toujours confondre le grouillement avec le mouvement et le mouvement avec le progrès. Mais c'était la vie de frontière ; hommes et femmes étaient des pionniers, durs, simples, résistants, en quête d'argent ou d'aventure ou de liberté ou de simple évasion, sans se préoccuper outre mesure des moyens employés) s'était trouvé face à face non pas tant avec un problème à résoudre qu'avec un dilemme, véritable épée de Damoclès, dont il convenait de se protéger.

Même l'évasion des prisonniers fut une chose fortuite : un groupe de bandits — trois ou quatre — de Natchez Trace (vingt-cinq ans plus tard la légende commencerait à affirmer, et cela durerait bien une centaine d'années, que deux des bandits étaient les Harpe eux-mêmes, Big Harpe tout au moins, car les circonstances, la méthode d'évasion avaient laissé un sillage, quelque chose comme un fumet, une odeur, une sorte de bonne farce pantagruélique et bizarre, tout ensemble comique et terrifiante, comme si la petite colonie était tombée par erreur sous l'œil ou dans le voisinage de quelque géant oisif et fantaisiste. Or, cela — le fait que ce fussent les Harpe — était impossible, car les Harpe, et même le dernier vaurien de la famille Mason, étaient morts ou dispersés à cette époque, et il aurait fallu que les détrousseurs appartinssent à l'organisation de John Murrel — en admettant qu'ils dussent appartenir à autre chose qu'à la simple confrérie de la rapine) capturés par hasard par une troupe improvisée de civils plus ou moins miliciens et conduits à la prison de Jefferson parce que c'était la plus proche, le groupe de miliciens n'étant qu'une fraction d'un vaste ralliement à Jefferson, deux jours plus tôt, à l'occasion d'un pique-nique de Quatre Juillet, pique-nique qui, à la fin du second jour, s'était réduit, par une élimination sévère, aux proportions d'une bruyante soulographie où même les plus costauds des survivants étaient devenus assez vulnérables pour être chassés du settlement par la population civile. Les membres de la troupe qui allait plus tard effectuer la capture avaient été transportés ivres-morts dans une charrette jusqu'à un marais, à quatre milles de Jefferson, connu sous le nom de Hurricane Bottoms. Là, ils avaient campé pour reprendre des forces, ou tout au moins l'usage de leurs jambes, et c'est au cours de cette même nuit que les quatre — ou trois — bandits, en route vers leur repaire après leur dernier exploit sur la Piste Natchez, étaient venus buter dans le feu de bivouac. Ici, les avis étaient partagés : les uns disaient que le sergent de la milice avait reconnu dans un des bandits un déserteur de son régiment ; d'autres disaient qu'un des bandits avait reconnu dans le sergent un ancien collègue. Toujours est-il que, le quatrième matin, conquérants et captifs étaient revenus tous ensemble à Jefferson mus par un désir commun de se remettre à boire, disaient les uns, alors que d'autres affirmaient que les conquérants avaient ramené leurs captifs au village pour se venger d'en avoir été expulsés. Car c'était l'époque où la vie de frontière battait son plein, l'époque des pionniers, le temps où la liberté individuelle et la liberté collective étaient presque une condition physique, comme le feu ou l'inondation, et jamais un settlement ne se serait mêlé de faire la morale tant que l'immoraliste exerçait ses talents ailleurs. Or, Jefferson ne se trouvant ni sur la Piste Natchez ni sur le Fleuve, mais à peu près entre les deux, ne voulait rien avoir à faire, naturellement, avec les bandits de ces deux régions-là.

Mais ils s'y trouvaient mêlés maintenant, ayant été surpris à l'improviste, sans l'avertissement qui leur eût permis de se préparer et de se protéger. On mit les bandits dans la prison de rondins aux interstices bouchés de glaise, prison qui, jusqu'alors, n'avait jamais eu de verrou, tous ses clients n'ayant été que des amateurs sans danger : mauvaises têtes, ivrognes, esclaves en fuite, pour qui une simple barre de bois bien lourde, assujettie dans deux crampons à l'extérieur de la porte (comme pour une grange) avait suffi. Mais maintenant il s'agissait de quatre — ou trois — individus qui étaient peut-être les Dillingers ou les Jesse Jameses de leur temps et dont la tête était à prix. On mit donc un verrou à la prison. On fit un trou dans la porte avec un vilebrequin. On en fit un autre dans le chambranle, on passa une grosse chaîne dans les deux trous et on dépêcha un messager à la poste pour y chercher le vieux cadenas de la Caroline qui était arrivé avec le dernier sac du courrier de Nashville — monstre de fer qui pesait près de quinze livres, avec une clef presque aussi longue qu'une baïonnette et qui était non seulement le seul cadenas de la région, mais le plus vieux cadenas de ce coin des Etats-Unis. Il y avait été apporté par un des trois hommes qui allaient être les pionniers et squatters contemporains du comté de Yoknapatwpha et dont les trois noms devaient y demeurer les plus anciens : Alexander Holston, qui vint avec le docteur Samuel Habersham en qualité de groom et de garde du corps, mais également comme infirmier et précepteur du fils sans mère du docteur — un enfant de huit ans. Tous les trois étaient arrivés de Cumberland Gap, à cheval, à travers le Tennessee en compagnie de Louis Grenier, le cadet huguenot qui avait introduit les premiers esclaves dans le pays et reçu le premier titre de grande propriété, ce qui lui avait permis de devenir le premier planteur de coton. Cependant le docteur Habersham avec sa trousse noire tout usée, pleine de pilules et de scalpels, son garde du corps, gars costaud et taciturne, et son demi-orphelin de fils, constitua tout le settlement à lui seul (pendant quelque temps, avant qu'on lui eût donné un nom, on disait le settlement du docteur Habersham, puis le settlement d'Habersham, enfin Habersham tout court. Cent ans plus tard, au cours d'une querelle entre deux clubs de femmes sur la question de décider comment appeler les rues afin de jouir de la gratuité du service postal, on fit campagne d'abord pour reprendre le nom d'Habersham ; puis, la campagne ayant échoué, on proposa de partager la ville en deux, et d'en appeler une moitié Habersham en souvenir du vieux pionnier, du vieux docteur qui l'avait fondée) — ami du vieil Issetibbeha, le chef Chickasaw (le fils Habersham, l'enfant sans mère qui, maintenant, avait vingt-cinq ans, avait épousé une des arrière-petites-filles d'Issetibbeha et, dans les années 1830 à 1840, avait émigré en Oklahoma avec les parents de sa femme dépossédés de tous leurs biens), premier agent Chickasaw, officieux d'abord, puis officiel jusqu'au jour où il démissionna par une lettre de furieuse dénonciation adressée au Président des Etats-Unis lui-même ; et, quand l'enfant dont il avait la garde et qu'il enseignait eut atteint l'âge d'homme, Alexander Hoston devint le premier républicain du settlement en y ouvrant un cabaret connu encore maintenant sous le nom de Holston House. Les murs en étaient en rondins, les planchers étayés et les joints emmortaisés à la main. Tout cela est encore enfoui quelque part sous la pâte de verre, les briques vernies et les tubes de néon. C'est à lui qu'appartenait le cadenas.

Quinze livres de fer inutile traînées sur une distance de mille milles à travers une savane faite de précipices et de marais, de terres inondées et calcinées, infestée de bêtes sauvages, de sauvages Indiens et de blancs plus sauvages encore ; quinze livres qu'il eût mieux valu transformer en vivres ou en semences pour faire pousser des vivres, ou même en poudre pour se défendre ; quinze livres transportées uniquement pour en faire une sorte de point de repère, un objet dans le bar d'une taverne en pleine brousse ; cadenas qui ne fermait rien, qui ne protégeait rien, car, derrière les lourds barreaux et les contrevents, il ne se trouvait rien qui eût besoin d'être cadenassé et protégé ; qui n'aurait même pas pu servir de presse-papiers, car les seuls papiers qu'on trouvât dans Holston House étaient, dans une corne à poudre sur le dessus de la cheminée, les papillotes avec lesquelles on allumait les pipes. Il était toujours un peu dans le chemin ; il fallait sans cesse le déplacer : l'enlever du bar pour le remettre sur l'étagère, sur la cheminée, puis le remettre sur le bar jusqu'au jour où on eut l'idée de le placer sur le sac qui, deux fois par mois, apportait le courrier ; familier, connu de tous, le plus vieil objet resté intact dans le settlement, plus vieux que tous les habitants, car Issetibbeha et le docteur Habersham étaient morts, et Alexander Holston était un vieillard immobilisé par l'arthrite, et Louis Grenier avait fondé une colonie à lui sur sa vaste plantation dont la moitié, du reste, n'était même pas dans le comté de Yoknapatawpha, et on le voyait bien rarement ; plus vieux que la ville, maintenant qu'on y trouvait des noms nouveaux même si le vieux sang y coulait encore — Sartoris et Stevens, Compson et McCaslin, Sutpen et Coldfield — maintenant qu'on ne pouvait plus tuer un ours ou un cerf ou un dindon sauvage en restant simplement debout quelques minutes sur le pas de la porte de sa cuisine, pour ne rien dire du sac postal — lettres et même journaux — qui arrivait à cheval de Nashville tous les quinze jours par un courrier spécial dont c'était le seul métier, et qui était payé par le Gouvernement fédéral. Et telle fut la seconde phase de la transsubstantiation du monstrueux cadenas de la Caroline dans le tribunal de Yoknapatawpha County.

Le sac postal n'arrivait pas toujours au settlement deux fois par mois ; il n'arrivait même pas toujours tous les mois. Mais, tôt ou tard, il arrivait, et tout le monde en était sûr, parce que ce sac — une sacoche en peau de vache, à peine assez grande pour qu'on y pût mettre un vêtement de rechange, qui contenait trois ou quatre lettres et un ou deux journaux d'une ou deux feuilles mal imprimées vieux déjà de trois ou quatre mois et dont la moitié et parfois la totalité des nouvelles étaient fausses ou incorrectes — représentait les Etats-Unis, le pouvoir et la volonté d'être libre, parce qu'il n'avait à rendre de comptes à personne, parce qu'il apportait dans ces régions encore sauvages que sillonnaient à peine quelques sentiers, le filet de voix péremptoire d'une nation qui avait arraché de force sa liberté à un des peuples les plus puissants de la terre, et qui, au cours de la même vie, avait su défendre cette liberté avec succès ; si péremptoire et si perceptible que l'homme qui apportait le sac au grand galop de son cheval n'était armé que d'une trompe en fer blanc. Mois après mois, audacieusement, ouvertement, presque dédaigneusement, il traversait une région où, pour lui prendre simplement les bottes qu'il avait aux pieds, des hommes auraient assassiné un voyageur et l'auraient étripé, comme on étripe un ours, un cerf, comme on vide un poisson, puis, après avoir fourré des pierres dans le trou, auraient fait disparaître toute évidence au fond de l'eau la plus proche. Il ne daignait même pas traverser en silence des lieux où d'autres hommes, en troupes et armés jusqu'aux dents, prenaient soin de passer furtivement, ou tout au moins sans faire de vacarme. Bien au contraire, il claironnait sa venue solitaire aussi loin devant lui que le son de sa trompe pouvait porter. Donc le cadenas d'Alexander Holston ne tarda pas à apparaître sur le sac postal. Non que le sac en eût besoin, étant venu sans cadenas de Nashville, à trois cent milles de là. (On avait pensé d'abord laisser le cadenas en permanence sur le sac. C'est-à-dire, non seulement quand le sac était arrivé à sa destination, mais également quand il était sur le cheval, entre Nashville et le settlement. Le courrier refusa, brièvement, en trois mots dont un seul était imprimable. Il invoquait le poids du cadenas. On lui fit remarquer que l'argument n'était pas valable, car non seulement — le cavalier était un petit homme frêle et irascible qui ne pesait même pas cinquante kilos — les quinze livres du cadenas n'arriveraient pas à lui donner le poids d'un adulte normal, mais ce poids supplémentaire contrebalancerait celui des pistolets que son employeur, le gouvernement des Etats-Unis, était convaincu qu'il portait, l'ayant même payé pour cela; et la réponse du cavalier fut de nouveau succincte, bien que moins désinvolte : le cadenas, dit-il, pesait quinze livres, soit à la porte du magasin du settlement, soit à celle de la poste à Nashville. Mais, étant donné que Nashville et le settlement étaient à trois cents milles de distance, une fois que le cheval l'aurait porté d'un de ces endroits-là à l'autre, le cadenas, à quinze livres par mille, en pèserait quatre mille cinq cents. Ce qui était une absurdité manifeste, une impossibilité physique tant pour le cadenas que pour le cheval. Et pourtant, il n'y avait pas de doute : si l'on comptait quinze livres par mille trois cents fois, on arrivait au total de quatre mille cinq cents quelque chose, livres ou milles — argument d'autant plus fort que, tandis qu'on s'efforçait de débrouiller le problème, le cavalier répétait ses trois mots brefs — dont deux n'étaient pas imprimables). Donc le sac postal avait moins que jamais besoin d'un cadenas dans l'arrière-boutique du comptoir, entouré, encerclé une fois de plus par la civilisation où son parfait état de conservation, sa présence, prouvaient assez qu'il n'en avait nul besoin au cours des trois cents milles sur des chemins infestés de voleurs. Il n'avait pas plus besoin de cadenas qu'il n'était conçu pour en recevoir un ; il avait fallu, en effet, fendre le cuir avec un couteau des deux côtés de l'ouverture, insérer les mandibules de fer du cadenas dans les deux fentes et le fermer, bien en place, de sorte que le premier venu aurait pu, à l'aide d'un couteau semblable, enlever le cadenas aussi aisément qu'on l'y avait assujetti. Ainsi le vieux cadenas n'était même pas un symbole de sécurité ; c'était le geste de salut d'hommes libres à d'autres hommes libres, le salut d'une civilisation à une autre, non seulement par-delà les trois cents milles de terres sauvages qui séparaient Nashville du settlement, mais par-delà les quinze mille milles au bout desquels se trouvait Washington : geste de respect sans basse soumission, de fidélité sans platitude, adressé à un gouvernement qu'ils avaient aidé à constituer, qu'ils avaient accepté avec fierté, mais toujours comme des hommes libres, libres toujours de se retirer en cas d'incompatibilité. Chaque fois que le sac arrivait, le vieux cadenas était là pour l'attendre, pour le fermer dans un symbolisme de fer inviolable, tandis que le vieil Alec Holston, célibataire sans enfants, devenait un peu plus vieux, un peu plus gris, un peu plus arthritique dans sa chair et dans son caractère également, un peu plus raide, un peu plus rigide dans ses os et dans son orgueil également, étant encore propriétaire du cadenas — il n'avait fait que le prêter —, étant, en un sens, dans la petite colonie, le grand-père de l'inviolabilité non seulement du sac postal, mais d'un gouvernement libre et d'hommes également libres tant que ce gouvernement se souviendrait de laisser les hommes vivre libres, non sous lui, mais à côté de lui.

Tel était le cadenas. On le fixa à la prison. Ce fut vite fait ; on n'attendit même pas qu'un messager fût revenu d'Holston House avec l'autorisation du vieil Alec de l'enlever du sac pour l'employer à un nouvel usage. Non que le vieil Alec s'y fût opposé par principe ou qu'il eût refusé son autorisation, sauf par pur sentiment instinctif; autrement dit, il eût été sans doute le premier à suggérer le cadenas s'il l'avait su à temps ou s'il y avait pensé le premier, mais il aurait refusé catégoriquement s'il avait pensé que l'idée avait été conçue sans qu'on lui en parlât. Tout le monde, dans le settlement, savait cela bien que ce ne fût nullement la raison qui empêchât d'attendre le retour du messager. En fait, on n'avait dépêché aucun messager au vieil Alec. On n'avait pas eu le temps, encore moins aurait-on pu attendre qu'il revînt. Ce n'était pas pour empêcher les bandits de s'évader qu'on voulait utiliser le cadenas, car (ainsi que l'avenir le démontra) le vieux cadenas n'aurait pas plus empêché les bandits de filer que ne l'eût fait la traditionnelle barre de bois. On n'avait pas besoin du cadenas pour mettre les colons à l'abri des bandits, mais pour mettre les bandits à l'abri des colons. Car, à peine les prisonniers étaient-ils arrivés au settlement, que déjà tout un groupe se sentait prêt à les lyncher sans plus attendre, sans préliminaires — une troupe, petite mais résolue, qui essaya d'arracher les prisonniers des mains de ceux qui les avaient capturés tandis que la milice cherchait encore quelqu'un entre les mains de qui ils pussent être livrés. Et le coup aurait réussi sans un nommé Compson qui était arrivé au settlement quelques années auparavant, propriétaire d'un cheval de course qu'il avait échangé avec le chef Ikkemotubbe, successeur d'Issetibbeha, contre un mille carré d'une terre qui, beaucoup plus tard, allait, par sa valeur, figurer parmi les propriétés les plus importantes de la ville de Jefferson. Cet homme, dit la légende, avait brandi son pistolet et tenu les lyncheurs à distance jusqu'au moment où les bandits purent être enfermés dans la prison, les deux trous percés au vilebrequin, cependant que quelqu'un courait chercher le cadenas du vieil Holston. Car il y avait certes bien des nouveaux noms, bien des nouveaux visages dans le settlement — des visages si nouveaux (aux yeux des anciens résidents) qu'on ne pouvait leur découvrir d'autres antécédents que le fait qu'ils appartenaient à des mammifères, et d'autre passé que les simples rides qui les avaient marqués, et des noms si nouveaux qu'ils n'avaient ni antécédents discernables (ni qu'on pût découvrir) ni passé d'aucune sorte, comme s'ils avaient été inventés de la veille. Si bien que, ce jour-là, le sergent de la milice n'était pas le seul homme que parmi les colons, un ou tous les bandits auraient pu reconnaître.

Compson cadenassa donc la prison, et un courrier, avec deux des meilleurs chevaux — un pour servir de guide et l'autre de monture — fila à travers bois jusqu'à la piste qui menait, sur une centaine de milles, à la ville de Natchez. Porteur de la nouvelle de la capture, il avait également l'autorité de discuter la prime. Et ce soir-là, dans la cuisine de Holston House, se tint la première réunion municipale, prototype non seulement de ce que serait le conseil municipal quand le settlement aurait acquis la dignité de ville, mais la Chambre de Commerce quand il commencerait à se proclamer une « cité ». C'était Compson qui présidait et non le vieil Alec qui était d'un grand âge maintenant. Sombre, taciturne, assis, même par cette nuit chaude de juillet, devant un feu mourant dans sa grande cheminée, il tournait le dos à la table (la discussion ne l'intéressait pas ; les prisonniers lui appartenaient déjà, puisque c'était son cadenas qui les gardait ; quelle que fût la décision prise par la conférence, il faudrait bien qu'on la soumît à son approbation avant que quiconque pût toucher à son cadenas pour l'ouvrir) autour de laquelle les ancêtres des futurs pères de la cité de Jefferson étaient assis, formant presque un conseil de guerre, discutant non seulement la façon de toucher la prime, mais comment la garder et la défendre. Car il y avait maintenant deux partis en opposition : non seulement les partisans du lynchage, mais aussi les membres de la milice qui prétendaient que, en tant que prises, les captifs appartenaient encore à ceux qui les avaient capturés en premier ; qu'eux, les miliciens, avaient simplement renoncé à la garde des prisonniers, mais n'avaient nullement renoncé à la prime : en vue de quoi, les miliciens s'étaient fait donner au magasin un supplément de whisky et avaient préparé en face de la prison un gigantesque feu de joie autour duquel, en compagnie des partisans du lynchage, ils tenaient leur conférence à eux. C'était du moins l'illusion dont ils se berçaient. Car, pour dire toute la vérité, Compson, invoquant la crise qui menaçait la paix et le salut public, avait fait appel formellement à la trousse professionnelle du docteur Peabody, successeur du vieux docteur Habersham, et tous les trois, Compson, Peabody et le gérant du comptoir (il s'appelait Ratcliffe; cent ans plus tard le nom existait encore dans le comté, mais, à cette époque-là, il avait passé par deux héritiers qui n'avaient que faire de leurs yeux pour transmettre leurs mots; les oreilles leur suffisaient, si bien que, lorsque le quatrième descendant eut été forcé, par pure nécessité, de rapprendre à l'écrire, le nom s'était trouvé amputé du « c » et du « fe » final également) versèrent le laudanum dans le baril de whisky dont ils avaient fait cadeau, au nom du settlement, au sergent de la milice qui n'en revenait pas. Après quoi, ils retournèrent dans la cuisine de Holston House pour y attendre la fin des derniers échos de la fête; alors, les défenseurs de la loi, dans un rapide coup de main, s'emparèrent de l'opposition endormie — lyncheurs aussi bien que miliciens — et jetèrent le tout en prison avec les prisonniers. Cela fait, ils cadenassèrent de nouveau la porte et s'en furent coucher — jusqu'au lendemain matin quand les premiers arrivants se trouvèrent face à face avec quelque chose qui ressemblait à un décor de théâtre en plein air. Et c'est là l'origine de la légende de ces démons de Harpe : chose non seulement fantastique mais inconcevable, non seulement fantaisiste mais quelque peu terrifiante (bien qu'il n'y eût pas eu la moindre effusion de sang, ce qui n'aurait satisfait aucun des membres de la famille Harpe). Ce n'était pas seulement le cadenas qui avait disparu de la prison, ni même la porte, c'était le mur entier. Les rondins emmortaisés à coups de hache et cimentés de glaise avaient été démontés silencieusement dans l'obscurité et mis en tas, non moins soigneusement, d'un côté, laissant la prison grande ouverte comme une scène sur laquelle, dans un sommeil de mort, gisaient, en postures diverses, les derniers insurgés. Et le settlement tout entier était là maintenant, en cercle autour de Compson qui s'efforçait, à coups de pied, d'en réveiller tout au moins un jusqu'au moment où un des esclaves de Holston — le mari de la cuisinière — serveur, groom, palefrenier — s'élança dans la foule en hurlant : « Où est le cadenas, où est le cadenas ? Le vieux Maît', il dit où est le cadenas ? »

Il avait disparu (de même que trois chevaux qui appartenaient à trois partisans du lynchage). On ne put même pas retrouver la lourde porte ni la chaîne et, au premier abord, on fut presque tenté de croire que les bandits avaient été contraints de s'emparer de la porte afin de pouvoir voler la chaîne et le cadenas. On s'abstint cependant, de justesse, de formuler une aussi indécente accusation de rationalité. Mais le cadenas avait disparu, et le settlement ne tarda pas non plus à se rendre compte qu'il ne s'agissait pas de bandits évadés ni de prime envolée, mais du cadenas, et que ce n'était pas une situation toute simple qu'il leur fallait régler, mais un problème menaçant, avec ce nègre qui, à toutes jambes, repartait vers la maison de Holston pour reparaître, avant même semblait-il que la porte, les murs, eussent eu le temps de le cacher, de l'ingurgiter pour le régurgiter ensuite, fendant la foule jusqu'à ce qu'il fût, cette fois, tout contre Compson lui-même. « Le vieux Maît', il a dit aller chercher le cadenas, pas l'envoyer, rapporter le cadenas. » Alors Compson et ses lieutenants (et c'est là que le courrier se mit à apparaître, à émerger plutôt — ce souffle d'homme sans âge, tout chauve et édenté, l'air si frêle qu'on ne le concevait même pas s'approchant d'un cheval, encore bien moins faisant tous les quinze jours, à cheval, ses seize cents milles, et qui, néanmoins, faisait tout cela, et bien plus ; à qui il restait assez de souffle non seulement pour faire annoncer, précéder et suivre son passage par le son goguenard et triomphant de sa trompe de chasse : — mépris pour les détrousseurs possibles — probables — qui n'avait d'égal que son mépris pour les bouts de papiers officiels qu'on pourrait lui voler, et qui avait résolu de rester dans les limites de la civilisation aussi longtemps que les détrousseurs auraient le tact de le faire) se rendirent à la cuisine où le vieil Alec, toujours assis devant sa bûche agonisante, tournait toujours le dos à la salle et ne se retourna pas plus qu'il ne l'avait fait l'autre fois. Et ce fut tout. Il ordonna le retour immédiat de son cadenas. Ce n'était même pas un ultimatum, c'était une simple instruction, un décret, impersonnel. Le courrier maintenant était incorporé au groupe. Il ne disait rien, ne perdait rien, tel un oiseau impondérable, fossile ou momifié — pas un vautour naturellement, ni même tout à fait un faucon, disons plutôt, un petit ptérodactyle figé juste à la sortie de l'œuf, dix glaciers auparavant, et assez vieux, dans cette simple enfance, pour être l'ancêtre usé et las de toute vie subséquente. Ils firent remarquer au vieil Alec que la seule façon d'expliquer la disparition du cadenas était que les bandits n'avaient pas eu le temps, ou la possibilité, de l'enlever de la porte, que même trois fous, au galop sur des chevaux volés, ne pourraient pas porter bien loin une porte en chêne de six pieds, et qu'un groupe de jeunes guerriers d'Ikkemotubbe suivait déjà la trace des chevaux vers l'ouest, vers le fleuve, et que, sans aucun doute, le cadenas serait retrouvé d'une minute à l'autre, probablement sous le premier buisson à la lisière du settlement. Mais ils n'étaient pas si naïfs, et ils savaient fort bien qu'il n'y a pas de borne au fantastique, au terrifiant et au bizarre quand il s'agit d'hommes capables, rien que pour s'évader d'une prison en rondins, d'enlever tranquillement un mur tout entier et de l'empiler avec soin sur le bord de la route, et que le vieil Alec, pas plus qu'eux-mêmes, du reste, ne reverrait jamais le cadenas.

Effectivement, ils ne le revirent pas. Le reste de l'après-midi et le lendemain, tandis que le vieil Alec fumait toujours sa pipe devant sa bûche agonisante, les plus anciens des colons, furieux et l'oreille basse, le cherchèrent. L'après-midi suivante, les Chickasaws vinrent à la rescousse, ou pour le moins restèrent tout près pour observer : hommes sauvages, fils de la brousse dépossédés et indomptables, l'air doublement sauvages et exilés en contraste avec le coutil des hommes blancs, leurs salopettes en toile brune, leurs chapeaux de paille ou de feutre. Ils étaient là, debout ou accroupis, à surveiller ce qui se passait, graves, attentifs et intéressés, tandis que les blancs suaient, sacraient dans les fourrés qui marquaient les limites de leur pauvre, leur misérable petit territoire ; et le courrier était toujours là. Comme s'il était doué du don d'ubiquité, on le trouvait partout. Il n'aidait pas à chercher, il ne se trouvait sur le chemin de personne, mais il était toujours présent, énigmatique, saturnien, ne laissant rien passer. Finalement, au coucher du soleil, Compson, fou de rage, bondit hors du dernier fourré et fit tomber la sueur de son front avec un grand geste du bras qui aurait pu suffire à répudier un trône.

— Entendu, dit-il, on le lui paiera, nom de Dieu », car ils avaient déjà envisagé cette dernière possibilité. Ils avaient déjà eu la preuve que c'était une solution sérieuse lorsque Peabody avait tenté d'en faire une plaisanterie que tout le monde savait que Peabody lui-même ne trouvait pas très drôle.

— Oui... et rapidement, sans lui laisser le temps de s'entendre avec Pettigrew et de l'estimer à la livre.

— A la livre ? dit Compson.

— Pettigrew l'a pesé en se basant sur les trois cents milles qui nous séparent de Nashville. Le vieil Alec commencerait peut-être à la Caroline. Ça ferait un total de quinze mille livres.

— Oh, dit Compson. Alors il rallia les hommes en soufflant dans une trompe qu'un des Indiens portait suspendue à son cou par une courroie, ce qui ne les empêcha pas de s'arrêter encore un peu pour une dernière petite conférence. Et ce fut de nouveau Peabody qui les interrompit :

— Qui paiera ? dit-il. Il serait bien homme à nous en demander un dollar la livre, même si, d'après les calculs de Pettigrew, il l'avait trouvé dans les cendres de sa cheminée. » Eux — Compson tout au moins — avaient sans doute eu déjà cette idée, et c'était la raison — autant que la présence de Pettigrew — qui, probablement, poussait Compson à les faire se hâter, à les faire courir chez le vieil Alec pour lui proposer l'affaire si vite que personne n'aurait le front de se soustraire à une contribution proportionnelle. Mais Peabody venait de tout démolir. Compson les parcourut des yeux, suant, en proie à une sombre fureur.

— Ce qui veut dire que Peabody paiera vraisemblablement un dollar, dit-il. Qui paiera les quatorze autres ? Moi ? » Alors Ratcliffe, le trafiquant, le propriétaire du magasin, trouva la solution, une solution si simple, si illimitée rétroactivement, qu'ils ne s'étonnèrent même pas que personne n'y eût déjà pensé ; solution qui non seulement résolvait le problème, mais l'annihilait ; et pas seulement celui-là, mais tous les problèmes à partir de ce jour jusqu'à perpétuité. Devant leurs yeux se déployait, comme le déchirement d'un voile, comme une prophétie resplendissante, le vaste, splendide et infini panorama de l'Amérique : cette terre aux possibilités illimitées, cet Etat créé ni aux dépens du peuple ni par le peuple, mais pour le peuple, manne céleste comme dans les temps anciens, sans autre obligation pour l'homme que celle de la mâcher, de l'avaler, puisque, par sa perfection sans égale, elle continuerait à créer, produire, entraîner, supporter et perpétuer une race de travailleurs dont le seul but serait de ramasser cette manne, de la placer entre ses mains souples ou même entre ses mâchoires — cette vaste chose illimitable, sans commencement, ni fin, qui n'était pas même un commerce ni un métier, mais un bienfait, comme la lumière du soleil, la pluie et l'air, inaliénable et immuable. — Consignez-le dans le Livre, dit Ratcliffe — le Livre : pas un grand livre quelconque, mais Le Grand Livre, puisqu'il était sans doute le seul de son espèce entre Nashville et Natchez, à moins qu'il n'y en eût un semblable à quelques milles au sud, au premier comptoir Chocktaw à Yalo Busha — un cahier en papier rayé, broché, qui aurait pu venir d'une salle de classe, et dans lequel s'allongeait au débit des Etats-Unis et au nom de Mohataha (la matriarche Chickasaw, mère d'Ikkemotubbe et sœur du vieil Issetibbeha, qui — elle savait écrire son nom, ou plutôt tracer avec une plume ou un crayon quelque chose qu'on s'accordait à considérer comme une signature valide — signait toutes les transactions à mesure que le royaume de son fils passait aux mains des blancs, régularisant les choses légalement tout au moins), la liste rampante et monotone : calicot, poudre à fusil, whisky, sel, tabac à priser, pantalons de coutil, bonbons desséchés choisis sur les étagères de Ratcliffe par ses descendants, ses sujets et ses esclaves noirs. Le settlement n'avait rien d'autre à faire : ajouter le cadenas à la liste, au compte. Peu en importait le prix. On pourrait l'estimer d'après les calculs de Pettigrew, en multipliant par quinze livres la distance non seulement de la Caroline, mais de Washington même, et personne vraisemblablement ne le remarquerait. On pourrait mettre au débit des Etats-Unis dix-sept mille cinq cents dollars de bonbons pétrifiés et indestructibles, et personne ne lirait jamais cet *item*.

L'affaire fut donc résolue, conclue, faite et finie. Ils n'y pensèrent même plus, sauf peut-être de temps en temps, pour s'étonner (un peu spéculativement sans doute) de leur propre modération puisqu'ils ne voulaient rien — moins que tout échapper à toute espèce de juste blâme — qu'une évaluation honnête et décente du cadenas. Ils retournèrent chez le vieil Alec toujours assis avec sa pipe au coin du feu mourant. Seulement, ils l'avaient mal jugé. Ce n'était pas de l'argent qu'il voulait. Il voulait son cadenas. Sur ce, le petit reste de patience que gardait encore Compson s'évanouit.

— Votre cadenas est parti, dit-il rudement au vieil Alec. On vous en donnera quinze dollars et vous les accepterez ». Sa voix s'adoucissait déjà, car même sa rage pouvait reconnaître une impasse quand elle en voyait une. Néanmoins, la rage, l'impuissance, l'effort, le *c'en est trop* — qu'on appelle cela comme on voudra — força la voix à prononcer un mot de plus : « Ou bien... » avant de s'arrêter pour de bon, laissant Peabody libre de combler le vide.

— Ou bien ? dit Peabody, et non au vieil Alec mais à Compson. Ou bien quoi ? » Alors Ratcliffe sauva encore la situation.

— Une minute, dit-il, l'Oncle Alec acceptera cinquante dollars pour son cadenas. Une garantie de cinquante dollars. Il nous donnera le nom du forgeron qui le lui a fait là-bas, dans la Caroline, et nous enverrons quelqu'un lui dire d'en faire un autre. Le voyage aller et retour et tous les frais s'élèveront à environ cinquante dollars. On donnera à l'Oncle Alec les cinquante dollars en garantie. Et puis, quand le nouveau cadenas arrivera, il nous rendra l'argent. Ça vous va, Oncle Alec ? » Les choses en seraient restées là si Pettigrew n'était intervenu. Ils ne l'avaient pas oublié. Ils ne se l'étaient pas assimilé non plus. Ils l'avaient tout simplement scellé, incrusté, pensaient-ils, dans leur crise civique, comme l'huître désespérée et sans défense immobilise l'atome de gravier dont elle ne peut pas se défaire. Personne ne l'avait encore vu bouger, et néanmoins il était là, maintenant, au milieu d'eux, en cet endroit où Compson, Ratcliffe et Peabody dévisageaient le vieil Alec dans son fauteuil. On aurait pu croire qu'il s'était infiltré en eux, n'eût été cette qualité adamantine qui (dans les cas d'urgence) pouvait devenir invisible, mais jamais insubstantielle et jamais, en ce monde, fluide. Il parla d'une voix neutre, raisonnable et impersonnelle, puis se leva. Tous les yeux étaient fixés sur lui, sur cet homme frêle qui avait la taille d'un enfant, la dureté du diamant, cet homme tout chargé de prodiges qui apportait dans cette salle, au fond des bois, au fond d'une brousse de mille milles, sans un sentier, tout le vaste, l'incalculable poids du fédéralisme ; non qu'il représentât simplement le gouvernement ni même qu'il se posât lui-même simplement en gouvernement ; pour l'instant du moins, il était les Etats-Unis.

— Ce n'est pas l'Oncle Alec qui a perdu un cadenas, dit-il, c'est l'Oncle Sam.

Au bout d'un instant quelqu'un dit : « Quoi ? »

— C'est la vérité, dit Pettigrew. De deux choses l'une : ou bien celui qui a mis ce cadenas de Holston au sac du courrier a fait un présent volontaire au gouvernement des Etats-Unis — et la même loi qui protège les enfants mineurs protège le gouvernement des Etats-Unis : on peut donner quelque chose à un mineur, mais on ne peut pas le lui retirer — ou bien il (ou ils) a fait quelque chose d'autre.

On le regardait. Au bout d'un instant, quelqu'un, de nouveau, dit quelque chose. C'était Ratcliffe. « Quoi d'autre ? » dit Ratcliffe Pettigrew répondit, volubile, mais la voix toujours neutre, impersonnelle, froide : « Infraction à la loi telle qu'elle fut votée par le Parlement à seule fin de prévenir toute atteinte à la propriété du gouvernement, soit : peine de cinq mille dollars ou minimum d'un an dans une prison fédérale, ou les deux. Pour quiconque a fait ces deux fentes dans le sac afin d'y introduire le cadenas, application de la loi telle qu'elle fut votée pour prévenir tout dommage à la propriété du Gouvernement, soit : peine de dix mille dollars ou minimum de cinq ans dans une prison fédérale, ou les deux.

— Une minute, dit Ratcliffe. Il se tourna vers Compson : « Est-ce vrai ? »

— Qu'est-ce que ça peut bien foutre que ça soit vrai ou non ? dit Compson. Qu'est-ce que vous croyez qu'il va faire aussitôt arrivé à Nashville ? » Il dit avec violence à Pettigrew : « Tu étais censé partir pour Nashville hier. Qu'est-ce que tu fous ici ? »

— J'ai plus de raisons d'aller à Nashville, dit Pettigrew. Vous ne voulez plus de courrier puisque vous n'avez plus de cadenas pour fermer le sac.

— D'accord, dit Ratcliffe. Aussi, on va laisser les Etats-Unis se débrouiller et chercher le cadenas des Etats-Unis ». Cette fois, Pettigrew ne regarda personne. Il ne parlait même pas à quelqu'un, semblable au vieil Alec quand il avait demandé qu'on lui rapportât son cadenas.

— Loi faite et prévue pour l'enlèvement ou usage sans autorisation, ou pour usage volontaire et criminel, ou pour détournement ou perte de toute propriété du Gouvernement, soit : peine égale à la valeur de l'article, plus cinq cents à dix mille dollars, ou trente jours à vingt ans dans une prison fédérale, ou les deux. Il se pourrait même qu'on fasse une nouvelle loi quand on s'apercevra que vous avez porté un cadenas du service des postes au compte du Bureau des Affaires Indiennes. » Il s'avança et, de nouveau, s'adressa au vieil Alec : « J' vais retourner voir mon cheval. Quand vous aurez fini tous vos conciliabules et que vous serez rentrés dans vos cuisines, vous n'aurez qu'à m'envoyer chercher par votre nègre. » Et il disparut. Au bout d'un instant, Ratcliffe dit : « Que croyez-vous qu'il puisse avoir à gagner dans tout ça ? Une prime ? » Mais ce n'était pas cela. Ils le savaient bien tous.

— Il a déjà ce qu'il veut, dit Compson en jurant de nouveau, le désordre, la confusion tout simplement. » Mais cela aussi était faux; ils le savaient tous également, bien que seul Peabody l'exprimât :

— Non, pas le désordre. Un gars qui fait, tous les quinze jours, six cents milles à cheval à travers ce pays, avec une trompe pour toute protection, ne s'intéresse pas plus au désordre qu'à l'argent. » Ils ne savaient donc pas ce que Pettigrew pouvait bien avoir dans la tête, mais ils savaient ce qu'il allait faire. C'est-à-dire qu'ils savaient qu'ils ne savaient pas le moins du monde ni ce qu'il comptait faire, ni comment ni où il le ferait, et qu'ils n'y pouvaient absolument rien tant qu'ils n'auraient pas découvert la raison qui le faisait agir. Et ils voyaient maintenant qu'ils n'avaient aucun moyen de découvrir cela. Ils comprirent qu'ils connaissaient l'homme depuis trois ans, trois ans pendant lesquels, fragile, inviolable, rétif à tout changement et précédé, sur une distance d'un mille ou davantage, par le son violent et doux de sa trompe, il accomplissait sur son cheval robuste et infatigable son voyage bi-mensuel de Nashville au settlement et que, pendant les trois ou quatre jours suivants, il vivait avec eux, et que, cependant, ils savaient seulement qu'ils n'osaient pas, qu'ils n'osaient tout bonnement pas courir le risque, assis pendant quelques minutes encore dans la pénombre de la chambre où le vieil Alec fumait toujours sa pipe en leur tournant le dos carrément, à eux et à leur problème ; puis ils s'étaient dispersés ; chacun s'était dirigé vers sa case pour le repas du soir — sans y apporter peut-être beaucoup d'appétit, car bientôt ils revenaient à travers les ténèbres d'été au magasin de Ratcliffe, alors que d'ordinaire ils eussent déjà été au lit. Ils s'y étaient assis de nouveau, tandis que Ratcliffe récapitulait toute l'affaire avec son mélange d'ahurissement et de frayeur (et quelque chose d'autre qu'ils comprirent être du respect quand ils se rendirent compte que lui — Ratcliffe — était fermement convaincu que l'argent était le seul but que poursuivait Pettigrew, que Pettigrew avait inventé ou élaboré un plan si rémunérateur que lui — Ratcliffe — avait non seulement été incapable de l'en empêcher et de le concevoir avant lui, mais qu'il ne pouvait même pas savoir en quoi il consistait, même après qu'on le lui eût fait pressentir) jusqu'au moment où Compson l'interrompit.

— Eh, bon Dieu, dit Compson, tout le monde sait ce

qui lui fait mal, à ce gars-là. Il a des principes. C'est un sacré nom de Dieu de moraliste.
— Les principes », dit Peabody. Il avait presque l'air surpris. Il dit rapidement : Ça, c'est pas bon. Comment voulez-vous qu'on corrompe un homme à principes ? »
— Qui parle de le corrompre ? dit Compson. Nous ne lui demandons qu'une chose, c'est de rester sur son sacré cheval et de souffler dans sa sacrée trompette tout l'air qu'il peut avoir en trop.

Mais Peabody n'écoutait même pas. Il dit : « Des principes », presque en rêve. Il dit : « Attendez ! » Tous l'observaient. Il dit soudain à Ratcliffe : « J' lai entendu quelque part. Il n'y a que toi ici qui puisses le savoir. Quel est son nom ?
— Son nom ? dit Ratcliffe, le nom de Pettigrew ? Oh, son nom de baptême ? » Ratcliffe le lui dit : « Pourquoi ? »
— Pour rien, dit Peabody. Je rentre chez moi. Est-ce que quelqu'un va par là ? » Il ne s'adressait à personne en particulier, et il ne dit ni ne voulut rien dire de plus. Cela suffisait — une paille peut-être, mais une paille est une paille, — cela suffisait à donner aux autres quelque chose à regarder, et sans rien dire, quand Compson se leva et dit :
— Vous venez ? » Et tous les trois partirent ensemble, hors de portée des oreilles d'abord, puis hors de portée des yeux. Ensuite, Compson dit : « Alors, quoi ? »
— Ça ne marchera peut-être pas, dit Peabody, mais il faudra que vous me souteniez tous les deux. Si je parle pour tout le settlement, il faudra que vous vous arrangiez à ce que ça colle. Entendu ?

Compson jura : « Mais, au moins, tu pourrais nous dire ce que nous allons garantir. » Alors Peabody le leur dit ; une partie tout au moins, et le lendemain matin il entra dans le box où, à l'écurie de Holston House, Pettigrew pansait un vilain cheval à muscles d'acier et à tête de marteau.

— Nous avons finalement décidé de ne pas porter ce cadenas au compte de la vieille Mohataha dit Peabody.

— Vraiment ? dit Pettigrew. Personne à Washington n'y verrait rien ; ceux qui savent lire encore moins que les autres.

— Nous allons le payer nous-mêmes, dit Peabody. En fait, nous ferons même un peu mieux que ça. Il faut de toute façon qu'on répare ce mur de prison. Il faut que nous construisions un mur, en tout cas. Alors, en en construisant trois de plus, ça nous fera une autre maison de quatre murs. Ça sera le tribunal. » Pettigrew, comme un groom irlandais professionnel, sifflait doucement entre ses dents à chaque coup de brosse. Il s'arrêta alors, la brosse et la main immobiles, au beau milieu d'un coup et il tourna un peu la tête.

— Le tribunal ?

— Nous allons avoir une ville, dit Peabody. Nous avons déjà une église — la case de Whitfield — et, à la première occasion, nous allons construire aussi une école ; mais nous allons construire le tribunal aujourd'hui. Nous avons déjà quelque chose à y mettre pour en faire un vrai tribunal : ce coffre de fer qui encombre depuis dix ans la boutique de Ratcliffe. Alors, nous aurons une ville. Nous l'avons même déjà baptisée.

Pettigrew se redressa, très lentement. Ils se dévisageaient. Au bout d'un moment, Pettigrew dit : « Ah, vraiment ? »

— Ratcliffe nous a dit que tu t'appelais Jefferson, dit Peabody.

— C'est vrai, dit Pettigrew. Thomas Jefferson Pettigrew. J' suis de Virginie.

— T'as des parents ?

— Non, dit Pettigrew. Ma mère m'a appelé comme lui pour que j'aie un peu de sa veine.

— Sa veine, dit Peabody.

Pettigrew ne sourit pas : « T'as raison. C'est pas veine qu'elle voulait dire. Elle n'avait jamais été à l'école, alors elle ne savait pas le mot qu'elle aurait voulu dire.

— Et t'en as eu ? » dit Peabody. Pettigrew ne sourit pas davantage. « Pardon, dit Peabody, n'y pense plus. » Il dit : « Nous avons décidé de l'appeler Jefferson. » Maintenant, Pettigrew ne semblait même pas respirer. Il restait là, debout, les yeux fixés sur Peabody, menu, frêle, moins grand qu'un petit garçon, sans enfants et sans femme, incorrigiblement privé de toute famille, de tout bien. Puis il respira et, levant la brosse, se retourna vers le cheval ; et, pendant un instant, Peabody crut qu'il allait reprendre son pansage. Mais, au lieu du coup de brosse, il posa main et brosse sur le flanc du cheval et resta debout un moment, le visage tourné, la tête légèrement penchée. Puis il releva la tête et se retourna vers Peabody.

— On pourrait baptiser ce cadenas « graisse à essieu » sur le compte des Indiens, dit-il.

— Cinquante dollars de graisse à essieu ? dit Peabody.

— Pour graisser les charrettes qui partent pour l'Oklahoma, dit Pettigrew.

— On le pourrait en effet, dit Peabody. Seulement voilà, elle s'appelle Jefferson maintenant. C'est une chose qu'il faudra toujours se rappeler désormais. »

Et c'est ainsi que naquit le tribunal, le tribunal qu'ils avaient mis trente ans non seulement à s'apercevoir qu'il n'existait pas, mais à découvrir qu'ils n'en avaient jamais senti le besoin, qu'ils n'en avaient jamais regretté l'absence, qu'il ne leur avait jamais manqué, le tribunal, qui, six mois plus tard, comme ils s'en aperçurent, était bien loin de leur suffire. Parce que, entre le crépuscule de ce premier jour et l'aube du jour suivant, quelque chose leur arriva. Ils se mirent au travail séance tenante. Ils restaurèrent le mur de la prison, coupèrent de nouveaux troncs d'arbres, taillèrent des bardeaux, y adossèrent le petit appentis sans plancher et y transportèrent le coffre de fer qu'ils sortirent de l'arrière-boutique de Ratcliffe. Il ne leur fallut que deux jours, et cela ne coûta que la peine, et encore cette peine ne fut pas grosse, car tout le settlement y contribua, sans oublier les deux esclaves — l'homme de Holston et celui qui appartenait au forgeron allemand —; Ratcliffe également. Il n'eut rien d'autre à faire que verrouiller à l'intérieur sa porte de derrière car, d'un seul coup d'œil, il pouvait embrasser tous ses clients — qui suaient, sacraient, parmi les rondins et les bardeaux de la prison à moitié démolie en face de son magasin — y compris les Chickasaws d'Ikkemotubbe qui, eux, se dispensèrent de suer et de sacrer : hommes sombres et graves, revêtus de leurs habits du dimanche, à l'exception des pantalons qu'ils portaient soigneusement pliés sous leurs bras ou noués par les deux jambes autour de leur cou, comme des capes ou plutôt des dolmans de hussards, quand il leur avait fallu passer le gué. Ils restaient accroupis à l'ombre, courtois, intéressés et placides (la vieille Mohataha elle-même était là, la matriarche aux pieds nus sous sa robe de soie violette, coiffée de son chapeau à plumes, assise dans un fauteuil Empire recouvert de brocart dans la charrette derrière deux mules, sous l'ombrelle de Paris à manche d'argent que tenait une petite esclave) — Quant à eux (les autres blancs, ses confrères ou — pendant ce premier jour — ses co-victimes) ils n'avaient pas encore remarqué la chose — la qualité, le quelque chose d'ésotérique, d'excentrique dans le comportement de Ratcliffe, dans son attitude — ce n'était pas une obstruction ni même un obstacle, pas même lorsque, le second jour, ils découvrirent ce que c'était, parce qu'il était là, parmi eux, affairé lui aussi, suant et sacrant comme les autres, mais ressemblant plutôt à un copeau unique, infinitésimal au milieu d'une inondation, d'une marée par ailleurs cohérente, un corps, une substance unique, étrangère, irréconciliée, une voix unique, ténue, presque imperceptible qui criait, toute frêle au milieu du grondement de la foule : « Attendez, attention, écoutez... »

Car ils étaient trop occupés à tempêter et à suer au milieu des troncs d'arbres épars, trop occupés à en abattre de nouveaux dans les bois voisins, à les ébrancher, les entailler, les traîner, à mêler l'argile légère pour les calfater ; ce ne fut que le second jour qu'ils apprirent ce qui troublait Ratcliffe, parce qu'alors ils avaient le temps, non que la besogne eût ralenti; non que la sueur fût moins abondante, au contraire, s'il y avait eu un changement c'était une légère accélération dans le travail, mais maintenant, il y avait dans la vitesse une certaine légèreté; ce qui s'était calmé, c'était la rage et l'outrage, parce qu'à un certain moment, entre le crépuscule et l'aube du premier et du second jour, quelque chose leur était arrivé — à eux, les hommes qui avaient passé cette première, interminable et brûlante journée de juillet à suer et à sacrer autour de la prison démolie, tout en jetant pêle-mêle et furieusement les rondins épars et les hommes transformés en rondins par la stupeur du laudanum, afin de pouvoir commencer à construire, maudissant le vieil Holston et le cadenas et les quatre — trois — bandits et les onze miliciens qui les avaient arrêtés, et Compson et Pettigrew et Peabody et les Etats-Unis d'Amérique — ces mêmes hommes se retrouvèrent dans le chantier avant le lever du soleil le second jour qui promettait déjà d'être aussi chaud, aussi interminable; mais leur rage, leur fureur était dissipée. Ils étaient calmes, moins graves que sérieux, un peu étonnés, méfiants, clignant les yeux, peut-être, légèrement, évitant discrètement de se regarder, un peu étrangers même les uns aux autres dans la nouvelle lumière jonquille. Autour d'eux, ils voyaient la pauvre petite agglomération de cases grossières, disposées sans ordre, chacune un peu à l'écart des autres et toutes réduites aux proportions de maisons de poupée par le vaste rideau de bois qui les encerclait — la petite clairière qui n'était même pas agrippée au flanc de la forêt vierge, mais dans son aine, son sein, ses parties secrètes, où se jouaient leur vie, leur destinée, leur passé et leur avenir, muets pendant quelque temps encore, car chacun croyait probablement (avec un peu de honte aussi) que la pensée était sa propriété personnelle jusqu'au moment où l'un d'eux l'exprima pour eux tous. Alors, ce fut parfait, puisqu'il avait fallu un seul souffle unifié pour émettre le son, l'interprète parlant non pas fort mais avec prudence, timidité, comme lorsqu'on souffle pour la première fois dans un cor de chasse inconnu et dont on n'a encore jamais joué : « Nom de Dieu. Jefferson. »

— Jefferson, Mississipi, ajouta un second.

— Jefferson, Yoknapatawpha County, Mississipi, corrigea un troisième dont l'identité n'importait pas non plus, puisque ce n'était encore qu'un seul souffle unifié, une sorte de songe composé, une rêverie statique, fort capable de durer jusqu'après le coucher du soleil, bien qu'ils doutassent vraisemblablement que les choses iraient autrement, car Compson était toujours là, Compson le catalyste, le moucheron, l'épine.

— Oui, mais auparavant il faut finir ce sacré nom de Dieu de truc, dit Compson. Allons ! A l'ouvrage ! » Ils terminèrent ce jour-là. Ils travaillaient vite maintenant, avec diligence et légèreté, à la fois attentifs et distraits. Ils voulaient terminer — et rapidement — moins pour finir que pour être débarrassés ; pour l'avoir derrière eux ; non pour finir rapidement afin de pouvoir en jouir plus tôt, mais pour pouvoir oblitérer, effacer, et le plus tôt possible, comme si, dans cette première lueur dorée, ils avaient su également que ce serait bien loin de leur suffire, que ce ne serait même pas le début, que le petit appentis qu'ils étaient en train de construire ne serait même pas un patron, qu'on ne pourrait même pas l'appeler un apprentissage ; ils travaillèrent jusqu'à midi, heure à laquelle ils s'arrêtèrent pour manger. C'est alors que Louis Grenier arriva de Frenchman's Bend (sa plantation : manoir, cuisines, écuries, chenils, habitations des noirs, jardins, promenades et champs qui, un siècle plus tard, devaient disparaître, ainsi que son nom et son sang également, ne laissant que le nom de la plantation et sa propre légende défigurée et tombant dans l'oubli, telle une mince couche de la poussière indigène, éphémère, impossible à chasser sur toute une section du pays autour d'une petite boutique en bois brut à une croisée de chemins), à vingt milles de là, dans sa voiture importée d'Angleterre, derrière les esclaves qui lui servaient de cocher et de valet de pied, et ce qu'on considérait comme l'attelage le mieux assorti dans la région autour de Natchez ou de Nashville, et Compson dit : « Je crois qu'en voilà assez. » Et tous savaient ce qu'il voulait dire, pas l'abandon : assez pour terminer, naturellement, mais il restait si peu à faire à présent que les deux esclaves pourraient achever le travail. Les quatre, en réalité, car, bien que, dès qu'il fut évident que les deux nègres de Grenier donneraient un coup de mains aux deux autres, Compson protestât sous prétexte qu'on ne saurait violer le sévère protocole du servage en ordonnant à un valet d'écurie — et à plus forte raison à un valet de maison — de s'adonner à des travaux manuels, sans parler de la témérité qu'il y aurait à suggérer semblable chose au vieux Louis Grenier. Peabody coupa court à tout cela.

— Un d'eux pourra travailler à mon ombre, dit-il,

elle n'a jamais pâli là-bas quand un docteur blanc s'y trouvait », et il s'offrit même comme émissaire auprès du vieux Grenier. Mais Grenier lui-même les anticipa. Ils mangèrent donc l'ordinaire de midi chez Holston tandis que les Chickasaws, toujours accroupis, immobiles, là où l'ombre ambulante les avait laissés dans la pleine ardeur du brûlant soleil d'un midi de juillet, autour de la charrette où la vieille Mohataha était toujours assise sous le parasol de Paris que portait son esclave, mangeaient aussi les provisions (celles de Mohataha et de sa suite personnelle étaient tirées d'un panier à poisson en écorce de chêne blanc tressée, placé tout au fond de la charrette) qu'ils semblaient avoir apportées sous leurs bras, à l'intérieur des pantalons roulés, de ce qu'ils appelaient, à l'imitation des blancs, leurs plantations. Puis ils reculèrent jusqu'à la véranda et tous — ce n'était plus le settlement cette fois mais la ville ; il y avait maintenant trente et une heures que c'était une ville — regardèrent les quatre esclaves placer le dernier rondin, assujettir le dernier bardeau sur le toit et mettre la porte. Puis Ratcliffe, conduisant quelque chose comme le grand chambellan d'un roi à travers la cour du château, retourna au magasin, y entra, en ressortit portant le coffre de fer, et les graves Chickasaws regardèrent aussi les esclaves des blancs suer pour placer dans sa nouvelle châsse la médecine pondérable, dense, mystérieuse de l'homme blanc. Et maintenant, ils avaient tout leur temps pour chercher ce qui préoccupait Ratcliffe.

— Le cadenas, dit Ratcliffe.

— Eh bien ? dit quelqu'un.

— La graisse à essieu des Indiens, dit Ratcliffe.

— Eh bien ? dit-on encore. Mais tout le monde savait, comprenait maintenant. Ce n'était ni le cadenas, ni la graisse à essieu. C'était les quinze dollars qu'on aurait pu porter au débit des Affaires Indiennes sur les livres de Ratcliffe, et personne ne s'en serait jamais aperçu, personne ne l'aurait remarqué, n'en eût regretté la disparition. Il n'y avait là nulle rapacité de la part de Ratcliffe, encore bien moins était-ce une invitation à la corruption. L'idée même n'était pas neuve. Point n'était besoin qu'un homme à cheval arrivât au settlement une fois toutes les deux ou trois semaines pour lui en révéler la possibilité ; il y avait pensé la première fois qu'il avait vendu à crédit le premier sac de bonbons à la menthe au premier des petits-enfants quadragénaires de la vieille Mohataha et qu'il s'était retenu d'ajouter deux zéros aux dix ou quinze *cents* (il y avait dix ans de cela maintenant) se demandant à chaque fois pourquoi il se retenait, étonné de sa propre vertu ou du moins de sa force de caractère. C'était une question de principes. C'était lui — eux : le settlement (la ville maintenant) qui avait eu l'idée de porter le cadenas au compte des Etats-Unis en tant que cadenas palpable, risque communal, objet concret, inamovible, s'en remettant au sort le jour aléatoire où il se pourrait — c'était une simple hypothèse — qu'un inspecteur fédéral vînt examiner les comptes des Chickasaws ; c'étaient les Etats-Unis eux-mêmes qui leur avaient volontairement offert de leur montrer comment transmuer l'inévitable cadenas en une graisse à essieu de nature éphémère et improuvable — le petit homme malingre, de la taille d'un enfant, solitaire, sans armes, imprenable et ignorant la peur, qui ne les défiait même pas, qui n'était même pas avocat ni représentant des Etats-Unis, mais qui était *les* Etats-Unis. Comme si, les Etats-Unis ayant dit : « Je vous en prie, acceptez ce cadeau de quinze dollars. » (La ville avait déjà effectivement payé les quinze dollars au vieil Alec pour son cadenas ; il n'avait pas voulu accepter davantage), ils n'avaient pas seulement refusé le présent, mais l'avaient aboli, puisque, dès que Pettigrew l'avait formulé oralement, les Etats-Unis l'avaient déjà perdu à jamais ; comme si, ayant placé les quinze pièces d'or en bonnes espèces sonnantes et trébuchantes dans les mains, disons de Compson ou de Peabody, ils les avaient laissées tomber dans quelque trou de rat ou dans un puits, ne rendant ainsi de service à personne, indemnité à la victime ou émolument au ravageur — laissant en fait à la race entière des hommes, aussi longtemps qu'elle durerait, un déficit éternel et irrévocable de quinze dollars — quinze dollars de perte sèche.

C'était là ce qui préoccupait Ratcliffe. Mais ils n'écoutaient même pas. Ils l'entendaient parler naturellement, mais ils n'écoutaient pas. Ou peut-être même ne l'entendaient-ils pas non plus ; assis à l'ombre de la véranda de Holston, ils regardaient, envisageaient déjà l'année suivante. On était à peine au dix juillet ; on avait encore devant soi le long été, ensuite l'automne lumineux, doux et sec jusqu'aux pluies de novembre, mais cette fois, ce n'étaient pas deux jours qu'il leur faudrait mais deux ans, et bien plus encore peut-être, avec tout un hiver consacré aux plans et aux préparations. Ils avaient même un instrument utilisable et qui les attendait, une sorte de providence : un nommé Sutpen, qui était arrivé au settlement au printemps — un grand gaillard maigre et silencieux, sans amis, rongé par les passions, qui évoluait dans une atmosphère évanescente d'anonymat et de violence, comme un homme qui, sortant d'une tempête de neige, vient juste d'entrer dans une chambre chaude — ou pour le moins dans un abri. Il avait amené avec lui une trentaine d'esclaves plus sauvages encore et plus suspects que les sauvages indigènes, les Chickasaws, auxquels le settlement s'était accoutumé, qui (les nouveaux nègres) ne parlaient pas l'anglais, mais ce que Compson, qui avait été à la Nouvelle-Orléans, définit comme l'espèce de caraïbe franco-espagnol qu'on parle dans les Petites Antilles, et qui (Sutpen) avait acheté, occupé ou, en tout cas, acquis des terres dans la direction opposée et avait, selon toutes apparences, l'intention d'y créer une plantation plus ambitieuse encore et plus grandiose que le domaine de Grenier. Il avait même amené avec lui un architecte parisien domestiqué — ou plus exactement captif, puisqu'on disait, dans l'arrière-boutique de Ratcliffe, que l'homme dormait la nuit dans une espèce de fosse sur l'emplacement même du château dont il faisait les plans, enchaîné, poignet à poignet, à l'un des esclaves noirs de son geôlier. En vérité, le settlement n'eut pas besoin de le regarder deux fois pour savoir qu'il n'était pas moins indomptable que celui dont il était captif, de même que la belette ou le crotale ne sont pas moins sauvages que le loup ou l'ours devant lesquels ils cèdent avant d'être acculés sans rémission et sans espoir : — un homme pas plus grand que Pettigrew, avec des yeux implacables, brillants d'un humour sardonique, qui avaient tout vu et qui n'avaient rien cru, portant le grand chapeau luxueux, le gilet de brocart et les manchettes de dentelle style mi-artiste, mi-boulevardier; et eux — Compson peut-être, Peabody certainement — pouvaient se l'imaginer avec ses brocarts, ses dentelles, tout cela souillé de terre, déchiré par les ronces, debout au milieu d'une brousse inexplorée, rêvant de colonnades et de portiques, de fontaines, de promenades dans le style de David, tandis qu'exactement derrière ses deux coudes, deux nègres demi-nus, deux géants identiques qui ne le regardaient même pas, qui se contentaient de respirer, le suivaient pas à pas comme si son ombre s'était dédoublée et gonflée jusqu'à devenir gigantesque.

Ainsi, ils avaient même un architecte. Il les écouta environ une minute dans l'arrière-boutique de Ratcliffe. Puis il fit un geste indescriptible et dit : « Bah, vous n'avez pas besoin de conseils. Vous êtes trop pauvres. Vous n'avez que vos mains et de l'argile pour faire de bonnes briques. Vous n'avez pas d'argent. Vous n'avez même rien à copier. Comment pourriez-vous vous tromper ? » Mais il leur enseigna à modeler les briques. Il dessina et construisit le four pour les faire cuire — et en grande quantité — car ils avaient probablement compris, dès ce premier matin doré, qu'un seul édifice ne pourrait leur suffire. Mais, bien que les deux fussent conçus en même temps, préparés simultanément le même hiver et construits ensuite au cours des trois années suivantes, on s'occupa d'abord du tribunal, comme de juste; et en mars, armé de pieux et de pelotons de fil à pêche, l'architecte posa, dans un bosquet de chênes en face de la taverne et du magasin, les fondations carrées toutes simples, le dessin irrévocable non seulement du tribunal, mais de la ville aussi, tout en se bornant à leur dire : « Dans cinquante ans vous vous ingénierez à tout changer au nom de ce que vous appelez le progrès, mais vous ne réussirez pas, vous ne vous en tirerez jamais. » Ils avaient déjà vu cela, eux aussi, enfoncés jusqu'à mi-cuisse dans la brousse, mais avec autre chose qu'une vision à contempler puisqu'ils avaient au moins le fil et les pieux ; peut-être moins de cinquante ans, peut-être — qui sait ? — moins de vingt-cinq : une place. Au centre, le tribunal dans son bosquet ; un quadrilatère tout autour, boutiques à deux étages, bureaux d'hommes de loi, de docteurs, de dentistes, avec, au-dessus, les salles de réunion et de spectacles ; école, église, taverne, banque, prison, tout bien en ordre et bien à sa place. Les quatre grandes avenues divergentes, toutes droites, comme tirées au cordeau dans les quatre directions, qui peu à peu deviendraient un réseau de routes et de chemins jusqu'à ce que le comté en soit entièrement sillonné ; et, sous l'effort des mains, des doigts préhensiles tirant vers la lumière, hors de la brousse vierge qui disparaissait un peu plus chaque année, comme surgis du fond de marées descendantes, les grands champs riches, féconds et bourgeonnants, repoussant, bousculant chaque année davantage la brousse et ceux qui l'habitaient — les ours sauvages et les cerfs, les dindons et les Peaux-Rouges (bien moins féroces maintenant, devenus familiers, inoffensifs, simplement surannés : anachronisme surgi d'un vieux temps révolu, d'un âge mort ; regrettable naturellement et même regretté par les vieillards, farouchement, comme dans le cas du vieux docteur Habersham, ou avec une ardeur moindre, mais tout aussi irréconciliable, tout aussi opiniâtre, comme dans le cas du vieil Alec Holston et de quelques autres, jusqu'au jour où, quelques années plus tard, le dernier survivant partirait à son tour, s'évanouirait à son tour, suranné lui aussi; car c'était une terre d'hommes blancs. Tel en était le sort, ou pas même le sort, la destinée, la haute destinée insensible aux registres du monde) — veines, artères, sources palpitantes de vie où coulerait l'accroissement des moissons : l'or, le coton et le grain.

Mais, avant tout, le tribunal : le centre, le foyer, le moyeu; dressé au centre de la circonférence que formait le comté, comme un nuage unique dans le cercle de son horizon. Il s'éleva, étendant sa grande ombre jusqu'au cercle extrême de l'horizon; rêveur, méditatif, symbolique et pondérable, haut comme un nuage, solide comme un roc, dominant tout : protecteur des faibles, juge et frein des passions et des concupiscences, dépositaire et gardien des espérances et des aspirations. Il s'éleva, brique par brique, au cours de ce premier été, simple carré, du style colonial géorgien le plus simple (et cela grâce à l'architecte parisien qui était en train de créer, à Sutpen's Hundred, quelque chose qui ressemblait à une aile de Versailles entrevue dans un cauchemar gothique lilliputien — par vengeance, dirait, cent ans plus tard, Gavin Stevens quand la propre légende de Sutpen se fut enrichie d'une anecdote : l'évasion et la tentative de fuite de l'architecte que Sutpen, aidé du noir qui lui servait de contremaître et de piqueur, avait ramené après avoir lâché ses chiens sur lui dans le marais) puisque, comme l'architecte le leur avait dit, ils n'avaient pas d'argent pour s'acheter du mauvais goût, rien même qui leur eût permis de copier la quantité de mauvais goût qui aurait pu être dans leurs moyens ; ce tribunal qui, lui aussi, ne leur coûtait que le travail ; et on en était maintenant à la seconde année — la plus grande partie de la main d'œuvre constituée d'esclaves, car le nombre des propriétaires d'esclaves avait augmenté dans le settlement qui était une ville avec un nom pour la postérité depuis deux ans déjà, une ville, et qui avait déjà un nom lorsque, deux ans auparavant, les premiers colons s'étaient réveillés dans ce matin doré : des hommes autres que Holston et le forgeron (Compson en était un maintenant) qui possédaient un, deux ou trois esclaves, outre Grenier et Sutpen qui avaient établi des camps près du cours d'eau, dans les pâturages de Compson, pour y installer deux équipes de noirs jusqu'au jour où les deux bâtiments — le tribunal et la prison — seraient terminés. Mais il n'y avait pas que des esclaves, des vassaux, des hommes sans liberté, il y avait aussi les blancs, ces mêmes blancs qui, en cette chaude matinée de juillet, deux ou trois ans auparavant, s'étaient groupés en une espèce d'incrédulité outragée pour dresser, projeter en l'air dans un accès de rage furieuse et impuissante, le petit appentis à trois murs — les mêmes hommes (malgré les questions personnelles qu'ils avaient peut-être à régler, les travaux personnels ou les travaux pour lesquels on aurait pu les engager, les payer, qu'ils auraient pu exécuter) qui, debout ou circulant parmi les échafaudages et les tas de mortier argileux, pendant une heure, deux heures ou une demi-journée, écartaient parfois un des nègres, prenaient sa place avec la truelle, la scie ou l'erminette, sans qu'on les en priât ni qu'on les en blâmât non plus, puisqu'il n'y avait personne qui eût le droit d'ordonner ou de prohiber ; un étranger aurait pu dire sans doute que c'était justement pour cette raison, parce qu'ils n'avaient pas à le faire, mais il y avait plus que cela : tout le monde travaillait dans le calme, maintenant qu'il n'y avait plus ni outrage ni fureur, et deux fois plus vite, parce que l'homme, ou les hommes, n'avait pas plus lieu de hâter son travail que de hâter la poussée d'une récolte. Ils travaillaient (paradoxe également pour tous, sauf pour les hommes comme Grenier, Compson et Peabody qui vivaient depuis leur enfance parmi des esclaves, respiraient le même air et tétaient aux mêmes seins qui nourrissaient les enfants de Cham : noirs et blancs, libres et non libres, épaule contre épaule, dans le même effort infatigable, le même rythme, comme s'ils avaient le même but, le même espoir que, du reste, ils avaient en fait dans la mesure où cela était possible pour les noirs, ainsi que Ratcliffe même aurait pu l'expliquer, Ratcliffe, ce fils d'une longue et pure lignée de montagnards anglo-saxons, et destiné à être le père d'une lignée également longue et pure de pauvres fermiers blancs qui n'avaient jamais possédé d'esclaves et n'en posséderaient jamais, car chacun d'eux avait absorbé, ou absorberait avec le lait de sa mère une antipathie personnelle, violente, non envers l'esclave mais envers les peaux noires : l'esclave, dans l'ingénuité enfantine de son cerveau, s'était enflammé sur le coup à la pensée qu'il aidait à bâtir non seulement le plus grand édifice de la région, mais probablement le plus grand qu'il eût jamais vu.

C'était tout, mais c'était suffisant.) comme un seul homme parce qu'il était à eux, ce bâtiment plus grand que tous les autres, étant la somme de tous ; et, étant la somme de tous, il devait élever tous leurs espoirs, toutes leurs aspirations, au niveau de la coupole qui sans cesse aspirait à grandir ; si bien que, suants, infatigables, ignorants de toute défaillance, ils se regardaient les uns les autres, un peu timidement, un peu étonnés, avec une sorte d'humilité aussi, comme s'ils se rendaient compte, ou étaient, pendant un instant, capables de croire, que les hommes, tous les hommes, eux inclus, étaient un peu meilleurs, peut-être même un peu plus purs qu'ils ne l'avaient pensé, qu'ils ne s'y étaient attendu, qu'il n'était même nécessaire. Cependant, ils avaient encore quelques difficultés avec Ratcliffe : l'argent, les quinze dollars du cadenas-graisse à essieu chickasaw de Holston. Pas exactement des difficultés, car cet argent n'avait jamais été une obstruction, même trois ans auparavant, au début de l'affaire, et maintenant, trois ans plus tard, l'anodin petit copeau s'était usé par l'effet de la familiarité, de l'accoutumance et n'était plus guère qu'un cure-dent : simplement présent, simplement visible ou plutôt perceptible à l'oreille : et nulle difficulté *avec* Ratcliffe parce qu'il ne faisait plus qu'un avec eux, opposé au cure-dent ; bien plus, il en était la principale victime, celui qui en souffrait le plus, car là où, chez les autres, il n'y avait que de l'inattention, un peu d'humeur, à l'occasion un petit ennui passager, une ignorance, il y avait chez lui de la honte, de l'ahurissement, un peu d'anxiété, de désespoir, comme chez un homme qui lutte contre un vice congénital, sans espoir, indomptable, d'ores et déjà vaincu. Ce n'était même plus l'argent maintenant, les quinze dollars. C'était le fait qu'ils l'avaient refusé, qu'ils avaient peut-être commis une fatale, une irrémédiable erreur. Il essayait de l'expliquer : « C'est comme si le Vieux Maître et les autres, là-haut, qui sont chargés de distribuer la veine, nous regardaient avec mépris en disant : « Tiens, tiens, on dirait véritablement que tous ces forestiers, là, en bas, ne veulent pas de ces quinze dollars que nous nous disposions à leur donner gratis. C'est sans doute qu'ils ne veulent rien accepter de nous. Alors, il vaudrait peut-être mieux que nous fassions ce qu'ils ont l'air de souhaiter, que nous les laissions suer, se débrouiller tout seuls, et s'en tirer comme ils pourront. »

Et c'est ce qu'ils — la ville — firent, mais malgré tout, le tribunal ne fut terminé que six ans plus tard. Non qu'on ne se figurât qu'il l'était : complet, simple et carré avec des planchers, des plafonds et des fenêtres, un hall central et les quatre bureaux (shérif, percepteur, greffier des assises, greffier de chancellerie — ce dernier bureau avec des urnes et des cabines pour voter) au rez-de-chaussée, et la salle d'audience, la salle du jury et le cabinet du juge au premier — jusqu'aux pigeons et aux moineaux, émigrants eux aussi, mais non pionniers, inéluctablement urbains en fait, arrivés tout droit des côtes de l'Atlantique aussitôt que la ville fut devenue une ville avec un nom, prenant possession des gouttières, des chéneaux sans presque attendre que le dernier coup de marteau eût retenti ; les uns, domestiques et interminables, les autres criards et innombrables. Puis, la sixième année, le vieil Alec Holston mourut et, par testament, rendit à la ville les quinze dollars qu'elle lui avait donnés en paiement du cadenas ; deux ans auparavant, Louis Grenier était mort, et ses héritiers gardaient encore en trust à vue les quinze cents dollars qu'il lui avait légués ; et maintenant, il y avait un nouveau venu dans le comté, un homme appelé John Sartoris qui avait des esclaves, des biens et de l'argent aussi, comme Grenier et Sutpen, mais qui était un adversaire encore plus dangereux pour Sutpen que Grenier ne l'avait été, car il était évident, au premier coup d'œil, que lui, Sartoris, était le type d'homme capable de se mesurer avec Sutpen dans ce sens qu'un homme avec un sabre ou même une petite épée et une dose de courage suffisante peut toujours se mesurer avec le porteur d'une hache ; et, cet été-là (l'architecte parisien de Sutpen était depuis longtemps reparti pour l'endroit, quel qu'il fût, d'où il était venu et où, à minuit, il avait tenté une fois, et sans succès, de retourner ; mais son mince filet de briques n'avait jamais tari, ses moules et ses fours avaient fini la prison et élevaient maintenant les murs de deux églises et, un demi-siècle plus tard, ils allaient terminer ce que, dans tout le nord du Mississipi et l'est du Tennessee on appellerait L'Académie, l'Institut de la Femme) on forma un comité : Compson, Sartoris et Peabody (et Sutpen *in absentia* : et la ville ne devait jamais savoir exactement ce que Sutpen et Sartoris avaient dû débourser pour couvrir les frais additionnels). Et, l'année suivante, les huit colonnes démontées furent déchargées d'un vapeur italien à la Nouvelle-Orléans, chargées sur un des bateaux qui remontaient le Mississipi jusqu'à Vicksburg, puis sur un bateau plus petit pour remonter les rivières Yazoo,

Sunflower et Tallahatchie jusqu'au vieil appontement d'Ikkemotubbe qui était maintenant la propriété de Sutpen ; et, pour finir, des bœufs les traînèrent sur douze milles jusqu'à Jefferson : les deux péristyles identiques, à quatre colonnes, un pour le nord et un pour le sud, chacun avec son balcon, ses fers forgés de la Nouvelle-Orléans. Et sur l'un d'eux — celui du sud — Sartoris, en 1861, apparaîtrait dans le premier uniforme confédéré que la ville eût jamais vu, tandis que, sur la place, en bas, l'officier de recrutement de Richmond engageait des hommes, leur faisait prêter serment de servir dans le régiment que Sartoris, en sa qualité de colonel, allait conduire en Virginie comme partie de l'armée de Bee, pour former l'extrême aile gauche de Jackson devant la maison de Henry à First Manassas ; les deux balcons du haut desquels, chaque année, en mai et en novembre, et durant tout un siècle, les baillis, dans leur succession régulière et presque héréditaire, allaient crier sans inflections ni ponctuation « oyez oyez honorables membres de la cour d'assises de Yoknapatawpha County comparaissez et on vous entendra. » Et sous lesquels, pendant le même laps de temps, à l'exception de sept années, entre 1863 et 1870, qui, un siècle plus tard ne comptaient vraiment plus, sauf pour quelques vieilles dames implacables, les individus de race blanche du sexe masculin viendraient voter pour le comté et les emplois d'Etat, car lorsqu'en 63 un régiment des Etats-Unis avait mis le feu à la Place et au quartier des affaires, le tribunal avait survécu. Il n'échappa pas, il survécut tout simplement : plus dur que les haches, plus résistant que le feu, plus fixe que la dynamité ; encerclé par les décombres noircis de murs moins importants, il était toujours là, debout, ainsi que les colonnes décapitées et noires de fumées; l'intérieur était complètement brûlé, naturellement, mais l'édifice restait intact, sans que rien ne fût modifié aux lignes verticales, à demi oubliées, de l'architecte parisien, si bien qu'ils n'eurent (il leur avait fallu neuf ans pour le construire, il en fallut vingt-cinq pour le restaurer) qu'à remettre des planchers neufs aux deux étages, et un nouveau toit, et cette fois avec un dôme orné d'une horloge à quatre cadrans et une cloche pour sonner les heures et le tocsin. Maintenant, la Place, les banques, magasins, cabinets d'hommes de loi, de docteurs, de dentistes, étaient restaurés, et les moineaux, qui n'avaient jamais réellement déserté, étaient revenus également — bandes criardes, indépendantes qui, comme concommittantes, inséparables des querelles routinières, régularisées des humains, avaient pris possession des corniches et des chéneaux, à peine le dernier clou était-il enfoncé — et maintenant les pigeons aussi, interminables et murmurants, usurpaient déjà le beffroi, y faisaient leurs nids, encore qu'ils semblassent ne pouvoir s'accoutumer à la cloche qui, chaque fois qu'elle sonnait les heures, les faisait sortir du dôme en nuages affolés pour plonger, éclater, tourbillonner à chaque coup jusqu'au dernier : et tout cela, pour s'engouffrer ensuite dans les fentes des abat-son. Alors, on ne percevait plus qu'un roucoulement éperdu, un murmure comme d'échos mourants de la cloche elle-même, source d'alarme jamais reconnue, alarme qui ne se fixait pas plus dans le souvenir que le coup même de la cloche ne demeure dans les vibrations mourantes de l'air. Car eux — les moineaux et les pigeons — survécurent — durables — pendant un siècle aux choses les plus vieilles, à l'exception du tribunal centenaire et serein, dressé au-dessus de la ville où la plupart des habitants ne savaient même plus qui étaient, ou avaient été, le docteur Habersham, le vieil Alec Holston et Louis Grenier. Centenaire et serein au-dessus des transformations : l'électricité, l'essence, le néon et la cacophonie de l'air encombré ; même les nègres, qui passaient sous les balcons et dans les bureaux de la chancellerie pour aller voter eux aussi, comme le faisaient les blancs, pour les mêmes gredins à peau blanche, démagogues et champions de la suprématie des blancs — Durable : tous les cinq ou six ans, les pères du comté, rêvant de pots-de-vin, faisaient campagne pour qu'on le démolît et qu'on le remplaçât par un édifice moderne, mais, à la dernière minute, quelqu'un les battait. Ils essayaient de nouveau, naturellement, et étaient battus encore, une ou deux fois de plus, mais jamais davantage ; car le destin du tribunal est de rester debout à l'intérieur des terres américaines : son dôme est sa longévité ; comme un homme, son âge seul est son propre reproche, et le reproche devient insoutenable au bout d'un siècle. Mais il faudrait encore quelque temps. Quelque temps encore, pour les moineaux et les pigeons : ceux-là, bande criarde, incalculable et indisciplinée, ceux-ci domestiques et interminables, à la fois affolés et tranquilles jusqu'au nouveau coup de cloche auquel, même après un siècle, ils semblent n'avoir pas pu s'accoutumer. Et c'est chaque fois l'explosion tournoyante, l'envol du beffroi, comme si l'heure, au lieu d'ajouter simplement une nouvelle particule infinitésimale à la longue progression qui, depuis la Genèse, déroule sa monotonie, avait ébranlé l'air vierge avec le premier et violent ding-dong du Temps et de la Condamnation sans appel.

SCÈNE I

La salle d'audience du tribunal. 17 heures 30, 13 novembre.

Le rideau est baissé. Au moment où les lumières augmentent :

UNE VOIX D'HOMME (derrière le rideau)

Accusée, levez-vous.

Comme pour symboliser le geste de la prisonnière qui se lève au banc des accusés, le rideau se lève découvrant une partie de la salle d'audience. Elle n'occupe pas toute la scène, mais la moitié seulement au fond, à gauche. L'autre moitié et le bas de la scène sont encore dans l'obscurité ; si bien que la scène visible est non seulement éclairée par les projecteurs mais légèrement surélevée, autre symbole qui deviendra plus clair au début de l'acte deux : le symbole de la haute cour de justice dont ce petit tribunal de comté n'est qu'un échelon intermédiaire et non le sommet. C'est une partie de la salle — la barre, le juge, les officiers de justice, les avocats, le jury. L'avocat de la défense est Gavin Stevens. Il a environ cinquante ans. Plus qu'à un homme de loi il ressemble au poète qu'il est en réalité : célibataire, descendant d'une des familles de pionniers du comté de Yoknapatawpha, et il a fait ses études à Harvard et à Heidelberg et est revenu sur sa terre natale pour y devenir une sorte de Cincinnatus bucolique, champion moins de la vérité que de la justice, la justice telle qu'il l'entend. On le voit constamment défendre des causes souvent sans honoraires, plaider dans des affaires d'équité et de passion, même dans des affaires criminelles parmi ses concitoyens blancs et noirs, ce qui est souvent absolument contraire à son métier d'attorney de comté, qu'il exerce depuis des années : la présente affaire en est la preuve.

L'accusée est debout. La seule personne qui soit debout dans la salle. C'est une négresse, assez noire, d'environ trente ans — c'est-à-dire qu'elle pourrait avoir n'importe quel âge entre vingt et quarante ans. Son visage est calme, impénétrable, presque absent. Elle est la plus grande, la plus haute, et tous les yeux sont fixés sur elle, mais elle-même ne regarde personne. Elle regarde en l'air, dans le vague, comme si elle regardait un coin éloigné de la salle, comme si elle y était toute seule. C'est une domestique — elle l'était du moins jusqu'à ces derniers temps, cinq mois pour être exact — la nurse de deux enfants blancs. Cinq mois auparavant, elle a étouffé le plus jeune, un bébé, dans son berceau, et c'est pour cela qu'aujourd'hui elle passe en cour d'assises. Mais elle a vraisemblablement fait beaucoup d'autres choses : haché du coton, préparé des repas pour des équipes de travailleurs — n'importe quel travail manuel dans les limites de ses

capacités ou, plus exactement, de ses limitations quant au temps et à la disponibilité, étant donné que, dans la petite ville du Mississipi où elle est née, elle était connue surtout comme clocharde, alcoolique, prostituée à l'occasion, battue par un homme, poignardée par la femme de cet homme ou son autre maîtresse, quand elle ne les poignardait pas elle-même. Sans doute a-t-elle été mariée, une fois au moins. Elle s'appelle — c'est du moins ainsi qu'elle prononce son nom et qu'elle l'écrirait probablement si elle savait écrire : Nancy Mannigoe.
Un silence de mort règne dans la salle tandis que tout le monde l'observe.

LE JUGE

Avez-vous quelque chose à dire avant que la cour ne rende son verdict ?

Nancy ne répond ni ne bouge ; elle ne semble même pas écouter.

Attendu que vous, Nancy Mannigoe, le neuvième jour de septembre, avez volontairement et avec le ferme propos de nuire, tué le bébé de Mr. et Mrs. Gowan Stevens, dans la ville de Jefferson, comté de Yoknapatawpha...

En suite de quoi la cour a décidé que vous serez ramenée à la prison du comté de Yoknapatawpha et que le treizième jour du mois de mars vous y serez pendue par le cou jusqu'à ce que mort s'en suive. Que Dieu ait pitié de votre âme.

NANCY (assez haut dans le silence,
mais sans s'adresser à personne,
calme, immobile)

Oui, Seigneur.

De l'auditoire invisible monte un murmure d'étonnement, un bruit de choc devant cette violation de procédure inconcevable, le commencement de quelque chose qui pourrait être de la consternation et même du désordre au milieu de quoi, ou plutôt au-dessus de quoi, Nancy elle-même reste impassible. Le juge agite son marteau, l'huissier se lève d'un bond, le rideau commence à baisser par secousses, comme si le juge, les officiers de justice, la cour elle-même s'agitaient frénétiquement afin de cacher cette déplorable affaire ; de quelque part, parmi les spectateurs invisibles, s'élève une voix de femme — un gémissement, une plainte, un sanglot peut-être.

L'HUISSIER (très fort)

Silence ! Silence dans la salle ! Silence !

Le rideau descend rapidement cachant la scène, les lumières faiblissent graduellement et laissent la place aux ténèbres. Un moment d'obscurité, puis le rideau se lève lentement sur :

SCÈNE II

Le salon des Stevens. 18 heures. 13 novembre.

Un salon. Table au centre avec une lampe; chaises, un sofa au fond, à gauche, lampadaire, appliques; une porte, à gauche, ouvre sur le vestibule. Au fond, une porte à deux battants ouvre sur une salle à manger. Cheminée à droite avec bûches à gaz. Atmosphère d'élégance, de modernisme dernier-cri, et cependant, la pièce elle-même évoque un autre temps. Elle a l'air de se trouver dans une vieille maison, une maison d'avant la Guerre Civile tombée finalement entre les mains de quelque survivante, quelque vieille demoiselle qui l'aurait modernisée (témoin le chauffage au gaz et deux grands fauteuils capitonnés) en y installant des appartements loués à de jeunes couples ou à des familles capables de s'offrir le luxe d'un loyer élevé afin de pouvoir vivre dans la rue des gens comme il faut, parmi d'autres jeunes couples appartenant à une église comme il faut et à un club comme il faut.
Bruit de pas. Les lumières s'allument comme si quelqu'un, juste avant d'entrer, avait tourné un commutateur sur le mur. La porte de gauche s'ouvre,

livrant passage à Temple suivie de son mari, Gowan, et de l'avocat Gavin Stevens. Temple a environ vingt-cinq ans. Elle est élégante, soignée, manteau de fourrure ouvert, chapeau, gants, sac à main. Elle semble énervée, tendue, mais maîtresse d'elle-même. Le visage impassible, elle traverse la scène et s'arrête au centre, près de la table. Gowan a trois ou quatre ans de plus qu'elle. Il incarne presque un type qu'on voyait fréquemment aux Etats-Unis, dans le Sud, entre les deux guerres. Le type des fils de famille, enfants uniques de parents aux fortunes bien assises qui habitaient en ville dans des appartements de grands hôtels. Ils avaient fait leurs études dans les meilleures universités du Sud et de l'Est où ils étaient membres des clubs les plus fermés. Mariés maintenant et pères de famille, ils n'en sont pas moins restés anciens élèves de leurs écoles. Ils remplissent convenablement des emplois qu'ils n'ont pas demandés, préoccupés avant tout par les questions d'argent : futures récoltes de coton, actions, obligations. Mais le visage de celui-ci est un peu différent. Il y a dans ce visage quelque chose de plus. Quelque chose qui lui est arrivé — une tragédie — une chose contre laquelle il n'a pu se mettre en garde et qu'il était mal préparé à affronter, que cependant il a acceptée et que véritablement, sincèrement et sans trace d'égoïsme (pour la première fois de sa vie peut-être), il essaie de supporter conformément aux règles imposées par son code. Stevens et lui portent des pardessus et tiennent leurs chapeaux à la main. A peine entré, Stevens s'arrête. Gowan, en passant, pose son chapeau sur le sofa et s'approche de Temple qui, debout près de la table, enlève un de ses gants.

TEMPLE

(Elle prend une cigarette dans la boîte sur la table. D'une voix rauque qui trahit pour la première fois la répression, le contrôle, l'hystérie, elle contrefait l'accusée :)

Oui, mon Dieu. Coupable, mon Dieu. Merci, mon Dieu. Quand on prend cette attitude en face de la pendaison, que voulez-vous que fassent un juge et un jury? Ils sont bien forcés de vous donner ce que vous demandez.

GOWAN

Assez, Boots. Tais-toi. Le temps d'allumer le feu et je paie une tournée. (A Stevens :) *A moins que l'oncle Gavin ne fasse le feu pendant que je ferai le barman.*

TEMPLE (prenant le briquet)

C'est moi qui ferai le feu. Occupe-toi des boissons. Ensuite l'oncle Gavin pourra s'en aller si ça lui fait plaisir. Au fond, il n'a qu'une envie, c'est nous dire : bon voyage, envoyez-moi des cartes postales. Il peut faire ça en deux mots s'il s'en donne vraiment la peine. Et après, il n'aura plus qu'à rentrer chez lui.

Elle s'approche de la cheminée, s'agenouille, ouvre le robinet du gaz, le briquet tout prêt à la main.

GOWAN (la voix pressante)

Voyons, Boots!

TEMPLE (elle allume le briquet
et approche la flamme du robinet)

Pour l'amour de Dieu, veux-tu, je te prie, m'apporter quelque chose à boire.

GOWAN

Mais oui, ma chérie. (Il se tourne vers Stevens :) *Posez votre pardessus où vous voudrez.*

Il passe dans la salle à manger. Stevens ne bouge pas. Il observe Temple tandis que la bûche prend feu.

TEMPLE (toujours à genoux, le dos tourné à Stevens)

Si vous avez l'intention de rester, pourquoi ne vous asseyez-vous pas ? Ou inversement. Vice-versa. Seulement voilà, c'est le premier membre de phrase qui est à l'envers : si vous ne vous asseyez pas, pourquoi ne partez-vous pas ? Laissez-moi me repaître de ma douleur et de ma vengeance, mais laissez-moi au moins le faire seule, parce que, s'il est une excrétion qu'il convient de faire sans témoin, Dieu sait que c'est bien le triomphe.

Stevens l'observe. Puis il vient vers elle, sort le mouchoir de la pochette de son veston, s'arrête derrière elle et abaisse le mouchoir pour lui permettre de le voir. Elle le regarde puis lève les yeux vers Stevens. Son visage est calme.

TEMPLE

Qu'est-ce que vous voulez que je fasse de ça ?

STEVENS

Il est propre. Il est sec également. (Lui tendant toujours le mouchoir.) *Pour demain, alors.*

TEMPLE (se levant d'un bond)

Oh, pour les escarbilles. Dans le train. Nous partons par avion. Gowan ne vous l'avait pas dit ? Nous partons à minuit de l'aérodrome de Memphis. Nous nous y rendons en auto aussitôt après le dîner. Et puis, demain matin, la Californie ; nous irons même peut-être jusqu'à Hawaï, au printemps. Non, ce n'est pas la bonne saison. Au Canada, peut-être. Le lac Louise en mai et juin. (Elle s'arrête, écoute un instant, l'oreille tendue vers la salle à manger.) *Alors, à quoi bon le mouchoir ? Ce n'est pas une menace, parce que vous n'avez rien dont vous puissiez me menacer, n'est-ce pas ? Et si vous n'avez rien dont vous puissiez me menacer, c'est donc que je n'ai rien moi-même que vous puissiez désirer. Ce ne peut donc pas être une façon de me soudoyer, alors ?* (Tous deux entendent, derrière la porte de la salle à manger, un bruit qui annonce l'approche de Gowan Stevens. Temple, de nouveau, baisse la voix, rapidement.) *Formulons la chose de la façon suivante. Voici : Je ne sais pas ce que vous voulez parce que ça m'est indifférent, parce que, quoi que ce soit que vous désiriez, ce n'est pas de moi que vous l'obtiendrez.* (Le bruit se rapproche. Bruit de pas, cliquetis de morceaux de glace.) *Maintenant, il va vous offrir à boire et puis, lui aussi va vous demander ce que vous voulez, pourquoi vous nous avez suivis jusqu'ici. Je vous ai déjà répondu. Si vous êtes venu ici dans l'espoir de me voir pleurer, je doute que vous obteniez même cela. En tout cas, vous n'obtiendrez rien d'autre. Rien de moi. C'est bien compris ?*

STEVENS

Je vous écoute.

TEMPLE

Autrement dit, vous ne me croyez pas. Très bien, alors touché[1]. (Plus vite, plus nerveuse.) *J'ai refusé de*

1. *En français dans le texte.* (N.d.T.)

répondre à votre question. A mon tour de vous en poser une : Combien est-ce que... (Au moment où Gowan paraît elle s'interrompt et change ce qu'elle allait dire avec une telle aisance que quiconque entrerait ne se douterait jamais que le timbre de sa voix s'est modifié.) *...êtes son avocat, elle doit vous avoir parlé ; même une droguée qui assassine un bébé doit avoir ce qu'elle appelle une excuse, même une droguée noire et un bébé blanc — surtout, peut-être, une droguée noire et un bébé blanc.*

GOWAN

Je t'ai dit de te taire, Boots.

Il apporte un plateau sur lequel se trouvent une carafe, un bol de glace, trois grands verres vides et trois verres à whisky déjà pleins. La bouteille elle-même sort de la poche de son pardessus. Il s'approche de Temple et lui tend le plateau.

Parfaitement, je vais en prendre un aussi. Pour changer. Histoire de changer. Après huit ans. Pourquoi pas ?

TEMPLE

Pourquoi pas ? (Elle regarde le plateau.) *Pas de highballs* [1] *?*

GOWAN

Pas cette fois-ci.

Elle prend un des verres pleins. Il présente le plateau à Stevens qui en prend un autre. Il pose ensuite le plateau sur la table et prend le troisième verre.

1. *Whisky servi dans un grand verre avec de l'eau.* (N.d.T.)

Une goutte à peine de temps à autre depuis huit ans. On pourrait les compter. C'est peut-être le moment de m'y remettre. En tout cas, ce ne sera pas trop tôt. (A Stevens :) *D'un seul coup. Un peu d'eau après?*

Presque sans se rendre compte de son geste il replace son verre intact sur le plateau, verse de l'eau dans un des grands verres et le tend à Stevens. Stevens vide celui qu'il tenait à la main, le repose et prend l'autre. Temple n'a pas touché le sien non plus.

Alors, maintenant, Maître Stevens, avocat de la défense, va peut-être nous dire ce qu'il est venu faire ici.

STEVENS

Ta femme te l'a déjà dit. Je suis venu vous dire adieu.

GOWAN

En ce cas, dites-le. Le coup de l'étrier et où est votre chapeau, hein?

Il prend le verre de Stevens et revient vers la table.

TEMPLE (posant son verre intact
sur le plateau)

Et mets-y de la glace cette fois-ci, et peut-être même un peu d'eau. Même d'abord, prends le pardessus de l'oncle Gavin.

GOWAN (sort la bouteille de sa poche
et prépare un highball pour Stevens
dans le grand verre)

Inutile. S'il a pu lever le bras dans un tribunal de blancs pour défendre une meurtrière noire, il peut aussi bien l'abaisser dans un simple pardessus en laine — ne serait-ce que pour trinquer avec la mère de la victime. (Vite : à Temple.) *Pardon. Peut-être as-tu toujours eu raison et moi tort. Peut-être faut-il que nous continuions à dire des choses de ce genre jusqu'à ce que nous nous en soyons débarrassés, débarrassés de quelques-unes, pas de beaucoup, d'un petit nombre seulement...*

TEMPLE

D'accord, pourquoi pas ? Alors, allons-y. (Elle observe non Gowan mais Stevens qui l'observe également, calme, grave.) *N'oublie pas le père, mon chéri.*

GOWAN (mêlant l'eau et le whisky)

Pourquoi l'oublierais-je, ma chérie ? Comment pourrais-je l'oublier, ma chérie ? Seulement, voilà, le père de l'enfant n'est malheureusement qu'un homme et, aux yeux de la loi, les hommes ne sont pas censés souffrir. Ils ne sont que les appelants ou ceux contre qui on fait appel. La loi n'est tendre que pour les femmes et les enfants — particulièrement pour les femmes, particulièrement, tout particulièrement, pour les putains noires et droguées qui assassinent les enfants des blancs. (Il tend le highball à Stevens qui le prend.) *Dans ces conditions, comment pourrions-nous espérer que Maître Stevens, avocat de la défense, éprouve la moindre tendresse pour un homme et une femme qui se trouvent justement être les père et mère de l'enfant assassiné ?*

TEMPLE (durement)

Vas-tu bientôt finir, pour l'amour de Dieu ! Et quand tu auras fini, pour l'amour de Dieu, te tairas-tu ?

GOWAN (rapidement)

Pardon. (Il se tourne vers elle, voit sa main vide, puis remarque le verre plein sur le plateau, près du sien.) *Tu ne bois pas ?*

TEMPLE

Non. Je voudrais du lait.

GOWAN

Bon. Chaud, naturellement ?

TEMPLE

S'il te plaît.

GOWAN (se retournant)

Entendu. J'avais pensé à cela également. J'ai mis une casserole sur le feu pendant que je préparais les verres. (Il se dirige vers la salle à manger.) *Ne laisse pas partir l'oncle Gavin avant que je sois de retour. Ferme la porte à clef au besoin. Ou téléphone peut-être tout simplement à ce champion des libertés noires — comment s'appelle-t-il déjà ?*

Il sort. Les deux autres ne bougent pas avant d'avoir entendu battre la porte de l'office.

TEMPLE (rapide et dure)

Qu'est-ce que vous savez au juste ? (Rapidement.) *Ne mentez pas. Vous ne voyez donc pas que nous n'avons pas le temps ?*

STEVENS

Pas le temps pour quoi ? Avant le départ de votre avion, cette nuit ? Elle a encore un peu de temps devant elle — quatre mois, jusqu'en mars, le treize mars...

TEMPLE

Vous savez très bien ce que je veux dire — vous, son avocat — vous qui la voyiez tous les jours. Ce n'est qu'une négresse, pas davantage, et vous êtes un blanc — même si vous aviez besoin de quelque chose pour lui faire peur — vous n'aviez qu'à lui procurer une dose de cocaïne ou un litre de... (Elle s'arrête, le dévisage avec une sorte d'ahurissement, de désespoir ; son visage est presque paisible.) *Mon Dieu, mon Dieu, elle ne vous a rien dit ! C'est moi ; c'est moi qui — Vous ne comprenez donc pas ? C'est que je ne peux pas croire — que je ne veux pas croire — Non, c'est impossible...*

STEVENS

Impossible de croire que tous les êtres humains ne sont pas réellement — comme vous diriez — des bêtes puantes ? Y compris — comme vous dites, les putains noires et droguées ? Non, elle ne m'a rien dit de plus.

TEMPLE (elle lui souffle)

Même s'il y avait plus à dire ?

STEVENS

Même en ce sens-là.

TEMPLE

Alors, qu'est-ce que vous croyez savoir ? Peu importe où vous l'avez appris. Dites-moi simplement ce que c'est, d'après vous.

STEVENS

Il y avait un homme avec vous, cette nuit-là.

TEMPLE (rapidement,
sans presque lui laisser le temps
de finir)

Gowan.

STEVENS

Cette nuit-là ? Vous oubliez que Gowan était parti avec Bucky à six heures du matin pour se rendre en auto à la Nouvelle-Orléans ?

TEMPLE (vite et d'une voix rauque)

J'avais donc raison. Est-ce que vous lui avez fait peur ou lui avez-vous simplement acheté ce qu'elle aime ? (Elle s'interrompt.) *Je fais mon possible. Je fais tout mon possible, sincèrement. Peut-être ne serait-ce pas si difficile si je pouvais seulement comprendre pourquoi ce ne sont pas des bêtes puantes — les raisons qui les empêchent de puer...* (Elle s'arrête, comme si elle avait entendu un bruit annonçant l'arrivée de Gowan ou peut-être comme si elle savait par instinct, ou par expérience, qu'il avait eu le temps de faire chauffer une tasse de lait. Puis elle continue, rapide et calme.) *Il n'y avait pas d'homme avec moi. Vous voyez ? Je vous l'ai dit, je vous ai averti que vous ne tireriez rien de moi. Oh, je sais ; vous auriez pu, n'importe quand, me faire déposer sous serment. Evidemment, ça n'aurait pas été du goût de votre jury — cette impudique crucifixion d'une maman éplorée, mais qu'est cela en balance avec la justice ? Je ne sais pas pourquoi vous ne l'avez pas fait. Peut-être, du reste, avez-vous encore l'intention de le faire — à condition que vous nous rattrapiez cette nuit avant que nous ayons passé la frontière du Tennessee.* (Rapide, tendue et dure.) *Enfin, pardonnez-moi. Je ne suis pas si sotte. Après tout, ce n'est peut-être que de ma propre puanteur qu'il m'est impossible de douter.* (La porte de l'office bat de nouveau ; tous les deux l'entendent.) *Parce que je n'emmènerai même pas Gowan avec moi quand je vous dirai au revoir et monterai l'escalier — Et qui sait...*

Elle s'interrompt. Gowan entre avec, sur un petit plateau, un verre de lait, une salière et une serviette. Il s'approche de la table.

GOWAN

De quoi parlez-vous maintenant ?

TEMPLE

De rien. Je disais à l'oncle Gavin qu'il y avait en lui certains traits du gentleman de Virginie, ou d'un gentleman quelconque et qu'il avait dû hériter cela de toi, par l'intermédiaire de ton grand-père. Je lui disais aussi que j'allais monter donner son bain à Bucky et le faire dîner. (Elle touche son verre pour en vérifier la température, puis elle le porte à ses lèvres. A Gowan :) *Merci, mon chéri.*

GOWAN

De rien, ma chérie. (A Stevens :) *Vous voyez ? Ce n'est pas une serviette quelconque. C'est exactement la serviette qu'il faut. C'est comme ça que je suis dressé.* (Il s'arrête brusquement, remarque Temple qui n'a rien fait apparemment : elle est là, debout, son verre de lait à la main. Mais il semble savoir ce qui se passe. A Temple :) *Qu'est-ce qu'il y a ?*

TEMPLE

Je ne sais pas.

Il s'approche. Ils s'embrassent. Un baiser ni trop long ni trop court. Nettement un baiser d'un homme à une femme. Puis, portant le lait, Temple se dirige vers la porte du vestibule. (A Stevens :)

Alors, adieu, jusqu'en juin prochain. Bucky vous enverra une carte postale, à Maggie aussi. (Elle s'approche de la porte, s'arrête et se retourne pour regarder Stevens.) *Peut-être même fais-je erreur aussi quant à la puanteur de Temple Drake. Si par hasard on vous racontait des choses que vous n'avez pas encore entendues, et que ces choses soient vraies, j'irais même peut-être jusqu'à les confirmer. Et cela aussi vous pouvez même peut-être le croire — si vous pouvez croire que vous allez apprendre des choses que vous ne savez pas déjà.*

STEVENS

Et vous, le croyez-vous ?

TEMPLE (après un silence)

En tout cas, ce ne sera pas de moi que vous les apprendrez, oncle Gavin. Si quelqu'un a envie d'aller au Paradis, de quel droit l'en empêcherais-je ? Bonne nuit. Adieu.

Elle sort, ferme la porte. Stevens, très grave, se retourne et pose son verre sur le plateau.

GOWAN

Videz votre verre. Il faut que je dîne et que je fasse mes bagages. Alors, on y va ?

STEVENS

On va à quoi ? Aux bagages ou au verre ? Je croyais que tu allais en boire un aussi.

GOWAN

Mais certainement, certainement. (Il prend le petit verre plein.) *Peut-être vaudrait-il mieux que vous partiez et nous laissiez seuls avec notre revanche.*

STEVENS

Je souhaiterais que cela suffise pour te consoler !

GOWAN

Bon Dieu, je le souhaiterais aussi. Je souhaiterais ne chercher qu'à obtenir cette revanche. Œil pour œil — y a-t-il jamais eu de mots plus vides? Seulement, il faut avoir perdu l'œil pour s'en apercevoir.

STEVENS

Toujours est-il qu'il va falloir qu'elle meure.

GOWAN

Et pourquoi pas? En admettant même que ce fût une perte — une putain de négresse, une soularde, une droguée...

STEVENS

...une clocharde, une roulure perdue sans rémission jusqu'au jour où, par pitié, par humanité, Mr. et Mrs. Gowan Stevens l'ont ramassée dans le ruisseau et lui ont donné une dernière chance... (Gowan, debout, immobile, crispe lentement sa main sur le verre. Stevens l'observe.) *Et puis, en guise de remerciements...*

GOWAN

Ecoutez-moi, mon oncle. Pourquoi n'allez-vous pas chez vous... ou au diable... ou n'importe où? Mais, pas ici!

STEVENS

Une minute et je pars. Serait-ce pour cela que tu estimes — que tu dirais encore qu'il faut qu'elle meure?

GOWAN

Non. Je ne suis pour rien dans toute cette affaire. Je n'étais même pas le plaignant. Je n'ai même pas intenté — c'est bien le mot, n'est-ce pas? — le procès. Si j'y ai été mêlé, c'est uniquement parce que je me suis trouvé être le père de l'enfant qu'elle... Mais, nom de Dieu, qui est-ce qui m'a foutu un highball pareil?

Il lance le whisky, verre compris, dans le seau à glace, saisit vivement un des grands verres vides, penche la bouteille de whisky au-dessus et verse. Tout d'abord il ne fait pas le moindre bruit, mais il est évident qu'il rit — un rire qui commence normalement, mais qui, presque aussitôt, devient irrépressible, hystérique, à mesure qu'il verse le whisky dans le verre qui ne tarderait pas à déborder si Stevens, avançant la main, ne s'emparait de la bouteille.

STEVENS

Du calme, voyons, du calme... Là...

Il arrache la bouteille à Gowan, la pose, prend le verre, en verse la moitié dans l'autre verre vide, en laissant une quantité raisonnable qu'il tend à Gowan. Gowan prend le verre, cesse de rire, redevient maître de ses nerfs.

GOWAN (tenant le verre auquel il n'a pas touché)

Huit ans. Huit ans sans une goutte d'alcool... Et voilà ce que j'en ai récolté : l'assassinat de mon enfant par une putain noire, une droguée qui n'a même pas voulu s'enfuir pour permettre à un flic, à quelqu'un, de l'abattre d'un coup de revolver, comme une chienne enragée. Vous entendez bien? Huit ans sans une goutte d'alcool! Et ce que j'achetais au prix de cette renonciation, je l'ai reçu. J'ai obtenu maintenant ce que j'achetais avec ma tempérance. Ce que j'achetais, je le possède maintenant. Le prix est payé. Je puis donc recommencer à boire. Seulement, voilà, je n'en ai plus envie. Vous comprenez ? C'est comme si j'avais acheté une chose que je ne voulais pas avec quelque chose qui, pour moi, n'avait aucune valeur, une chose dont la disparition n'était même pas une perte. Avouez que j'ai bien le droit de rire. C'est ce qu'on peut appeler un triomphe. Car, au fond, j'ai fait une très bonne affaire, même dans l'achat de ce que je ne voulais pas. J'ai obtenu un rabais. J'avais deux enfants. Il m'en a suffi d'un pour payer, pour comprendre qu'en réalité cela ne me coûtait rien du tout. Moitié prix : un enfant et une putain noire, une droguée, envoyée au gibet. C'est tout ce qu'il m'a fallu payer pour être immunisé...

STEVENS

L'immunité est une chose qui n'existe pas.

GOWAN

Contre le passé... ma folie... mon alcoolisme. Ma lâcheté, si vous préférez.

STEVENS

Le passé n'existe pas non plus.

GOWAN

Là encore il y a matière à rire. Mais pas si fort, n'est-ce pas ? Ça pourrait troubler les dames — déranger Miss Drake — Miss Temple Drake... Bien sûr, pourquoi pas la lâcheté ? L'excès d'entraînement plutôt, ça sonne mieux : Gowan Stevens, entraîné à l'Université de Virginie à boire comme un gentleman, emmène une étudiante d'un petit collège, une jeune fille, vierge peut-être — sait-on jamais ? — en automobile à un match de baseball dans un autre petit collège à la campagne. Il se saoule comme dix gentlemen, se trompe de route, continue à boire comme quarante gentlemen, fout sa voiture dans le fossé, dépasse maintenant les quatre-vingts gentlemen, tombe ivre-mort, et la jeune fille, la jeune fille vierge, est enlevée et emmenée dans un bordel de Memphis...

(Il murmure des mots incompréhensibles.)

STEVENS

Quoi ?

GOWAN

Mais parfaitement, de la lâcheté. Appelez ça de la lâcheté. Qu'importe l'euphonie entre de vieux époux ?

STEVENS

En tout cas, tu ne pourras pas dire ça du mariage qui a suivi. Qu'est-ce que...

GOWAN

Mais si. Ce mariage était dans la plus pure des vieilles traditions virginiennes. Les cent soixante gentlemen, sans l'ombre d'un doute.

STEVENS

L'intention était pure, et d'après tous les codes. Prisonnière dans un bordel ; je n'ai pas très bien entendu...

GOWAN (rapidement : avançant la main)

Où est votre verre ? Jetez-moi cette cochonnerie — ici.

STEVENS (son verre à la main)

Celui-ci me suffit. Qu'est-ce que tu as voulu dire quand tu as parlé de prisonnière dans un bordel ?

GOWAN (rudement)

Tout simplement cela. Vous avez entendu.

STEVENS

Tu as dit : « et y a trouvé le plus grand plaisir ». (Ils se dévisagent.) *C'est donc cela que tu n'as jamais pu lui pardonner? — non qu'elle ait été l'instrument créateur de ce moment de ta vie que tu ne peux jamais évoquer, ni oublier, ni expliquer, ni condamner, auquel tu ne peux même pas t'empêcher de penser, mais le fait que non seulement elle n'en a pas souffert mais qu'elle y a trouvé du plaisir — ce mois, ces quelques semaines qui rappellent l'épisode du vieux film où la femme blanche est gardée prisonnière dans la caverne du prince arabe — le fait que tu as été contraint de perdre non seulement ton indépendance de célibataire, mais ton amour-propre d'homme attaché à la chasteté de sa femme, et ton enfant par surcroît, comme prix de quelque chose que ta femme n'avait même pas perdu, ne regrettait même pas, dont elle ignorait même l'absence. C'est donc pour cela que cette pauvre négresse perdue, condamnée, folle, doit mourir?*

GOWAN (tendu)

Sortez! Sortez d'ici.

STEVENS

Une minute. — Ou alors, fais-toi sauter la cervelle : cesse d'avoir à te rappeler, d'être à jamais tenu de ne pas oublier : le néant; plonger dans le néant, s'y enfoncer, s'y noyer pour toujours; n'avoir plus à se rappeler, n'avoir plus à se réveiller, la nuit, tordu de rage, trempé de sueur, parce qu'on ne peut pas, parce qu'on ne pourra jamais cesser de se rappeler. Que s'est-il passé encore pendant ce mois, pendant ces semaines où ce fou la gardait prisonnière dans cette maison de Memphis ? Que s'est-il passé qu'elle et toi soyez seuls à connaître ? En admettant que tu le saches toi-même ?

Sans quitter Stevens des yeux, lentement, délibérément, Gowan replace le verre de whisky sur le plateau, empoigne la bouteille et l'agite, la renverse au-dessus de sa tête. Elle est débouchée et aussitôt le whisky se met à couler le long de son bras, de sa manche, jusqu'à terre. Il ne semble pas s'en apercevoir. Sa voix est tendue, à peine articulée.

GOWAN

Seigneur, ayez pitié de moi... Seigneur, ayez pitié de moi !

Au bout d'un moment Stevens bouge sans hâte. Il pose son verre sur le plateau, se retourne, prend son chapeau en passant devant le sofa, se dirige vers la porte et sort. Gowan reste encore un instant, la bouteille vide à la main. Puis il aspire une longue, une frémissante bouffée d'air, semble revenir à soi, s'éveille, remet la bouteille sur le plateau, remarque le verre de whisky intact, le lève, puis, se retournant, le lance dans la cheminée, contre les bûches à gaz où il se brise. Ensuite, debout, le dos au public, il aspire de nouveau une longue et frémissante bouffée d'air. Puis il se passe les deux mains violemment sur le visage, se retourne, regarde sa manche mouillée, prend son mouchoir, éponge sa manche tout en revenant vers la table, remet le mouchoir dans sa poche et, prenant sur le plateau, près de la salière, la serviette pliée, s'en sert pour essuyer sa manche, s'aperçoit de l'inutilité du geste, rejette la serviette sur le plateau ; et maintenant, ayant en apparence repris son calme, comme si rien ne s'était passé, il remet tous les verres sur le grand plateau, y place aussi le petit plateau et la serviette et emporte le tout tranquillement dans la salle à manger au moment où la lumière commence à baisser.

Les lumières s'éteignent complètement. La scène est noire.

Les lumières se rallument.

SCÈNE III

Le salon des Stevens. 22 heures. 11 mars.
Le salon est exactement le même que quatre mois auparavant. Il y a cependant quelques différences : la seule lampe allumée est celle de la table, et le sofa a été déplacé de façon à faire en partie face au public. Une petite forme immobile enveloppée dans une couverture y est étendue, et une des chaises est placée entre la lampe et le sofa de sorte que l'ombre du dossier tombe en travers du corps étendu ce qui le rend quelque peu indistinct. Les portes de la salle à manger sont fermées. Le téléphone est sur une petite table dans le coin à droite comme à la scène II.
La porte du vestibule s'ouvre. Temple entre suivie de Stevens. Elle porte maintenant une longue blouse d'intérieur, ses cheveux sont attachés par derrière avec un ruban comme à l'heure de se mettre au lit. Cette fois, Stevens porte un pardessus sur son bras et a son chapeau à la main. Son complet est différent. Apparemment, Temple a recommandé à Stevens de ne pas faire de bruit, du moins on le croirait à le voir. Elle entre, s'arrête, le fait passer devant elle. Il s'arrête, regarde tout autour de la chambre, voit le sofa et reste debout à le contempler.

STEVENS

Ça, c'est ce qu'on appelle un coup monté.

Il va jusqu'au sofa, sous le regard de Temple et s'arrête, les yeux baissés vers l'objet que l'ombre recouvre. Il écarte tranquillement la chaise qui projette son ombre et révèle un petit garçon de quatre ans environ, endormi, roulé dans une couverture.

TEMPLE

Pourquoi pas ? Est-ce que les philosophes et autres gynécologues ne nous disent pas qu'une femme qui veut riposter estime que toutes les armes sont bonnes, même les enfants !

STEVENS (observant l'enfant)

Y compris le somnifère que vous m'avez dit avoir donné à Gowan ?

TEMPLE

Si vous voulez. (Elle s'approche de la table.) *Si seulement je pouvais cesser de lutter, cela nous ferait gagner bien du temps. J'ai beau être revenue du fin fond de la Californie, je ne peux pas arriver à renoncer, semble-t-il. Croyez-vous aux coïncidences ?*

STEVENS (se retournant)

Non, à moins que je n'y sois forcé.

TEMPLE (à la table,
prend l'enveloppe jaune d'un télégramme,
l'ouvre et lit)

Jefferson, le 6 mars. « Il vous reste encore huit jours avant le 13. Mais ensuite, où irez-vous ? », signé Gavin.

Elle referme le papier dans les plis anciens et le plie à nouveau. Stevens l'observe.

STEVENS

Eh bien. Nous sommes le 11 aujourd'hui. C'est ça la coïncidence ?

TEMPLE

Non, c'est ceci : (Elle laisse tomber, pousse le papier plié sur la table et se retourne.) *C'était cette après-midi-là — le 6. Nous étions sur la plage, Bucky et moi. Je lisais, et lui... Oh, lui, il parlait surtout, vous savez comme font les enfants. « Dis, maman, c'est loin de Jefferson, la Californie ? » Et je dis : « Oui, mon chéri »... vous savez, comme ça, en continuant à lire ou en essayant. Alors il reprend : « Combien de temps qu'on va rester en Californie, dis, maman ? » Et je dis : « Jusqu'à ce que nous en ayons assez. » Et le voilà qui dit : « Est-ce qu'on restera jusqu'à ce qu'on ait pendu Nancy, maman ? » C'était déjà trop tard. J'aurais dû le prévoir, mais c'était trop tard. Je dis : « Oui, mon chéri. » Et puis, il me l'envoie comme ça en pleine figure... La vérité... Comment dit-on déjà ?... sort de la bouche des enfants. « Et où qu'on ira après, dis, maman ? » Et nous revenons à l'hôtel, et voilà que vous y êtes aussi. Alors ?*

STEVENS

Alors quoi ?

TEMPLE

Ecoutez. En voilà assez. Pour l'amour de Dieu, finissons-en. (Elle se dirige vers un fauteuil.) *Je suis ici, n'est-ce pas ? Peu importe le responsable. Alors, dites-moi ce que vous voulez ? Quelque chose à boire ? Un verre de quelque chose ? En tout cas, vous pourriez toujours vous débarrasser de votre pardessus et de votre chapeau.*

STEVENS

Je ne le sais même pas encore. C'est pourquoi vous êtes revenue.

TEMPLE

Comment, je suis revenue? Mais ce n'est pas moi...

STEVENS (l'interrompant)

... qui ai dit, « Pour l'amour de Dieu, finissons-en. »

Ils se dévisagent : un silence.

TEMPLE

Tenez, débarrassez-vous de votre pardessus et de votre chapeau.

Stevens pose son chapeau et son pardessus sur une chaise. Temple s'assied. Stevens prend un siège en face de lui, de sorte que l'enfant endormi est entre eux deux dans le fond.

TEMPLE

Ainsi, il faut donc que Nancy soit sauvée? C'est pour cela que vous m'avez fait revenir — vous et Bucky, peut-être, de connivence. Enfin, toujours est-il que vous êtes ici et moi aussi. Parce qu'apparemment je sais quelque chose que je ne vous ai pas encore dit — à moins que ce ne soit vous qui sachiez quelque chose que je n'ai pas encore dit. Qu'est-ce que vous croyez savoir? (Vite. Il ne dit rien.) *Voyons. Qu'est-ce que vous savez?*

STEVENS

Rien. Je ne veux rien savoir. Tout ce que...

TEMPLE

Redites-ça encore une fois.

STEVENS

Ça, quoi ?

TEMPLE

Qu'est-ce que c'est que vous croyez savoir ?

STEVENS

Rien, je...

TEMPLE

Bon. Qu'est-ce qui vous fait supposer qu'il y a quelque chose que je ne vous ai pas encore dit ?

STEVENS

Vous êtes revenue. Du bout de la Californie.

TEMPLE

Ce n'est pas suffisant. Essayez encore.

STEVENS

Vous étiez là. (La tête tournée, Temple étend la main vers la table, cherche à tâtons la boîte à cigarettes. Elle prend une cigarette. De la même main elle cherche le briquet et ramène le tout sur ses genoux.) *Au procès. Chaque jour... et toute la journée dès l'ouverture des portes.*

TEMPLE (elle ne le regarde toujours pas. D'un air suprêmement indifférent, elle met la cigarette dans sa bouche, parle du coin des lèvres. La cigarette tressaute)

La mère éplorée...

STEVENS

Oui, la mère éplorée...

TEMPLE (la cigarette tressaute. Elle évite toujours de regarder Stevens)

... qui regarde sa revanche s'accomplir. La tigresse sur le cadavre de son petit.

STEVENS

La mère qui aurait dû être trop écrasée par la douleur pour pouvoir même songer à la revanche — pour pouvoir supporter la simple vue de la meurtrière de son enfant.

TEMPLE (sans le regarder)

Elle proteste un peu trop, me semble-t-il ?

Stevens ne répond pas. Elle allume le briquet et la cigarette, remet le briquet sur la table. Stevens se penche et pousse le cendrier sur la table pour qu'elle puisse l'atteindre. Maintenant elle regarde.

TEMPLE

Merci. Maintenant permettez à grand-maman de vous apprendre à gober un œuf. Ce que je sais, ce qui a bien pu arriver n'a aucune importance. Parce que nous n'aurons même pas besoin de cela. Tout ce qu'il nous faut, c'est un affidavit.

Un certificat qu'elle est folle... qu'elle est folle depuis des années.

STEVENS

J'ai pensé à cela aussi. Seulement, c'est trop tard. C'est il y a cinq mois qu'on aurait dû faire ça. Le procès est terminé maintenant. Elle a été condamnée. Le verdict est rendu. Aux yeux de la loi elle est déjà morte. Nancy Mannigoe n'existe même pas. Même s'il n'y avait pas de meilleure raison que cela. La meilleure raison de toutes.

TEMPLE (tout en fumant)

Vraiment ?

STEVENS

Nous n'en avons pas une seule.

TEMPLE (tout en fumant)

Vraiment ? (Elle se renverse dans son fauteuil et fume précipitamment en regardant Stevens. Sa voix est douce, patiente, un peu trop rapide seulement, comme sa façon de fumer.) *C'est vrai. Tâchez d'écouter. Tâchez vraiment. C'est moi l'affidavit. N'est-ce pas pour cela que nous sommes ici, à 10 heures du soir, presque à la veille de l'exécution ? N'est-ce pas, comme vous le prétendez, la seule raison qui m'ait fait revenir du bout de la Californie, pour ne rien dire d'une — pour me servir des mots que vous avez sans doute employés — coïncidence truquée qui me permette — comme vous le diriez sans doute — de sauver les apparences. Nous n'avons plus qu'un point à régler maintenant, c'est ce que nous allons mettre dans cet affidavit, et jusqu'où il nous faudra aller. Essayez, voyons ; mais il vaudrait peut-être mieux que je vous donne quelque chose à boire auparavant.*

STEVENS

Plus tard, peut-être. Je suis assez étourdi comme ça pour le moment. Parjure et offense à la Cour, cela me suffit amplement.

TEMPLE

Quel parjure ?

STEVENS

Pas vénal. Pire par conséquent : inepte. Après que ma cliente a été non seulement reconnue coupable, mais condamnée, voilà que le principal témoin de l'accusation vient offrir des arguments assez convaincants pour foutre tout le procès en l'air.

TEMPLE

Dites-leur que j'avais oublié cela. Ou dites-leur que j'ai changé d'avis. Dites-leur que l'attorney de district m'a payée pour que je me taise

STEVENS (sévère, mais calme néanmoins)

Temple.

Elle fume par bouffées rapides puis enlève sa cigarette de sa bouche.

TEMPLE

Ou mieux encore : ne sera-ce pas évident ? Une femme dont l'enfant a été étouffé au berceau qui désire se venger, qui est capable de n'importe quoi pour obtenir sa vengeance et qui, lorsqu'elle l'a obtenue, se rend compte qu'elle ne peut pas aller jusqu'au bout, qu'elle ne peut pas, pour assouvir cette vengeance, sacrifier une vie humaine, ne serait-ce qu'une vie de putain noire.

STEVENS

Assez. Chaque chose en son temps. Parlons au moins de la même chose.

TEMPLE

De quoi parlons-nous donc ? Nous parlons de sauver une cliente condamnée à la peine de mort dans une affaire où l'avocat, malgré sa longue expérience, a déjà admis qu'il a échoué.

STEVENS

Ainsi, vous ne voulez donc vraiment pas qu'elle meure ? C'est vous qui avez inventé la coïncidence.

TEMPLE

N'est-ce pas ce que je viens de vous dire à l'instant même ? Pour l'amour de Dieu, dispensons-nous au moins de parler de cela.

STEVENS

Entendu. Ainsi, c'est Temple Drake qui se trouve dans l'obligation de la sauver.

TEMPLE

Non, c'est Mrs Gowan Stevens.

STEVENS

C'est Temple Drake.

Tout en fumant, elle le dévisage, mais avec aplomb cette fois. Avec la même assurance, elle enlève sa cigarette de sa bouche et, sans quitter Stevens des yeux, étend le bras pour l'écraser dans le cendrier.

STEVENS

Bien, alors répétez. Je comprendrai peut-être cette fois-ci. Ecouter, cela va de soi. Nous arrivons, nous nous présentons munis d'un affidavit certifiant que la meurtrière était folle au moment où elle a commis son crime.

TEMPLE

Vous avez écouté en effet... Qui sait...

STEVENS

Et l'affidavit reposera sur quoi ?

TEMPLE

Comment, sur quoi ?

STEVENS

L'affidavit ? Sur quoi reposera-t-il ? (Elle le dévisage.) *Sur quelle preuve ?*

TEMPLE

Une preuve ?

STEVENS

Parfaitement, une preuve. Qu'est-ce qu'il y aura dans cet affidavit ? Il va falloir trouver à affirmer maintenant quelque chose que, pour une raison quelconque, peu importe, vous... ou nous n'avons pas trouvé à propos de mentionner auparavant ou que nous n'avons mentionné qu'après qu'elle...

TEMPLE

Comment voulez-vous que je le sache? Ce n'est pas moi qui suis l'homme de loi. Qu'est-ce que vous voulez qu'on y mette? Qu'est-ce qu'on met d'habitude dans les affidavit. Que leur faut-il pour être efficaces, pour qu'on soit certain qu'ils serviront à quelque chose? Est-ce que vous n'en avez pas des modèles dans vos livres de droit — vos rapports, quel que soit le nom qu'on leur donne — un modèle que vous puissiez copier et que je signerais sous la foi du serment? De bons modèles, des modèles sûrs? Du moment que nous commettons cet acte dont j'ignore le nom, autant en choisir un bon, un si bon que personne, même un tout jeune avocat, n'y pourrait trouver de défaut...

Elle se tait. Elle le regarde fixement tandis qu'il continue à la dévisager sans rien dire, se contentant de la regarder jusqu'au moment où elle aspire bruyamment une bouffée d'air.

TEMPLE (d'une voix rauque)

Qu'est-ce que vous voulez, alors? Qu'est-ce que vous voulez de plus?

STEVENS

Temple Drake.

TEMPLE (vite, d'une voix dure, immédiate)

Non. Mrs. Gowan Stevens.

STEVENS (implacable et calme)

Temple Drake. La vérité.

TEMPLE

La vérité. Nous essayons de sauver une condamnée dont l'avocat s'était déjà avoué vaincu. Cela n'a rien à voir avec la vérité, que je sache (Rapide, dure :) Nous? *Moi,* Moi, *vous dis-je, la mère de l'enfant qu'elle a assassiné ; pas vous, Gavin Stevens, l'avocat, mais moi, Mrs Gowan Stevens, moi, la mère. Vous ne pourrez donc jamais vous mettre dans la tête que je suis prête à tout, que je ferai n'importe quoi ?*

STEVENS

Sauf une seule chose. Une chose qui est tout. Ce n'est pas de mort qu'il est question. Ça, ce n'est rien : une simple poignée de petits faits, quelques papiers timbrés et l'affaire est réglée, enterrée. Il n'y a plus qu'à l'oublier. Ce dont nous essayons de nous occuper, maintenant, c'est de l'injustice. Or, seule la vérité peut régler ce point-là. Ou l'amour.

TEMPLE (durement)

L'amour ! Oh Dieu, l'amour !

STEVENS

Dites la pitié, si vous préférez. Ou le courage. Ou simplement l'honnêteté, l'honnêteté. Ou simplement le désir d'avoir le droit de dormir la nuit.

TEMPLE

Vous venez me raconter des histoires de sommeil, à moi qui, il y a six ans, ai appris à ne plus même me rendre compte qu'il m'était totalement indifférent de ne pas dormir la nuit.

STEVENS

Ce qui ne vous a pas empêchée, néanmoins, d'inventer la coïncidence.

TEMPLE

Vous ne vous tairez donc jamais, nom de Dieu! Vous ne... Enfin, laissons cela. Alors, si sa mort ne vous touche en rien, qu'est-ce que vous voulez? Qu'est-ce que vous pouvez bien vouloir?

STEVENS

Je vous l'ai dit : la vérité.

TEMPLE

Et je vous ai dit que ce que vous vous obstinez à appeler la vérité n'a rien à voir avec ça. Quand vous vous présenterez devant le — comment donc appelez-vous cette autre conglomération d'avocats de métier? La Cour Suprême? — ce dont vous aurez besoin ce sera de faits, de papiers, de documents légalisés, inattaquables, où un autre avocat, entraîné ou novice, ne pourra pas trouver de défaut, de point faible.

STEVENS

Nous n'irons pas devant la Cour Suprême. (Elle le regarde fixement.) *L'affaire est terminée. Si cela avait été possible, suffisant, j'y aurais pensé, je m'en serais occupé il y a quatre mois. Nous allons chez le Gouverneur. Ce soir.*

TEMPLE

Chez le Gouverneur?

STEVENS

Il est possible qu'il ne puisse pas la sauver non plus. Il est même vraisemblable qu'il ne le pourra pas.

TEMPLE

Alors, pourquoi le lui demander? Pourquoi?

STEVENS

Je vous l'ai dit : la vérité.

TEMPLE (avec une surprise tranquille)

Pour cela seulement? Pour cette seule raison? Uniquement pour entendre la vérité exprimée, respirée tout haut, formulée en mots, en sons? Uniquement pour que cette vérité soit entendue par quelqu'un, dite à quelqu'un, au premier venu, à un étranger que cela ne regarde pas, ne peut pas possiblement regarder, uniquement parce que ce quelqu'un est capable d'entendre, de comprendre. Pourquoi mettez-vous la sourdine à votre belle rhétorique? Pourquoi ne me dites-vous pas que c'est pour le plus grand bien de mon âme... en admettant que j'en aie une.

STEVENS

Je l'ai fait. J'ai dit : afin que vous puissiez dormir la nuit.

TEMPLE

Et je vous ai dit que depuis six ans j'ai oublié même ce que c'était que souffrir de ne pas dormir.

Elle le regarde fixement. Il la dévisage sans répondre. Sans le quitter des yeux, elle avance la main sur la table, vers la boîte à cigarettes, puis s'arrête, reste immobile, la main en l'air, les yeux fixés sur lui.

TEMPLE

Alors, c'est qu'il y a autre chose. Nous allons même entendre la vraie raison, cette fois-ci. Eh bien, allez-y.

Il ne répond pas, ne fait pas un signe. Il l'observe. Au bout d'un moment elle tourne la tête et regarde vers le sofa où repose l'enfant endormi. Sans quitter l'enfant des yeux, elle se lève, va vers le sofa et, debout, regarde l'enfant. Sa voix est calme.

TEMPLE

C'était donc bien un coup monté ; seulement, je n'arrivais pas à voir pour qui. (Elle baisse les yeux vers l'enfant.) *Je vous ai jeté à la face l'enfant qui me reste ; vous venez de me le renvoyer.*

STEVENS

Mais je ne l'ai pas réveillé.

TEMPLE

Alors, je vous tiens, cher maître. Que pourrait-il y avoir de mieux pour sa paix et son sommeil que la pendaison de la meurtrière de sa sœur ?

STEVENS

Par n'importe quel moyen, n'importe quel mensonge ?

TEMPLE

Quel mensonge de n'importe qui ?

STEVENS

Et néanmoins, vous avez inventé la coïncidence.

TEMPLE

C'est Mrs. Gowan Stevens qui l'a fait.

STEVENS

C'est Temple Drake. Mrs. Gowan Stevens n'a rien à voir dans cette affaire. C'est l'affaire de Temple Drake.

TEMPLE

Temple Drake est morte.

STEVENS

Le passé n'est jamais mort. Il n'est même jamais le passé.

Elle revient à la table, prend une cigarette dans la boîte, la met dans sa bouche et cherche le briquet. Il se penche comme pour le lui passer, mais elle l'a trouvé. Elle fait jaillir la flamme et allume la cigarette en parlant à travers la fumée.

TEMPLE

Dites-moi, en fin de compte, qu'est-ce que vous savez?

STEVENS

Rien.

TEMPLE

Jurez-le.

STEVENS

Me croirez-vous?

TEMPLE

Non. Mais jurez quand même.

STEVENS

Très bien. Je le jure.

TEMPLE (écrasant sa cigarette dans le cendrier)

Alors, écoutez. Ecoutez bien attentivement. (Elle se lève, tendue, raide, en face de lui. Elle le regarde fixement.)

Temple Drake est morte. Quoi qu'il arrive, Temple Drake sera toujours morte six ans plus tôt que Nancy Mannigoe. Si Nancy Mannigoe n'a que Temple Drake pour la sauver, Dieu lui vienne en aide, à Nancy Mannigoe. Et maintenant, filez.

Elle le dévisage. Un silence. Stevens se lève alors sans cesser de l'observer. Elle soutient son regard et le regarde implacablement. Puis il bouge.

TEMPLE

Bonne nuit.

STEVENS

Bonne nuit.

Il retourne à la chaise, prend son pardessus et son chapeau puis se dirige vers la porte du vestibule. Il met la main sur le bouton de la porte.

TEMPLE

Mon oncle. (Il s'arrête, la main sur le bouton et la regarde.) *Réflexion faite, je crois que j'aimerais avoir le mouchoir.* (Il la regarde un moment encore puis lâche le bouton, tire le mouchoir de la poche de son veston tout en s'approchant d'elle. Elle le regarde fixement. Elle ne prend pas le mouchoir.) *Alors, qu'est-ce qu'il faudra que je fasse ? Qu'est-ce que vous suggérez ?*

STEVENS

Tout.

TEMPLE

Ce que, naturellement, je ne ferai pas. Ce que je refuse catégoriquement de faire. Vous pouvez comprendre ça, n'est-ce pas ? Tout au moins vous pouvez l'entendre. Alors, reprenons dès le début si vous le voulez bien. Jusqu'où voulez-vous que j'aille dans mes déclarations ?

STEVENS

Il faudra tout dire.

TEMPLE

En ce cas, je n'aurai pas besoin de mouchoir. Bonne nuit. Fermez la porte en sortant, s'il vous plaît. Le froid recommence.

Il fait demi-tour, se dirige vers la porte sans s'arrêter ni regarder derrière lui, sort, ferme la porte. Elle ne le regarde pas non plus. Pendant un moment, après que la porte s'est refermée, elle ne bouge pas. Puis elle fait un geste, un peu comme le geste de Gowan à la scène II, avec cette différence qu'elle presse simplement ses paumes très fort, et pendant un instant, contre son visage, un visage calme, froid, sans expression. Elle laisse retomber ses mains puis elle se retourne, prend la cigarette écrasée à côté du cendrier, la met dans le cendrier et se dirige vers la cheminée. Quand elle passe près du sofa elle abaisse les yeux sur l'enfant endormi, puis elle vide le cendrier dans la cheminée, retourne à la table où elle repose le cendrier et, cette fois, s'arrête devant le sofa, se penche, borde la couverture bien serrée autour de l'enfant endormi puis va décrocher le téléphone.

TEMPLE (au téléphone)

329, s'il vous plaît. (Tandis que, debout, elle attend la communication, il y a un léger mouvement dans l'obscurité, au-delà de la porte métallique, au fond de la scène. Ce léger mouvement silencieux suffit à indiquer que quelque chose ou quelqu'un a remué. Temple ne s'en aperçoit pas car elle tourne le dos. Puis elle parle au téléphone.) *Tante Maggie? Ici, Temple... Oui, brusquement... Oh, je ne sais pas; nous commencions peut-être à nous fatiguer du soleil... Naturellement... je passerai peut-être vous voir dans l'après-midi. Je voulais laisser un message pour l'oncle Gavin... Je sais. Il vient juste de partir. Quelque chose que j'ai oublié... Voulez-vous lui dire de m'appeler quand il rentrera... Oui... N'est-ce pas?... Oui... Si vous voulez... Merci.* (Elle raccroche l'appareil et s'apprête à revenir au milieu de la pièce quand le téléphone sonne. Elle se retourne, saisit l'écouteur et parle.) *Allô!... Oui... Encore une coïncidence; j'avais encore la main dessus; je venais justement d'appeler tante Maggie... Oh, dépôt d'essence... Je ne pensais pas que vous auriez eu le temps... Je peux être prête dans une demi-heure. Votre voiture ou la nôtre? Très bien. Dites-moi... Oui, je suis ici, mon oncle... Jusqu'où faudra-t-il que j'aille dans mon histoire?* (Très vite.) *Oh, je sais, vous me l'avez déjà dit huit ou dix fois. Mais je n'avais peut-être pas bien entendu. Jusqu'où faudra-t-il que j'aille?* (Elle écoute un moment, calme, le visage glacé, puis lentement elle abaisse l'écouteur. Elle parle tranquillement, sans inflexions.) *Oh Dieu! Oh Dieu!*

Elle raccroche l'appareil, s'approche du sofa, éteint la lampe sur la table, prend l'enfant, se dirige vers la porte du vestibule, éteignant en passant les autres lampes si bien que la seule lumière qui éclaire la pièce vient du vestibule. Dès qu'elle a disparu, Gowan entre par le fond, habillé, mais sans veston, sans gilet ni cravate. Il n'a très évidemment pas pris de somnifère. Il va au téléphone et reste debout, très calme, tourné vers le vestibule, et attend sans aucun doute que Temple se soit suffisamment éloignée. Puis la lumière du vestibule s'éteint et la scène est dans l'obscurité complète.

VOIX DE GOWAN

239, s'il vous plaît... Bonsoir, tante Maggie. Gowan... Très bien merci...Certainement, demain dans l'après-midi. Dès que l'oncle Gavin rentrera, voulez-vous lui dire de m'appeler ? Je serai ici. Merci.

(Bruit de l'appareil qu'on raccroche.)

RIDEAU

ACTE II

LE DÔME DORÉ

(Au commencement était le Verbe)

JACKSON, alt. 294 pieds, pop. (1950) 201 092.
Ville fondée par une commission composée de trois membres choisis, nommés et envoyés dans ce seul but, au sommet d'une haute colline dominant Pearl River, approximativement au centre géographique de l'Etat, ville qui ne devait être ni un marché, ni un centre industriel, ni même un endroit où des hommes pourraient vivre, mais une capitale, la Capitale d'une République.

Dès le commencement l'existence de ce bouton arrondi, de cette pustule dorée, avait été décidée, avant et au-delà de la pénombre fuligineuse, du miasme sans âge, sans saisons, sans hiver, qui n'était ni eau, ni terre, ni vie, mais les trois à la fois, inextricable, indivisible; bouillonnement unique, frai unique, matrice unique, unique et furieuse tumescence, à la fois père et mère, unique et vaste éjaculation qui s'échappait du Laboratoire Expérimental Céleste, fendu déjà par le travail bouillonnant d'un enfantement monstrueux; frai unique, grouillant, rampant, posant l'empreinte de ses trois doigts de mastodonte sur les langes de chaudes vapeurs vertes, sur les couches de charbon et de pétrole au-dessus desquelles les têtes de reptiles à cervelle grosse comme un pois courbaient l'air lourd que fustigeait le cuir.

Ensuite, l'âge de glace, mais le bouton était toujours là, le dôme-abcès, le demi hémisphère enterré ; la terre, secouée d'embardées, levait vers les ténèbres le long flanc continental, s'efforçait de faire remonter sous la calotte polaire cette furieuse matrice équatoriale, le couvercle de froid jetant dans un néant insouciant et blafard un dernier son, un dernier cri, insignifiante et multiple condamnation évanouie sur-le-champ, et puis plus rien : la terre aveugle et muette tourne, trace la longue orbite astrale, glacée, sans marées, sans témoins, tandis que persiste toujours la même lueur falote, cette éternelle miette dorée de l'éternelle aspiration de l'homme, ce dôme doré, préordonné et imprenable, cette minuscule lueur fœtale plus dure que la glace, plus dure que le gel ; et la terre, dans une autre embardée rejeta sa dépouille ; la glace, à une vitesse infinitésimale, creusant des vallées, incisant des collines, disparut. La terre s'inclina davantage pour que pût reculer la bordure des mers, les rivages cerclés de colliers de coquilles, de contours semblables aux cercles concentriques qui marquent l'âge des troncs d'arbres coupés, appuyant vers le sud, par un mouvement de recul vers cette lueur muette, attirante, bas-fond marécageux, confluent, continental, exposant à la lumière, à l'air, la grande page blanche, centre du continent pour le premier jambage d'une consignation méthodique — usine-laboratoire couvrant ce qui deviendrait vingt

Etats, établie, décrétée dans le but d'une fabrication unique : la succession placide, régulière des saisons, pluie, neige, gel, dégel, soleil, sécheresse, pour aérer et amollir le sol, la course de centaines de rivières vers le Grand Fleuve, leur père à toutes, porteur de terres fertiles de riches engrangements au sud, toujours plus au sud, sculptant les falaises, pour assurer la longue marche des villes riveraines, inondant les bas-fonds du Mississipi, fertilisant la riche terre alluviale, couche par couche, à chaque printemps, surhaussant pouce par pied, par année, par siècle, la surface de la terre qui, avec le temps (pas bien éloigné maintenant, mesuré en contraste avec cette longue chronique anonyme) tremblerait au passage des trains comme un pont suspendu au passage d'un chat.

Déjà, les riches terres d'alluvion, épaisses et noires, qui feraient croître le coton plus haut que la tête d'un homme à cheval, avaient pris l'aspect d'une jungle, de fourrés denses, impénétrables, ronces, cannes et lianes entrelaçant la poussée des arbres, cyprès, gommiers, noyers, chênes, frênes. On y découvrait maintenant les empreintes d'une faune indigène — ours, cerfs, panthères, bisons, loups, alligators et des milliers de bêtes plus petites, et des hommes pour leur donner des noms aussi peut-être — ces ancêtres anonymes, bien qu'officiellement recensés, qui élevèrent des buttes pour échapper aux inondations de printemps et laissèrent les modestes produits de leur fabrication : les archaïques et les dépossédés, dépossédés par ceux-là mêmes qui, à leur tour, furent dépossédés parce qu'eux aussi étaient devenus archaïques : les sauvages Algonquins, Chickasaw, Choctaw, Natchez et Pascagoula qui, du sommet de leurs hautes falaises, laissaient tomber leurs regards vierges et étonnés sur une pirogue Chippeway où se trouvaient trois Français — et qui eurent à peine le temps de faire demi-tour pour voir derrière eux dix, puis cent, puis mille Espagnols venus des rivages de l'Atlantique — marée, remous, triple mouvement de flux et de reflux, si vivement, si rapidement répandu à travers la lente chronique alluviale du pays qu'on eût dit le mouvement agile du prestidigitateur passant une de ses mains devant celle qui tient le jeu de cartes inconstantes : le Français pendant un instant, l'Espagnol pendant deux instants peut-être, puis, pendant deux instants, le Français de nouveau et, encore une fois, l'Espagnol et le Français enfin, pour cette dernière et unique seconde, cette demi respiration; et c'est alors que vint l'Anglo-Saxon, le pionnier, l'homme de haute taille vociférant sous l'effet du whisky et des Saintes Lettres protestantes; Bible et cruchon d'une main; de l'autre (à l'occasion) un tomahawk de Peau-Rouge, gueulard et turbulent, non par méchanceté mais par exubérance glandulaire; époux soumis et polygame : marié, mais célibataire endurci, traînant derrière soi, à travers les forêts vierges infestées, sa femme enceinte et la majeure partie de la famille de sa belle-mère; mettant l'enfant au monde le plus souvent à l'abri d'un tronc d'arbre hérissé de fusils, loin de tout lieu consigné sur les cartes, puis engrossant la mère de nouveau sans attendre d'avoir atteint le but vers lequel le poussait l'impatience de ses jambes, ce qui ne l'empêchait pas de déposer sa semence impétueuse dans des centaines de ventres noirs à travers des centaines de milles de terres inviolées; innocent et gobeur, ignorant l'avarice, la pitié, la prévoyance, changeant la face de la terre : abattant un arbre qui avait mis deux cents ans à pousser afin d'en faire descendre un ours ou d'en extraire une pleine casquette de miel sauvage ;

Archaïque également : continuant à abattre l'arbre de deux cents ans quand l'ours et le miel en eurent disparu et qu'il n'y avait plus dans ses branches qu'une sarigue ou un raton laveur dont la peau valait deux dollars, tout au plus, transformant la terre en un désert hurlant d'où il serait le premier à partir non seulement sur les trousses des sauvages (de peau à peine plus foncée que la sienne) qu'il avait dépossédés, mais simultanément, car pas plus qu'eux, il n'aurait pu vivre si la brousse ne l'avait entretenu, nourri. Et c'est ainsi que disparut l'heure de son euphorie et de son tapageur orgueil. Il cessa d'exister, ne laissant de lui-même qu'un fantôme, paria et proscrit. Maintenant il n'était plus question de Saintes Ecritures ; son arme unique était le pistolet de l'assassin, du voleur de grand chemin hantant l'orée de la brousse sauvage que lui-même avait contribué à détruire parce que, tout le long des falaises processionnelles, les villes riveraines avançaient maintenant vers le sud, toujours plus avant vers le sud : Saint Louis, Paducah, Memphis, Helena, Vicksburg, Natchez, Bâton-Rouge, villes peuplées de gens qui n'avaient que des lois à la bouche, d'hommes vêtus de beaux vêtements en drap fin, avec gilets à fleurs, propriétaires d'esclaves noirs, de lits Empire, de meubles de Boule, de pendules d'or moulu, et qui se promenaient en fumant leurs cigares sur ces falaises au pied desquelles, dans des cabanes, sur des péniches, lui achevait en rixes et en bagarres sa dernière soirée d'âme damnée, livrant sans cesse son existence de vaurien aux terribles couteaux des ivrognes de son espèce — et cela dans l'intervalle des poursuites dont il était l'objet, traqué sous ses avatars éphémères : Harpe, Hare, Mason et Murrel, tué parfois à bout portant, parfois harcelé par les chiens, débusqué de ce qui lui restait des repaires secrets de sa vie de sauvage le long de la piste Natchez (un jour quelqu'un apporta dans la région une graine étrange et la mit dans la terre, et maintenant de vastes champs tout blancs couvraient non seulement les terres qu'il avait déboisées follement de sa hache imprudente mais effaçaient, repoussaient la jungle plus vite même qu'il n'avait pu le faire, si bien que c'est à peine s'il avait derrière lui la protection d'un rideau d'arbres quand, tapi dans son fourré, il regardait avec une rage impuissante, incrédule, et sans arriver à comprendre, celui qui le dépossédait) pour être amené dans les villes où l'attendait son apothéose officielle dans la salle d'un tribunal, puis sur un échafaud ou à la branche d'un arbre.

Car ces temps n'étaient plus, cet âge de courage, d'innocence, de tumulte, jours euphoriques et sans lendemains ; le dernier bateau à quille, la dernière péniche (Mike Fink était devenu une légende : et bientôt les grands-pères eux-mêmes ne prétendraient plus l'avoir jamais connu. Maintenant, le héros du fleuve était le joueur professionnel des bateaux de plaisance qu'on voyait patauger de la bouée où le capitaine l'avait débarqué jusqu'à la rive où il se hissait dans ses beaux habits mouillés) avaient été débités comme bois de chauffage dans la rue Dauphine ou dans la rue de Chartres ou de Toulouse ; et les braves guerriers Choctaw et Chickasaw, les cheveux coupés court, revêtus de bleus de travail, armés de fouets à mules au lieu de tomahawks, ayant achevé leurs bagages pour émigrer vers l'Ouest jusqu'en Oklahoma, regardaient les bateaux à vapeur sillonner les cours d'eau les moins profonds, les plus enfouis dans la jungle, où se balançaient doucement, dans les remous des aubes, les os rongés, retenus par des pierres, de ceux que Hare et Mason avaient assassinés. C'étaient des temps nouveaux, un âge nouveau, le commencement d'un millénaire. Un vaste, un unique réseau de commerce tissait sa toile, dessinait ses veines autour du Fleuve dans le centre du continent. La Nouvelle-Orléans, Pittsburg, Fort Bridger, Wyoming se servaient mutuellement de faubourgs, inextricables dans leur destinée ; les hommes n'avaient aux lèvres que des lois et des ordres et, au bruit de l'argent, la bouche de tous les hommes s'arrondissait. Une affirmation unanime et dorée hurlait la matinée, immesurable, illimitée de la nation : profit plus régime égale sécurité : une nation d'Etats ; cette miette, cette coupole, cette pustule dorée, cette Idée qui se dressait déjà suspendue comme un ballon ou un présage, ou une nuée d'orage, au-dessus de ce qui était autrefois de la brousse et vers qui se tournaient, se fixaient les regards de tous : le Mississipi : un Etat, une république : triumvirat législatif, judiciaire, exécutif, mais sans capitale, fonctionnant comme sous la direction d'un état-major en campagne, opérant comme s'il était encore en route vers cette haute, cette inévitable place qu'il allait occuper dans la brillante liste des Etats, si bien qu'en

1820, du quartier général de Columbia, les législateurs choisirent, nommèrent et envoyèrent une commission composée de trois hommes : Hinds, Lattimore et Patton. Ils n'étaient pas politiciens, encore bien moins à la solde de politiciens. C'étaient des soldats, des ingénieurs, des patriotes — soldats pour trancher les questions de concrète réalité, ingénieurs pour les aspirations, patriotes pour se cramponner à leur rêve — trois hommes blancs, dans une pirogue Choctaw qui, lentement, remontèrent le cours d'une rivière sauvage et vide comme, deux siècles auparavant, les trois Français, dans leur barque nordique d'écorce de bouleau, s'étaient laissé descendre au fil du courant sur cette autre rivière plus vaste et encore plus vide.

Mais, ces hommes-là ne partaient pas à la dérive : ils pagayaient, car ils remontaient le courant. Ils ne s'enfonçaient pas malgré eux dans l'inconnu du mystère et de l'autorité, mais ils cherchaient à établir dans la brousse sauvage un point où les hommes pourraient se réunir en toute conscience et liberté. A leur tour, ils inspectaient, surveillaient les rives touffues et inscrutables, conscients aussi peut-être des regards étrangers incorrigibles, mais les rejetant déjà, non que les sombres citoyens de la jungle déjà dépossédés à Doak's Stand fussent moins irréductibles maintenant, mais parce que cette pirogue, au lieu de transporter la croix résignée et sanglante du Christ et de Saint Louis apportait les balances, le bandeau et l'épée. Ils remontèrent la rivière, jusqu'à Le Fleur's Bluff, le comptoir d'échanges établi sur la haute falaise par le voyageur canadien dont le nom, que maintenant on prononçait et épelait « Leflore », allait être porté par le premier chef héréditaire mi-français, mi-Choctaw, de la nation Choctaw, qui, ayant fait alliance avec les blancs au Concile du Lapin qui Danse, allait rester dans le Mississipi après que son peuple aurait émigré dans l'Ouest, pour, avec le temps, y devenir un des grands planteurs de coton, propriétaire d'esclaves, et y laisser, après sa mort, un comté dont le siège porterait le nom de la maîtresse d'un roi de France. Ils s'arrêtèrent enfin, tout en pagayant encore doucement pour maintenir la pirogue immobile dans le courant. Ils ne levèrent pas les yeux vers les visages sombres, dépossédés, qui les observaient du haut de la falaise, mais ils se regardèrent l'un l'autre, se dévisagèrent plutôt, dans la barque stationnaire et ils dirent : « Voilà la ville. Voilà l'Etat. »

1821 — Le général Hinds et les deux autres membres de la commission, avec l'aide d'Abraham Defrance, surintendant des travaux publics de Washington, établirent le plan de la ville suivant les instructions que Thomas Jefferson, dix-sept ans auparavant, avait données au gouverneur territorial Claiborne, et construisirent le Palais du Gouvernement : trente pieds sur quarante de briques, argile et calcaire du pays, mais suffisant pour contenir un rêve. La première assemblée législative s'y réunit à l'an nouveau, 1822.

Et on donna à la ville le nom de l'autre vieux héros, le frère d'armes du héros Hinds sur les champs de bataille où Anglais et Seminoles avaient été battus, l'homme qui, bientôt, allait devenir Président — vieux duelliste, vieux lion batailleur, efflanqué, féroce, galeux, impérissable qui mettait la prospérité du pays au-dessus de la Maison Blanche et, au-dessus de l'une et de l'autre, le succès de son nouveau parti politique et, au-dessus de tout cela, non l'honneur de sa femme, mais le principe que l'honneur doit être défendu, qu'il existe ou non, parce que cette défense lui donne une existence même s'il n'existe pas ; — Jackson, afin que la nouvelle ville, créée non pour être une ville mais un centre propre au gouvernement des hommes, pût avoir sa part du courage, de l'endurance et de la chance du soldat victorieux. Et la région environnante fut appelée comté de Hinds, en souvenir du héros de moindre importance, en vertu du principe que l'habitation d'un héros, même vide, jouit non seulement d'une part de sa dignité, mais en reçoit un accroissement de durabilité et de stature.

Et le besoin s'en fit sentir, le besoin de chance tout au moins : en 1829, le Sénat proposa une loi autorisant le transfert de la capitale à Clinton. La Chambre mit son veto. En 1830, la Chambre elle-même vota le transfert à Port Gibson, sur le Mississipi, mais changea d'avis deux minutes plus tard, revint sur sa décision et, le lendemain, vota le transfert à Vicksburg, ce qui fut également sans effet. Il n'existe aucun document (Sherman les brûla en 1863 et en avertit son supérieur, le général Grant, par une petite note d'une concision confortable et encourageante) qui permette de savoir ce qui se passa à ce moment-là : essai, course pour rien peut-être ; peut-être aussi le résultat d'une semaine, d'un mois de vieille routine ; peut-être encore l'innocence de la jeunesse, l'absence ou, du moins, le regret des voix unanimes des trois patriotes idéalistes qui, à contre-courant, avaient apporté le rêve. Ainsi, l'enfant porteur de dynamite ignore son propre pouvoir d'altération. Enfin, en 1832 — peut-être par un désir de légitime défense, peut-être par simple lassitude, une constitution fit de Jackson une capitale, sinon à perpétuité, du moins par engagement sous condition, jusqu'en 1850, date à laquelle (espérait-on peut-être) un corps législatif serait composé d'hommes plus mûrs ou, tout au moins, qui auraient passé l'âge de s'amuser à jouer avec les nouveautés.

Et c'était tout ce qu'il fallait pour le moment; Jackson jouissait de la sécurité, n'était plus en danger de servir de joujou; stable et fortement établie, la ville allait durer toujours; des hommes y étaient venus habiter, des chemins de fer les avaient suivis, biffant de traits d'acier l'âge des bateaux à aube : jusqu'à Vicksburg en 1836, jusqu'à Natchez en 1837 et, pour finir, la jonction de deux lignes allait ouvrir une route de La Nouvelle-Orléans au Tennessee, tandis que le Southern Railroad conduirait à New York et à l'Océan Atlantique. Stable et fixe : en 1836, Old Hickory lui-même parla au corps législatif dans sa propre salle de séances; cinq ans plus tard, Henry Clay fut fêté sous le même toit. Et ce même toit vit également la convention qui déclara que le Mississipi était la troisième étoile de ce brillant cordon d'Etats fidèles au principe que des communautés humaines formées volontairement doivent non seulement être à l'abri, mais avoir l'assurance que nulle intrusion fédérale ne viendra les troubler; et ce même toit connut le général Pemberton quand il fallut lutter pour ce principe et pour ce droit, et Joseph Johnston, et Sherman, et l'incendie : et rien n'en resta plus. Une Ville de Cheminées (il fut un temps où les porcs couraient dans les rues, maintenant c'étaient les rats) sous la botte d'un général de l'armée des Etats-Unis pendant que du sang nouveau affluait : des hommes qui avaient suivi, talonné les armées fédérales, porteurs de grains gâtés, de viandes avariées et de mules boiteuses, des hommes qui maintenant harcelaient les grands prévôts de l'armée fédérale avec des sacs de toile bourrés de bulletins de votes sur lesquels les esclaves affranchis pourraient apposer leurs X.

Mais ce ne fut pas la mort : le gouvernement qui avait fui devant Sherman en 1863 revint en 1865 et même se développa, bien qu'un gouvernement municipal d'aventuriers se cramponnât longtemps après que l'Etat les eût dépossédés ; en 1869, on fonda Tougaloo College pour les nègres ; en 1884, on fit venir de Natchez Jackson College, pour les nègres, et en 1898, Campbell College pour les nègres fut transféré de Vicksburg. Des leaders noirs, formés dans ces écoles, intervinrent quand, en 1868, un certain « Buzzard » Egglestone entreprit de mobiliser la troupe pour chasser le gouverneur Humphries de ses bureaux et de sa maison ; en 1887, les femmes de Jackson organisèrent le Bal Kermis qui dura trois jours afin de récolter l'argent nécessaire à l'érection d'un monument aux morts des armées de la Confédération ; en 1844, Jefferson Davis parla pour la dernière fois en public dans le vieux Capitole ; en 1890, la plus grande convention de l'Etat rédigea l'actuelle constitution.

Et gens et chemins de fer n'arrêtaient pas. Le New Orleans et Great Northern dans la vallée de Pearl River, le Gulf Mobile et Northern au nord-est. L'Alabama et les savanes noires de l'est étaient presque des grandes banlieues, et une ligne en direction de Yazoo City et des villes riveraines en amont du fleuve transforma les Grands Lacs en étangs de faubourgs ; le « Gulf and Ship Island » déclencha le boom des bois de construction dans le sud du Mississipi, et les voix de Chicago parlèrent parmi les magnolias et dans le parfum du jasmin et des lauriers-roses ; en dix ans, la population doubla et tripla ; en 1892, Millsaps College ouvrit ses portes et devint un des premiers établissements d'enseignement supérieur ; puis le gaz naturel et le pétrole et les autos du Texas et de l'Oklahoma filèrent comme une migration d'oiseaux à travers le pays, et les grandes flammes des manches à air s'élevaient comme des panaches incandescents au-dessus des empreintes disparues des cerfs et des cendres des feux de bivouac refroidies depuis un siècle ; et, en 1903, le nouveau Capitole fut complété — le dôme d'or, le bouton, la croûte étincelante, la pustule dorée plus longue que le miasme et les gigantesques et éphémères sauriens, plus durable que la glace et le froid prénocturne, suspendu comme une sphère aveuglante au-dessus du centre de l'Etat, ce dôme qu'on ne pouvait ni regarder en face ni éviter, péremptoire, irréfragable et rassurant.

Dans la liste des noms du Mississipi :
Claiborne, Humphries, Dickson, McLaurin, Barksdale, Lamar, Prentiss, Davis, Sartoris, Compson.

Dans la liste des villes :
JACKSON, alt. 294 pieds, pop. (A.D. 1950) 201.092.
Chemins de fer : Illinois Central, Yazoo et Mississipi Valley, Alabama et Vicksburg, Gulf et Ship Island.
Autobus : Tri-State Transit, Vanardo, Thomas, Greyhound, Dixie-Greyhound, Teche-Greyhound, Oliver.
Air : Delta, Chicago et Southern.
Transports : Tramways et Taxis.
Logements : Hôtels, Camps de tourisme, Pensions de famille.
Radio : WJDX, WTJS.
Amusements : chroniques : S.I.A.A.[1]. Matches de basketball, Festival de Musique, Soirée théâtrale de l'Union des Dames de Charité, Fête de Mai, Matches de tennis, Fête Nautique de la Croix-Rouge, Foire, Exposition de modes de l'Union des Dames de Charité, Concours Hippique des Eclaireuses, Festival de Chants.
Amusements : aigus : Religion, Politique.

1. *Southern Intercollegiate Athletic Association.* (N.d.T.)

SCÈNE I

Le bureau du Gouverneur de l'Etat. 2 heures du matin. 12 mars.

Tout le devant de la scène est dans l'ombre comme à la scène I de l'acte I ; par suite, la partie visible de la scène a l'air d'être soutenue par le faisceau d'un projecteur. Suspendue également, car elle est au fond, à gauche, dominant encore davantage que dans la scène I de l'acte I l'ombre de la scène proprement dite. Cela renforce encore le symbolisme et permet d'évoquer le plus élevé, le dernier et ultime siège de la justice.

C'est un coin, une section du bureau du Gouverneur de l'Etat, tard dans la nuit, environ deux heures du matin — une horloge sur le mur marque deux heures deux minutes — un bureau massif, nu, à l'exception d'un cendrier et d'un téléphone, devant un lourd fauteuil à grand dossier, comme un trône. Sur le mur, derrière et au-dessus du fauteuil, se trouve l'emblème, le sceau officiel de l'Etat, souveraineté (mythique, puisque c'est plutôt l'Etat dont le comté d'Yoknapatawpha est une fraction) — un aigle, les balances

aveugles et la Justice, une devise en latin, peut-être, contre un drapeau. Devant le bureau, il y a deux autres sièges tournés légèrement l'un vers l'autre, séparés par toute la longueur du bureau.
Le Gouverneur est debout devant le grand fauteuil, entre le fauteuil et le bureau, sous l'écusson pendu au mur. Lui aussi est symbolique : ce n'est personne de connu ; il n'est ni vieux ni jeune ; il pourrait être l'idée qu'on se ferait non pas de Dieu, mais de Gabriel par exemple, non le Gabriel d'avant la Crucifixion, celui d'après. Il a évidemment été tiré de son lit, ou tout au moins de sa bibliothèque ou de sa chambre. Il porte une robe de chambre, bien qu'il ait un col et une cravate, et ses cheveux sont bien peignés.

Temple et Stevens viennent d'entrer. Temple est vêtue comme à la scène I de l'acte I : manteau de fourrure, chapeau, sac et gants. Stevens est habillé exactement comme à la scène III de l'acte I. Il porte un chapeau. Ils se dirigent vers les deux sièges, aux deux extrémités du bureau.

STEVENS

Bonjour, Henry. Nous voici.

LE GOUVERNEUR

Asseyez-vous. (Au moment où Temple s'asseoit.) *Mrs. Stevens fume-t-elle ?*

STEVENS

Oui, merci.

Il tire un paquet de cigarettes de la poche de son pardessus comme s'il s'était préparé à l'avance en vue de cette nécessité, de cette urgence. Il sort une cigarette du paquet qu'il tend ensuite à Temple. Le Gouverneur met la main dans la poche de sa robe de chambre et la retire tenant quelque chose dans son poing fermé.

TEMPLE (prenant une cigarette)

Comment, pas de bandeau? (Le Gouverneur avance la main par-dessus le bureau. Il tient un briquet. Temple porte la cigarette à ses lèvres. Le Gouverneur allume le briquet.) *Mais il est vrai que la seule personne qui attende l'exécution est là-bas, à Jefferson. Nous n'avons ici qu'à tirer en l'air dans l'espoir que les balles nous débarrasseront de la métaphore.*

LE GOUVERNEUR

La métaphore?

TEMPLE

Oui, le bandeau. Le peloton d'exécution. Métaphore, c'est bien le terme exact, n'est-ce pas? A moins que ce ne soit une plaisanterie. Mais, ne vous excusez pas : une plaisanterie qui a besoin d'un diagramme, c'est comme si on essayait d'excuser un œuf, n'est-ce pas? Il n'y a qu'une solution, les enterrer tous les deux, au plus vite. (Le Gouverneur approche la flamme de la cigarette de Temple. Temple se penche, allume sa cigarette puis se rassied.) *Merci.*

Le Gouverneur éteint le briquet, s'assied dans le grand fauteuil derrière le bureau, tenant toujours le briquet dans la main. Il pose ses deux mains sur le bureau. Stevens s'assied dans l'autre fauteuil en face de Temple et pose le paquet de cigarettes près de lui sur le bureau.

LE GOUVERNEUR

Qu'est-ce que Mrs. Stevens a à me dire ?

TEMPLE

Pas à vous dire : à vous demander. Non, je me trompe. J'aurais pu vous demander de révoquer ou de commuer... enfin de faire ce qu'on fait quelquefois à une peine de mort quand nous... quand mon oncle Gavin vous a téléphoné, hier soir. (A Stevens :) *Allez, mon oncle, parlez. N'est-ce pas vous le porte-parole ? C'est bien le terme propre, n'est-ce pas ? Est-ce que les avocats ne recommandent pas toujours à leurs malades... à leurs clients, veux-je dire... de ne jamais ouvrir la bouche, de leur laisser dire eux-mêmes tout ce qu'il y a à dire ?*

LE GOUVERNEUR

Oui, mais seulement avant que le client ne se trouve au banc des témoins.

TEMPLE

Oh, nous sommes donc ici au banc des témoins ?

LE GOUVERNEUR

Vous venez de faire le long voyage de Jefferson jusqu'ici à deux heures du matin, quel autre terme voudriez-vous donc employer ?

TEMPLE

D'accord. Touché. *Mais il ne s'agit pas de Mrs. Gowan Stevens ici, il s'agit de Temple Drake. Vous vous rappelez bien Temple, cette jeune fille du Mississipi qui, après sa sortie dans le monde, a fini son éducation dans une maison close de Memphis ? Il y a de cela huit ans environ, vous vous rappelez ?*

C'est une chose qu'on ne peut pas oublier, surtout quand on est le premier fonctionnaire de l'Etat Souverain du Mississipi, à condition toutefois qu'on pût lire les journaux il y a huit ans, ou qu'on fût parent de quelqu'un qui savait lire il y a huit ans, ou même qu'on eût un ami qui sût le faire, ou qu'on eût simplement entendu raconter l'histoire, ou qu'on se la fût simplement rappelée, ou qu'on se fût contenté de croire le pire, ou même qu'on l'eût simplement espéré.

LE GOUVERNEUR

Je crois me rappeler. Alors, qu'a-t-elle à me dire, Temple Drake?

TEMPLE

Ce n'est pas par là qu'il faut commencer. Il faut commencer par me dire quelle doit être l'étendue de mes révélations. Autrement dit : qu'y a-t-il que vous ne sachiez déjà? Nous éviterons ainsi de perdre notre temps à rabâcher des choses connues. Il est deux heures du matin. Vous avez envie de dormir — peut-être même en avez-vous besoin, bien que vous soyez notre premier fonctionnaire... à cause de cela même peut-être. Vous voyez? Voilà déjà que je mens. Le nombre d'heures de sommeil que perd le premier fonctionnaire de l'Etat m'est tout aussi indifférent qu'au premier fonctionnaire lui-même dont une partie des attributions consiste à être payé pour que les Nancy Mannigoe et les Temple Drake les empêchent de dormir.

STEVENS

Ce n'est pas mentir.

TEMPLE

Bon. C'est me dérober si vous préférez. Alors, si son Excellence ou son Honneur, quel que soit le titre qu'il convienne de lui donner, veut bien répondre à ma question, peut-être pourrons-nous continuer.

STEVENS

Pourquoi ne pas laisser la question de côté et commencer tout de suite ?

LE GOUVERNEUR (à Temple)

Posez-moi votre question. Qu'est-ce que je sais déjà ? Mais sur quel sujet ?

TEMPLE (après un moment.
Elle ne répond pas tout d'abord ;
elle regarde fixement le Gouverneur, puis :)

Mon oncle a raison. Peut-être est-ce vous qui devriez me les poser, les questions. Mais faites-le le moins douloureusement possible, parce que ça va être un peu... un peu pénible, pour parler euphoniquement... euphoniquement est bien le terme exact, n'est-ce pas ? Peu importe celui qui s'est vanté sur cette question de bandeau.

LE GOUVERNEUR

Parlez-moi de Nancy — Mannihoe, Mannikoe — comment épelle-t-elle son nom ?

TEMPLE

Elle ne l'épelle pas. Elle ne peut pas l'épeler. Elle ne sait ni lire ni écrire. Vous allez la pendre sous le nom de Mannigoe, ce qui, peut-être n'est pas juste non plus, bien que demain, à la fin de la matinée, cela n'aura plus beaucoup d'importance.

LE GOUVERNEUR

Ah oui, Manigault. Un vieux nom de Charleston.

STEVENS

Plus ancien que ça. Maingault. Dans l'ascendance de Nancy — dans son nom, tout au moins, coule du sang normand.

LE GOUVERNEUR

Alors, pourquoi ne pas commencer en me parlant d'elle.

TEMPLE

Vous êtes la sagesse même. Eh bien, c'est une putain qui s'adonne à la drogue et que mon mari et moi avons ramassée dans le ruisseau pour lui confier la garde de nos enfants. Elle a assassiné l'un deux et elle va peut-être être pendue demain matin. Nous — son avocat et moi — sommes venus vous demander de la gracier.

LE GOUVERNEUR

Oui, je sais cela. Pourquoi?

TEMPLE

Pourquoi je viens vous demander de la gracier, moi, la mère de l'enfant qu'elle a assassiné? Parce que je lui ai pardonné. (Le Gouverneur l'observe, et Stevens également. Ils attendent. Temple ne quitte pas le Gouverneur des yeux mais il n'y a nul défi dans son regard. Elle est sur le qui-vive simplement.) *Parce qu'elle est folle.* (Le Gouverneur l'observe. Elle ne baisse pas les yeux et continue de fumer.) *Reprenons. Votre pourquoi ne veut pas dire pourquoi je vous demande de la sauver, mais pourquoi j'ai... nous avons, mon mari et moi, engagé une putain, une roulure, une droguée, pour lui confier le soin de nos enfants.* (Elle tire de rapides bouffées de sa cigarette et parle à travers la fumée.) *Pour lui donner encore une chance. C'est un être humain, après tout, bien que noire, putain et droguée.*

STEVENS

Ce n'est pas cela non plus.

TEMPLE (rapidement,
avec une espèce de désespoir)

Non. Ce n'est même pas pour me dérober cette fois-ci. Pourquoi est-il donc impossible de cesser de mentir, comme on cesse pendant quelque temps de jouer au tennis ou de courir, ou de danser, ou de boire, ou de manger des sucreries pendant le carême? Vous voyez ce que je veux dire... pas pour se corriger, bien sûr, simplement pour s'arrêter un instant, pour se reposer, reprendre des forces avant la prochaine danse, la prochaine partie ou le prochain mensonge? Eh bien voilà : c'était pour avoir quelqu'un avec qui causer. Et maintenant, vous voyez? Il va falloir que je vous dise le reste afin de vous faire comprendre pourquoi j'avais besoin de parler avec une putain, une droguée, pourquoi Temple Drake, la femme blanche, la jeune fille de la meilleure société du Mississipi, la descendante de deux longues lignées d'hommes d'Etat, de soldats, parmi les plus fiers et les plus hauts placés dans les plus hautes et les plus fières annales de notre Etat Souverain, n'avait pu trouver, pour parler son langage, qu'une putain noire adonnée à la drogue.

LE GOUVERNEUR

Oui. Si loin. Si tard dans la nuit. Parlez.

TEMPLE (elle fume à petits coups précipités,
se penche, écrase le bout de sa cigarette
dans le cendrier et se redresse.
Elle parle d'une voix dure, rapide, cassante,
sans nulle trace d'émotion)

Une putain, une droguée, sans rédemption possible, damnée avant sa naissance, et dont la seule raison de vivre était sa chance de finir sur l'échafaud. Une femme qui, non seulement avait quitté le ruisseau pour entrer dans une des premières familles de la ville, chez les Gowan Stevens, mais qui avait fait ses débuts dans la vie publique couchée dans le ruisseau où un blanc essayait de lui briser les dents à coups de pied, ou tout au moins de lui faire rentrer ses paroles dans la gorge. Vous vous rappelez, mon oncle? Comment s'appelait-il donc? Je n'étais pas encore à Jefferson à cette époque, mais vous vous rappelez : le caissier de la banque, le pilier de l'église, ou en tout cas au nom de sa femme stérile ; et ce jour-là, un lundi matin, Nancy, encore saoule, s'approche au moment où il ouvre la porte de la banque alors que cinquante personnes attendaient déjà, et Nancy s'avance au beau milieu de la foule, va droit à lui et dit : « Et mes deux dollars, homme blanc, où sont-ils mes deux dollars? » Et le voilà qui se retourne et qui la frappe, la fait tomber sur le trottoir, rouler dans le ruisseau, puis se précipite sur elle, la frappe en pleine figure à coups de pied ou, du moins, piétine cette voix qui répétait encore : « Où sont mes deux dollars, homme blanc? » A ce moment, la foule s'est élancée sur lui, l'a maîtrisé tandis qu'il continuait à piétiner dans le ruisseau le visage écrasé qui crachait le sang, les dents, et répétait toujours : « Vous m'deviez déjà deux dollars il y a quinze jours, et vous êtes venu deux fois depuis...

Elle cesse de parler, enfouit sa tête dans ses deux mains pendant un instant puis relève le visage.

TEMPLE

Non, pas de mouchoir. Maître Stevens et moi avons déjà répété cette petite scène.

LE GOUVERNEUR (la citant)

« Vous m'deviez déjà deux dollars... »

TEMPLE

Allons, maintenant, il faut bien que je vous dise tout. Parce qu'il ne s'agissait cette fois que de Nancy Mannigoe. Temple Drake, elle, n'était pas dans une de ces boîtes pour samedi soir à deux dollars. Mais, j'ai dit touché, *n'est-ce pas ?*

Elle se penche en avant et cherche à reprendre sa cigarette qu'elle a écrasée dans le cendrier. Stevens prend le paquet sur le bureau et s'apprête à le lui offrir. Elle retire la main du cendrier et se redresse.

TEMPLE (à la cigarette
que lui tend la main de Stevens)

Non merci, réflexion faite, je n'en aurai pas besoin. A partir de maintenant l'intérêt ne fera que décroître. Le coup de grâce. *C'est un coup que la victime ne sent jamais, n'est-ce pas ? Où en étais-je ?* (Rapidement.) *Peu importe. J'ai déjà dit cela aussi, je crois.* (Elle reste assise un instant immobile, les mains crispées sur les genoux.) *Je commence à croire qu'une partie, et même une assez grande partie de toute l'affaire est inconnue de notre haut fonctionnaire, peut-être parce qu'il y a à peine deux ans qu'il est notre haut fonctionnaire. Ce qui est faux du reste parce qu'il savait lire évidemment il y a huit ans. En fait, il n'aurait pas pu être nommé gouverneur, même du Mississipi, s'il n'avait pas su lire trois ans au moins avant sa nomination, vous ne croyez pas ?*

STEVENS

Temple !

TEMPLE

Simple moyen de gagner du temps.

LE GOUVERNEUR (observant Temple)

Chut, Gavin. (A Temple :) Coup de grâce *ne signifie pas seulement pitié, ce l'est en réalité. Donnez-le. Passez-lui une cigarette, Gavin.*

TEMPLE (se penchant de nouveau en avant)

Non merci, vraiment. (Au bout d'un instant :) *Pardon.* (Rapidement :) *Vous remarquerez que c'est un mot que je n'oublie jamais de dire, car je sais encore ce que c'est que les bons usages — l'éducation, autrement dit. Afin de montrer que je suis vraiment issue de gens très bien, pas de chevaliers normands comme Nancy, de gens qui, tout au moins, n'insultent pas leurs hôtes dans leurs propres maisons, surtout à deux heures du matin. Mais j'ai simplement été beaucoup trop loin, alors que Nancy s'est contentée de trébucher modestement : la grande dame toujours, comme vous voyez.* (Après une pause :) *Voilà que je recommence. Je ne cherche même pas à me dérober cette fois-ci, je... comment dit-on déjà ? je bronche. Nous sommes là, devant l'obstacle ; il faut le franchir cette fois ou faire la culbute. Vous savez... on doit lâcher la main, laisser la bête jouer un peu avec le mors, la tenir, la tenir légèrement, juste assez pour qu'elle ait suffisamment d'appui pour sauter ; puis, la toucher. Et voilà, nous sommes exactement où nous en étions au début. Il n'y a plus qu'à recommencer. Donc, que va-t-il falloir que je dise, que je crie, afin que toute créature douée du sens de l'ouïe puisse l'entendre ? Combien de choses va-t-il falloir que je révèle, de ces choses que rien, pensais-je, ne pourrait jamais me forcer à révéler, pas même le meurtre de mon enfant et l'exécution d'une putain noire, cliente de la drogue ? Ces choses que je suis venue, à deux heures du matin, vous forcer à écouter après huit ans de sécurité, de tranquillité tout au moins. Vous savez : jusqu'où faudra-t-il que j'aille dans mes révélations pour que ce soit bien douloureux naturellement, mais rapide aussi, pour que vous puissiez révoquer la peine, la commuer... enfin, faire ce que vous avez autorité de faire pour que nous puissions rentrer dormir, nous coucher tout au moins ? Douloureux, bien sûr, mais juste assez — Je crois que vous avez dit qu' « euphoniquement » était le terme exact, n'est-ce pas ?*

LE GOUVERNEUR

La mort est douloureuse. Une mort honteuse l'est encore davantage. Il n'y a guère d'euphonie là-dedans, même en mettant les choses au mieux.

TEMPLE

Oh, la mort. Nous ne parlons pas de la mort à présent. Nous parlons de la honte. Pour Nancy Mannigoe, la question de honte ne se pose pas. Pour elle, il n'y a que la mort. Mais touché *pour moi aussi. N'ai-je pas amené Temple Drake ici, à deux heures du matin, pour la simple raison qu'il ne reste à Nancy qu'une seule chose : mourir ?*

STEVENS

Alors, parlez.

TEMPLE

Il n'a pas encore répondu à ma question. (Au Gouverneur :) *Essayez d'y répondre. Que voulez-vous que je vous dise ? Ne vous contentez pas de dire « tout ». J'ai déjà entendu cela.*

LE GOUVERNEUR

Je sais qui était Temple Drake, la jeune étudiante qui, un matin, il y a huit ans, quitta l'université par un train réservé aux étudiants pour assister à un match de baseball dans un collège voisin, la jeune fille qui est descendue du train quelque part en cours de route et a disparu sans que personne ait su où elle était allée jusqu'au jour où, six semaines plus tard, elle reparut comme témoin dans un procès pour meurtre à Jefferson, amenée par l'avocat de l'homme qui, apprit-on alors, l'avait enlevée et séquestrée...

TEMPLE

Dans une maison close de Memphis, n'oubliez pas cela.

LE GOUVERNEUR

... afin de se servir d'elle pour prouver son alibi dans cette affaire de meurtre.

TEMPLE

... et que Temple Drake savait être l'auteur du crime pour l'excellente raison que...

STEVENS

Un instant. Laissez-moi entrer dans le jeu, moi aussi. Elle était descendue du train à la demande d'un jeune homme qui l'attendait à une halte avec son auto. Il avait l'intention de la conduire au stade où devait avoir lieu le match. Malheureusement, le jeune homme, déjà très ivre, le devint encore davantage, capota dans un fossé et se trouva contraint de se réfugier avec elle dans la maison d'un distillateur clandestin d'où le meurtrier l'enleva et la transporta à Memphis où il la garda jusqu'au jour où il aurait besoin d'elle pour son alibi. Lui, ensuite, le jeune homme à l'automobile, le compagnon de la jeune fille et son protecteur au moment de l'enlèvement, l'épousa. C'est lui qui est aujourd'hui son mari. C'est mon neveu.

TEMPLE (à Stevens, avec amertume)

Vous aussi. Vous êtes si malin, vous aussi. Pourquoi ne pouvez-vous jamais croire à la vérité, croire, tout au moins, que je m'efforce de dire la vérité ? Que maintenant je fais du moins tout mon possible pour la dire ? (Au Gouverneur :) *Où en étais-je ?*

LE GOUVERNEUR (citant)

... que Temple Drake savait être l'auteur du crime pour l'excellente raison que...

TEMPLE

Ah oui... pour l'excellente raison qu'elle l'avait vu le commettre, qu'elle avait du moins vu son ombre ; elle avait donc été amenée au tribunal de Jefferson par l'avocat de l'homme afin de sauver, sous la foi du serment, celui qui était accusé du crime. Oh oui, c'était bien lui. Et maintenant, j'ai déjà dit quelque chose que ni vous ni personne, sauf l'avocat de Memphis, ne saviez, et je n'ai même pas commencé. Vous voyez ? Je ne peux même pas marchander avec vous. Vous n'avez encore dit ni oui ni non ; vous n'avez pas encore dit si vous vouliez la sauver ou non, si vous vouliez envisager ou non la possibilité de la sauver, chose que Temple Drake aussi bien que Mrs Stevens auraient commencé par vous demander si nous avions le moindre bon sens.

LE GOUVERNEUR

Voulez-vous me demander cela avant de commencer ?

TEMPLE

Je ne peux pas. Je n'ose pas. Vous pourriez dire non.

LE GOUVERNEUR

En ce cas, vous n'auriez pas à me parler de Temple Drake.

TEMPLE

Il faut que je vous parle d'elle. Il faut que je vous dise tout, sinon, pourquoi me serais-je donné la peine de venir? Mais je ne vois pas comment je pourrais le faire si je ne pouvais plus penser que vous pourrez dire oui. Ce qui est un autre touché *pour quelqu'un : pour Dieu, peut-être s'il y en a un. Vous voyez? C'est cela qui est si terrible. Nous n'avons même pas besoin de lui. Le mal tout simple est suffisant. Même au bout de huit ans, c'est encore suffisant. C'est il y a huit ans que l'oncle Gavin a dit — Oh oui, il était là lui aussi; ne l'avez-vous pas entendu? Il aurait pu vous dire tout cela. Il aurait pu, tout au moins, vous en dire une bonne partie au téléphone et, à l'heure qu'il est, vous pourriez dormir tranquillement dans votre lit — il y a huit ans que l'oncle Gavin a dit que, dans le seul fait de regarder le mal, même par accident, il y a de la corruption; que l'on ne peut pas marchander, trafiquer avec la putréfaction — on ne peut pas, on n'ose pas.*

(Elle s'arrête, tendue, immobile.)

LE GOUVERNEUR

Prenez une cigarette maintenant. (A Stevens :) *Gavin...* (Stevens prend le paquet et se dispose à lui offrir la cigarette.)

TEMPLE

Non, merci. C'est trop tard maintenant. Nous voilà partis. Si nous ne pouvons pas franchir l'obstacle, nous pourrons du moins passer à travers...

STEVENS (l'interrompant)

Ce qui revient à dire que, de toute façon, l'un de nous deux passera debout.. (Devant la réaction de Temple :) *Oui, oui. Je joue encore ; je prends encore part à cette course. Allons-y.* (Soufflant ses mots à Temple :) *Temple Drake...*

TEMPLE

... Temple Drake, la vierge folle, c'est-à-dire, vierge dans la mesure où on n'a pas prouvé le contraire, mais folle sans le moindre doute si on s'en tient aux principes et aux suppositions de tous ; dix-sept ans et plus folle que le fait d'être vierge ou d'avoir dix-sept ans ne pourrait l'expliquer, l'excuser ; capable, en fait, d'un degré de folie qu'on aurait peine à associer avec l'idée de sept ans, de trois ans, pour ne rien dire de la simple virginité.

STEVENS

Donnez une chance à votre cheval, voyons. Essayez au moins de l'amener jusqu'à l'obstacle et non pas simplement à travers.

TEMPLE

Vous voulez parler des gentlemen de Virginie. (Au Gouverneur :) *C'est mon mari. Il a fait ses études à l'université de Virginie où on l'a entraîné, dirait mon oncle Gavin, non seulement à boire mais à se comporter en gentleman.*

STEVENS

Deux qualités dont il s'est trouvé dépourvu au même instant, il y a huit ans, quand il l'a fait descendre du train et a démoli sa voiture près de la maison du distillateur clandestin.

TEMPLE

Il a retrouvé une de ces qualités tout au moins puisqu'il m'a épousée dès qu'il en a vu la possibilité. (A Stevens :) *Ça ne vous ennuie pas que je dise cela à son Excellence ?*

STEVENS

Il a retrouvé les deux. Il n'a pas touché une goutte d'alcool depuis ce jour-là. C'est une chose que son Excellence ferait peut-être bien de garder à l'esprit également.

LE GOUVERNEUR

Je n'y manquerai pas. Je l'ai déjà fait. (Il s'interrompt juste assez longtemps pour qu'ils s'arrêtent et le regardent.) *Je souhaite presque...* (Ils l'observent tous les deux. C'est la première fois qu'on peut soupçonner qu'il y a quelque chose, une sorte de courant caché : que le Gouverneur et Stevens savent quelque chose que Temple ne sait pas. A Temple :) *Il ne vous a pas accompagné.*

STEVENS (doucement, mais rapidement)

Est-ce qu'on ne pourrait pas garder cela pour plus tard, Henry ?

TEMPLE (sur la défensive,
rapide, méfiante et dure)

Qui ça, il ?

LE GOUVERNEUR

Votre mari.

TEMPLE (vite et durement)

Pourquoi ?

LE GOUVERNEUR

Vous êtes venue ici pour demander la grâce de la meurtrière de votre enfant. Votre mari était apparenté aussi à cet enfant, il me semble.

TEMPLE

Vous faites erreur. Nous ne sommes pas venus ici à deux heures du matin pour sauver Nancy Mannigoe. Nancy Mannigoe n'a rien à voir à tout cela, parce que l'avocat de Nancy Mannigoe m'a dit, avant même que nous quittions Jefferson, que vous ne sauveriez pas Nancy Mannigoe. Si nous sommes venus vous réveiller à deux heures du matin, c'est uniquement pour donner à Temple Drake une belle, une honnête occasion de souffrir — vous savez bien : la souffrance pour la souffrance comme l'a dit cet homme, un Russe, je crois, qui a écrit tout un livre sur la souffrance — une souffrance précise et motivée — non la souffrance pure et simple, de même qu'une personne évanouie ne respire pas dans un but défini, mais respire tout bonnement. Mais peut-être cela est-il faux aussi. En réalité, cette question de la souffrance n'affecte, ne tourmente pas plus les gens que ne le font la vérité, la justice, la honte de Temple Drake, ou l'existence sans valeur d'une noire comme Nancy Mannigoe.

Elle cesse de parler, assise, immobile, droite dans le fauteuil, le visage légèrement levé, sans regarder aucun des deux hommes qui l'observent.

LE GOUVERNEUR

Donnez-lui le mouchoir, maintenant.

Stevens tire un mouchoir propre de sa poche, le secoue pour le déplier et le tend à Temple. Elle ne bouge pas, les mains croisées sur les genoux. Stevens se lève, s'approche d'elle, laisse tomber le mouchoir sur ses genoux et retourne s'asseoir.

TEMPLE

Merci bien. Mais maintenant, ça n'a plus d'importance. Nous sommes trop près de la fin. Vous pourriez presque descendre à la voiture et mettre le moteur en marche pour le réchauffer pendant que je termine. (Au Gouverneur :) *Vous comprenez? Vous n'avez plus maintenant qu'à écouter tranquillement, sans bouger. Vous n'avez même pas à écouter si vous ne voulez pas. Rester tranquille, simplement, attendre. Et ça ne sera pas long. Et ensuite, nous pourrons tous aller nous coucher et éteindre la lumière. Et puis, la nuit, l'obscurité, le sommeil même peut-être, lorsque, du même bras avec lequel vous aurez éteint la lumière et remonté la couverture, vous pourrez vous débarrasser de Temple Drake et de ce que vous aurez bien pu faire pour elle et pour Nancy Mannigoe, en admettant que vous fassiez quelque chose, en admettant que ce que vous ferez, ou ne ferez pas, ait la moindre importance ; et alors, les ennuis seront finis pour tout le monde. Parce que mon oncle n'avait que partiellement raison. Ce n'est pas qu'on ne doive jamais regarder le mal et la corruption ; il y a des cas où on ne peut pas s'en empêcher, ou on est pris au dépourvu ; ce n'est pas qu'il faille toujours résister au mal, parce qu'il faut commencer bien avant cela. Il faut être déjà préparé à la résistance, préparé à dire non, à dire non bien avant de savoir même ce que c'est que le mal. J'aimerais une cigarette maintenant si vous permettez.*

Stevens prend le paquet, en tire et dégage le bout d'une cigarette et tend le paquet à Temple. Elle prend la cigarette et se remet à parler tandis que Stevens pose le paquet sur le bureau et prend le briquet que le

Gouverneur, qui observe Temple, pousse sur le bureau à portée de la main de Stevens. Temple ne fait aucun effort pour allumer la cigarette. Elle la tient à la main et parle. Puis elle pose la cigarette sur le cendrier sans l'avoir allumée et Stevens ferme le briquet et se rassoit, posant le briquet près du paquet de cigarettes.

TEMPLE

Parce que Temple Drake aimait le mal. Elle n'est allée au match de baseball que parce qu'elle savait qu'il lui faudrait prendre le train pour s'y rendre, et à seule fin de descendre au premier arrêt, à seule fin de sauter dans l'auto et de faire cent mille avec un homme...

STEVENS

... qui ne supportait pas l'alcool.

TEMPLE

Parfaitement. N'est-ce pas ce que je disais ? (Au Gouverneur :) *Optimisme. Pas de la part du jeune homme. Il faisait de son mieux, aussi bien qu'il pouvait. Ce n'était pas lui qui avait suggéré le trajet en auto. C'était Temple.*

STEVENS

L'auto était à lui, pourtant... ou plutôt à sa mère.

TEMPLE (à Stevens)

D'accord, d'accord. (Au Gouverneur :) *Non, c'est Temple qui était l'optimiste : non pas qu'elle eût prévu, préparé à l'avance. Elle croyait simplement, avec une foi aveugle, que son père, ses frères reconnaîtraient le mal en le voyant. Elle n'avait donc qu'une chose à faire, la seule chose qu'elle savait qu'ils lui interdiraient de faire si l'occasion s'en présentait. Et ils avaient raison sur cette question du mal, et elle aussi avait raison naturellement. Mais, même alors, ce n'était pas facile : elle avait même dû prendre le volant quand elle avait commencé à se rendre compte que le jeune homme avait reçu un peu trop tôt son diplôme de buveur accompli de l'université de Virginie.*

STEVENS

C'est Gowan qui connaissait le fabriquant de whisky et qui a insisté pour aller chez lui.

TEMPLE

... et même alors...

STEVENS

C'est lui qui conduisait au moment de l'accident.

TEMPLE (à Stevens : vite et durement)

Et c'est lui qui m'a épousée à cause de cela. Faut-il donc qu'il paye deux fois ? En réalité, ça ne méritait pas qu'il paye une fois, qu'en pensez-vous ? (Au Gouverneur :) *Et même alors...*

LE GOUVERNEUR

Ça valait combien ?

TEMPLE

Quoi ?

LE GOUVERNEUR

Le mariage avec vous...

TEMPLE

Vous voulez dire pour lui, naturellement. Moins que le prix qu'il a payé.

LE GOUVERNEUR

Est-ce que lui-même est de cet avis? (Ils se dévisagent. Temple, alerte, surveillant de près, surtout impatiente.) *Vous êtes sur le point de me dire quelque chose qu'il ne sait pas, ce qui explique pourquoi vous ne l'avez pas amené avec vous. N'est-ce pas vrai?*

TEMPLE

Oui.

LE GOUVERNEUR

Le diriez-vous s'il était ici? (Temple regarde fixement le Gouverneur. Elle ne remarque pas que Stevens fait un léger mouvement. Le Gouverneur l'arrête d'un petit geste de la main que Temple ne remarque pas non plus.) *Maintenant que vous en êtes arrivée à ce point, maintenant qu'il faut, comme vous l'avouez vous-même, que vous le disiez, dites-le très haut, pas pour sauver Nan... cette femme, mais parce que vous avez résolu, en sortant de chez vous, que vous ne pouviez pas vous dispenser de le dire.*

TEMPLE

Comment voulez-vous que je sache si je le dirai ou non?

LE GOUVERNEUR

Supposez qu'il soit ici, dans ce fauteuil où est assis Gavin... votre oncle?

TEMPLE

Ou derrière la porte ou dans un des tiroirs de votre bureau peut-être? Il n'y est pas. Il est à la maison. Je lui ai donné un somnifère.

LE GOUVERNEUR

Oui, mais imaginez qu'il soit ici, maintenant que vous voilà forcée de tout dire. Le diriez-vous encore ?

TEMPLE

Eh bien, oui. Et à présent, veuillez me faire le plaisir de vous taire et de me laisser parler. Comment voulez-vous que je le fasse si vous ne vous taisez pas tous les deux ? Je ne me rappelle même plus où j'en étais... Ah, si. J'ai donc assisté au meurtre ou, du moins, j'en ai vu l'ombre, et l'homme m'a menée à Memphis ; et je sais autre chose également, c'est que j'avais deux jambes et que j'avais deux yeux et que j'aurais pu hurler dans la grand'rue de toutes les petites villes que nous avons traversées, exactement comme j'aurais pu m'éloigner de l'auto après l'accident dont Gow... dont nous étions responsables. J'aurais pu arrêter une charrette ou une auto qui m'aurait ramenée à la ville la plus proche, ou à une gare, ou même à un collège, ou qui aurait même pu me remettre entre les mains de mon père et de mes frères. Mais non, pas une fille comme moi... pas Temple. Moi, j'ai choisi le meurtrier.

STEVENS

C'était un dégénéré. On ne l'a pas dit au procès et, quand on l'a appris, ou quand on aurait pu l'apprendre, c'était trop tard. J'étais là. J'ai vu cela aussi : un petit avorton, noiraud, avec un nom italien, une espèce de cancrelat bien propre et légèrement difforme : un être hybride, sexuellement impuissant. Mais elle va vous dire cela aussi.

TEMPLE (avec une amertume sarcastique)

Cher oncle Gavin. (Au Gouverneur.) *Oh oui, cela aussi, et la malchance de Temple aussi... être tombée sur un type dont le penchant n'était pas le sexe mais le meurtre.* (Elle s'arrête, assise, droite, les mains crispées sur les genoux, les yeux fermés.) *Si vous voulez me faire le plaisir de vous taire, tous les deux, de me laisser parler. J'ai l'impression d'être dans la situation d'une poule qu'on essaierait de faire entrer dans un tonneau. Peut-être, si vous tâchiez de vous conduire comme si vous vouliez l'en écarter, l'empêcher d'y entrer...*

LE GOUVERNEUR

Ne dites pas un tonneau. Dites un tunnel. Un tunnel, on passe à travers parce que c'est ouvert aux deux bouts. Alors, passez-y. Nous disions donc qu'il n'était pas question de sexe.

TEMPLE

Avec lui, non. Il était pire qu'un père ou un oncle. C'était pire que d'être la riche pupille de la plus indulgente des compagnies de trust et d'assurance : il m'a emmenée à Memphis et m'a enfermée dans cette maison de Manuel Street, comme une jeune mariée de dix ans dans un couvent espagnol. La patronne avait un œil d'aigle plus perçant que celui d'une mère... et une servante noire gardait ma porte quand la patronne sortait pour aller à ses affaires, pour aller où peuvent bien aller l'après-midi les tenancières de bordel : au poste de police pour y payer quelque amende ou le privilège de n'être pas inquiétée, ou à la banque, ou tout simplement peut-être pour faire une visite. Et ça n'était pas tellement désagréable, parce que la négresse ouvrait la porte, entrait, et alors nous pouvions... (Elle hésite, s'arrête moins d'une seconde, puis, très vite.) *Oui, c'est pour ça... nous pouvions causer. Prisonnière évidemment, mais dans une cage qui n'était guère dorée ; en revanche, la prisonnière, elle, vivait dans l'opulence. J'avais des litres de parfum, choisis par une commise, naturellement, et qui n'étaient pas ceux que j'aurais choisis moi-même, mais enfin, je les avais. Et il m'a acheté un manteau de fourrure. Naturellement, je n'avais pas l'occasion de le porter parce qu'il ne voulait pas me laisser sortir, mais j'avais le manteau, et des dessous, je ne vous dis que ça, et des négligés, choisis aussi par des commises, mais qui étaient du moins ce qu'on faisait de mieux ou de plus cher — le goût du côté le plus gonflé du portefeuille d'un des gars les plus huppés de la haute pègre. Parce qu'il voulait que je sois contente, vous comprenez? Et pas seulement contente, il ne voyait pas d'inconvénient à ce que je sois heureuse aussi. Il ne voulait qu'une chose : que je sois là au cas où finalement la police viendrait à l'impliquer dans cet assassinat du Mississipi. Non seulement il ne s'opposait pas à ce que je sois heureuse, il allait jusqu'à s'efforcer que je le fusse. Et nous voilà enfin arrivés, parce que maintenant il faut que je vous donne une raison valide pour vous avoir réveillé à deux heures du matin à seule fin de vous demander la grâce d'une meurtrière.*

Elle cesse de parler, avance la main, prend la cigarette dans le cendrier et s'aperçoit qu'elle n'est pas allumée. Elle prend le briquet sur le bureau et s'apprête à se lever. Tout en observant Temple, le Gouverneur arrête Stevens d'un léger signe de main. Stevens s'arrête puis pousse le briquet sur le bureau jusqu'à la portée de Temple. Il se rassied. Temple prend le briquet, l'allume, allume sa cigarette, ferme le briquet qu'elle repose sur le bureau. Mais après la première bouffée, elle remet la cigarette dans le cendrier, se rassoit comme précédemment et reprend.

TEMPLE

Parce que j'avais encore deux bras, deux jambes et deux yeux ; j'aurais pu me sauver n'importe quand, en me laissant glisser le long de la gouttière. Seulement, voilà, je ne l'ai pas fait. Je ne quittais ma chambre que très tard le soir, quand il venait dans une automobile fermée, de la taille d'un corbillard. Il s'asseyait devant auprès du chauffeur, et la patronne et moi nous nous mettions derrière, et on roulait à quarante, cinquante, soixante milles à l'heure à travers les ruelles du quartier réservé. Je ne les ai jamais vues autrement, ces ruelles. Je n'avais même pas la permission d'aller retrouver, visiter, même voir les autres filles de la maison. On ne me laissait même pas m'asseoir avec elles, une fois le travail terminé, pour les écouter parler de leurs affaires tout en faisant le compte de leurs bleus ou de leurs ampoules ou absorbées par quelque occupation, assises sur les lits du dortoir... (Elle s'arrête encore, continue avec une sorte de surprise, d'étonnement.) *Oui, c'était comme le dortoir à l'école : l'odeur : une odeur de femmes, de femmes jeunes qui ne pensaient toutes qu'à une chose, pas aux hommes, à l'Homme. Des filles un peu plus fortes seulement, un peu plus calmes, moins excitées — assises sur les lits temporairement oisifs et discutant les exigences — cette fois, c'est sûrement le terme exact, n'est-ce pas ? — de leur métier. Mais pas moi, pas Temple. Moi, j'étais enfermé vingt-quatre heures par jour dans cette chambre, sans rien à faire que présenter des modèles : manteau de fourrure, pantalons sensationnels, négligés, et tout cela pour le seul bénéfice d'un miroir de deux pieds de haut et d'une servante noire ; et j'étais là, suspendue, saine et sauve, entre le péché et le plaisir, comme quelqu'un qui serait suspendu dans une cloche à plongeur à quarante brasses au fond de l'océan. Parce qu'il voulait qu'elle fût satisfaite, vous comprenez. Il alla même jusqu'à faire le dernier effort lui-même. Mais Temple ne voulait pas simplement se borner à être satisfaite, et c'est pourquoi elle s'est vue contrainte de goûter ce que nous autres, filles de joie, nous appelons l'amour.*

LE GOUVERNEUR

Ah?

STEVENS

C'est exact.

TEMPLE (à Stevens, rapidement)

Taisez-vous!

STEVENS (à Temple)

Taisez-vous également. (Au Gouverneur.) *C'est lui-même, Vitelli — on l'appelait Popeye — qui lui a amené l'homme. Il — le jeune homme...*

TEMPLE

Non, taisez-vous, mon oncle, taisez-vous.

STEVENS (à Temple)

Vous vous noyez dans un orgasme d'abjection et de modération alors que la seule chose dont vous ayez besoin, c'est la vérité. (Au Gouverneur.) *Il était connu dans son milieu sous le nom de Red, Alabama Red; pas officiellement ni par la police, car ce n'était pas un criminel, pas encore, du moins. Une frappe, simplement, victime sans doute d'un trop bon estomac beaucoup plus que d'autre chose. Il était employé — videur — dans la boîte de nuit, le bouge que Popeye possédait dans un des faubourgs de la ville et dont il faisait son quartier général. Et il est mort peu après dans la ruelle, derrière la prison de Temple, tué par une balle tirée par le même revolver qui avait commis le meurtre du Mississipi. Mais Popeye est mort, pendu dans l'Alabama pour un crime qu'il n'avait pas commis, avant que le revolver ne fût trouvé et la relation établie.*

LE GOUVERNEUR

Je vois. Ce... Popeye...

STEVENS

... Avait découvert qu'il avait été trahi par un de ses hommes et s'était vengé princièrement sur celui qui avait terni son honneur? Non, ce n'est pas cela. Vous ne rendez pas justice à ce précieux, *à cette fleur, à ce joyau. Vitelli! Quel nom pour un homme comme lui! Hybride, impuissant. Il fut pendu l'année suivante. Mais, ça aussi, c'était une erreur, cette disparition qui avilissait indirectement le peu de dignité que l'homme a réussi à donner à l'indispensable annihilation humaine. On aurait dû l'écraser, par inadvertance, sous une énorme botte... comme une araignée. Il ne l'a pas vendue; vous violez, vous outragez sa mémoire en lui prêtant une action aussi matériellement basse. C'était en tout un puriste, un amateur : il ne tuait même pas par intérêt, même pas par simple volupté. C'était un gourmet, un sybarite qui appartenait à des siècles, voire même à des hémisphères bien antérieurs à son temps. Par l'esprit et les glandes il appartenait à l'âge de ces despotes princiers qui considéraient comme plébéien et vulgaire le seul fait de savoir lire et qui, étendus sur des étoffes de soie, dans une atmosphère et des parfums de soie, avaient des eunuques pour se livrer à ce travail, des esclaves qu'ils faisaient mettre à mort chaque soir, après chaque lecture, afin que nul être vivant, pas même un esclave châtré, ne pût partager, se rappeler, les évocations du poème.*

LE GOUVERNEUR

Je crains de ne pas comprendre.

STEVENS

Essayez. Lâchez la bride à vos facultés de rage et de dégoût — l'espèce de rage et de dégoût qu'il faut pour pouvoir marcher sur un ver. Si Vitelli est incapable de faire naître en vous cette sensation, sa vie aura certes été un désert.

TEMPLE

Ou bien n'essayez pas. N'y pensez pas. Pour l'amour de Dieu, n'y pensez pas. J'ai fait la connaissance de l'homme... Comment ? Cela n'a aucune importance, et j'ai ressenti pour lui ce que j'appelais de l'amour. Ce que c'était, le nom que je lui donnais, ça n'a aucune importance non plus. La seule chose qui importe c'est que j'ai écrit les lettres.

LE GOUVERNEUR

J'y suis. C'est cela que son mari n'a jamais su.

TEMPLE (au Gouverneur)

Et quelle importance ça a-t-il qu'il le sache ou non ? Qu'importent un ou deux visages de plus ou un ou deux noms de plus puisqu'il sait que j'ai vécu pendant six semaines dans un bordel de Manuel Street ? Ou un ou deux corps de plus dans mon lit ? Ou trois ou quatre ? Je m'efforce de vous dire... de vous en dire assez. Vous ne comprenez donc pas ? Ne pourriez-vous pas le prier de me laisser en paix afin que je puisse achever. Pour l'amour de Dieu, dites-lui de me laisser en paix.

LE GOUVERNEUR (à Stevens, tout en observant Temple)

Ça suffit comme ça, Gavin. (A Temple.) *Nous disions donc que vous étiez tombée amoureuse...*

TEMPLE

Merci. Je veux dire : merci pour le mot « amoureuse », car en réalité, je ne suis pas « tombée ». Je l'étais déjà, moi, la mauvaise, la fille perdue, moi qui aurais pu me sauver en descendant par la gouttière ou par la chaîne du paratonnerre, ou même plus simplement que cela. J'aurais pu me déguiser en servante noire et sortir tout bonnement par la porte d'entrée avec une pile de serviettes, un ouvre-bouteille et la monnaie de dix dollars. J'ai donc écrit des lettres. J'en écrivais une chaque fois... après... après leur... après son départ et il m'arrivait d'en écrire deux ou trois quand deux ou trois jours s'écoulaient sans que je les... sans que je le...

LE GOUVERNEUR

Comment ? Comment ?

TEMPLE

Oh, vous savez... histoire de passer le temps... pour faire quelque chose de plus agréable que mes promenades de mannequin devant un miroir de deux pieds de haut sans exciter personne avec les... pantalons, ou même l'absence de pantalons. Comme lettres, c'était très bien.

LE GOUVERNEUR

Un instant. Vous avez dit ?

TEMPLE

J'ai dit que ces lettres étaient très bien, même pour...

LE GOUVERNEUR

Vous avez dit « *après* leur *départ* ». (Ils se regardent. Temple ne répond pas : à Stevens, tout en regardant Temple.) *Dois-je comprendre que ce... Vitelli était là, dans la chambre, lui aussi ?*

STEVENS

Oui. C'est pour cela qu'il amenait l'homme. Vous pouvez voir maintenant ce que j'entendais par les mots « connaisseur » et « gourmet ».

LE GOUVERNEUR

Et ce que vous entendiez aussi par la botte. Mais il est mort, vous le savez.

STEVENS

Oh oui, il est mort. Et j'ai dit aussi : un « puriste ». Jusqu'à la fin. Il a été pendu l'été suivant en Alabama pour un crime qu'il n'avait même pas commis et que personne de ceux qui furent impliqués dans l'affaire ne croyait qu'il avait commis. Mais personne, pas même son avocat, n'a pu lui faire admettre qu'il aurait été incapable de le commettre quand bien même il l'aurait voulu et qu'il n'aurait pu le commettre davantage si l'idée lui en était venue. Oh oui, il est mort lui aussi ; nous ne sommes pas venus ici pour crier vengeance.

LE GOUVERNEUR (à Temple)

Bien. Continuez. Les lettres.

TEMPLE

Les lettres? C'étaient de belles lettres. Et par belles, j'entends vraiment belles. (Regardant fixement le Gouverneur.) *Ce que je m'efforce de vous dire c'est que c'était l'espèce de lettres que, si vous les aviez écrites il y a huit ans, vous préféreriez que votre mari ne les voie pas, si au courant fût-il de votre passé.* (Fixant toujours le Gouverneur pendant qu'elle fait sa douloureuse confession.) *Des lettres bien meilleures que celles que l'on pourrait attendre d'une débutante de dix-sept ans. Je veux dire par là que vous seriez surpris qu'une jeune fille de dix-sept ans, qui n'avait même pas fini sa première année d'université, pût avoir appris les... les mots exacts. N'importe qui pourrait sans doute en faire autant rien qu'en ouvrant un dictionnaire du temps de Shakespeare, époque où, paraît-il, les gens n'avaient pas encore appris à rougir de certains mots. N'importe qui — sauf Temple Drake. Car Temple Drake n'avait pas besoin de dictionnaire. Elle apprenait vite. Une leçon lui aurait suffi, à plus forte raison trois ou quatre, une douzaine ou deux ou trois douzaines.* (Elle dévisage le Gouverneur.) *Non, pas même une leçon, parce que le mal était déjà là, aux aguets ; elle n'avait pas encore appris qu'il faut résister à la corruption non seulement avant de la regarder, mais même avant de savoir ce que c'est, ce qu'est cette chose à laquelle on résiste. J'ai donc écrit les lettres, je ne sais pas combien, mais il y en avait assez, plus qu'assez, car une seule aurait suffi. Et c'est tout.*

LE GOUVERNEUR

Tout ?

TEMPLE

Oui. Vous savez certainement ce qu'on appelle le chantage ? Les lettres ont reparu, naturellement ; et, naturellement, étant Temple Drake, le seul moyen que Temple Drake ait su trouver pour les ravoir fut de s'arranger à pouvoir en écrire une nouvelle série.

STEVENS (à Temple)

Oui, c'est tout. Mais il faut que vous lui disiez pourquoi c'est tout.

TEMPLE

Je croyais l'avoir déjà fait. J'ai écrit des lettres que vous auriez pensé devoir faire honte même à une Temple Drake, et puis l'homme à qui je les ai écrites est mort, et j'ai épousé un autre homme, et je me suis repentie, ou du moins je l'ai cru, et j'ai eu des enfants, et j'ai engagé une autre putain repentie afin d'avoir quelqu'un avec qui causer. J'étais même arrivée à croire que j'avais oublié les lettres jusqu'au jour où elles ont reparu. Alors, je me suis aperçue que non seulement je n'avais pas oublié les lettres mais que je ne m'étais même pas repentie.

STEVENS

Bon. Voulez-vous que ce soit moi qui dise le reste ?

TEMPLE

Et c'est vous qui me prêchiez la modération !

STEVENS

Non, c'est contre les orgasmes de modération que je prêchais.

TEMPLE (amèrement)

Oh, je sais. La souffrance pure et simple. La souffrance sans objet précis. La souffrance toute pure. Uniquement parce que c'est bon pour la santé, comme le calomel ou l'ipéca. (Au Gouverneur.) *Bien. Alors ?*

LE GOUVERNEUR

Le jeune homme est mort...

TEMPLE

Ah oui... Il est mort. Tué par une balle tirée d'une automobile au moment où il se glissait dans la ruelle, derrière la maison, pour monter me voir en grimpant par la même gouttière par laquelle j'aurais pu descendre et me sauver n'importe quand... la seule fois, la première fois, l'unique fois où nous pensions l'avoir trompé, l'avoir évité, où nous pensions pouvoir être seuls, seuls tous les deux après toutes les... toutes les autres fois. Si l'amour peut être, peut signifier autre chose que la nouveauté, la connaissance, la paix, l'intimité : nulle honte, pas même la conscience qu'on est nu, parce que la nudité n'est là que parce qu'elle en est partie intégrante... Et il est mort, tué, assassiné au moment même où il pensait à moi, alors qu'une minute plus tard il aurait été dans la chambre avec moi, alors que tout de lui, sauf son corps, était déjà dans la chambre avec moi, derrière une porte enfin fermée à clef pour que nous soyons seuls, tous les deux... et puis ce fut fini, comme si rien n'avait jamais été, comme si rien n'était arrivé. Il fallait que ce fût comme si rien n'était arrivé, avec cette différence pourtant, c'est que c'était bien pire... (Rapidement.) *Ensuite, ce fut la cour d'assises à Jefferson, et tout m'était indifférent ; rien ne m'importait plus ; et mon père et mes frères attendaient ; ensuite l'année en Europe, Paris, et tout continuait à m'être indifférent. Et puis, peu à peu, tout est devenu plus facile. Vous savez bien. Les gens ont de la chance. Ils sont merveilleux. Au début, on croit qu'on ne peut souffrir que jusqu'à un certain point et qu'on sera libre ensuite. Et puis, on finit par s'apercevoir qu'on peut supporter n'importe quoi, qu'on le peut vraiment et qu'ensuite plus rien n'importe parce que soudain tout devient comme s'il ne s'était jamais rien passé. Quelqu'un — c'est bien Hemingway, n'est-ce pas ? — a écrit un livre où il dit cela : que ça n'arrive jamais à une jeune fi... à une femme si elle refuse simplement d'accepter le fait, même si quelqu'un se le rappelle, s'en fait gloire. Et du reste, les deux qui auraient pu le faire, vous vous rappelez, étaient morts. C'est alors que Gowan est venu passer l'hiver à Paris, et nous nous sommes mariés — à l'ambassade, avec réception ensuite au Crillon ; et si cela ne suffisait pas à désinfecter un passé américain, je vous défie d'imaginer ce qui pourrait, en ce bas monde dissiper la puanteur. Sans parler d'une auto neuve, d'une lune de miel dans une villa retirée qu'un prince mahométan avait fait construire, au Cap Ferrat, pour sa maîtresse européenne.* (Elle s'arrête, hésite un instant, puis continue.) *Nous — je pensais que c'était nous — Je ne voulais pas en réalité dissiper la puanteur.* (Rapidement maintenant, tendue, droite, les poings serrés sur ses genoux.) *Vous voyez ce que je veux dire : le mariage seul aurait suffi. Pas besoin d'ambassade, de Crillon ni de Cap Ferrat. Il aurait suffi que nous nous agenouillions tous les deux, que nous disions : « Pardonnez-nous parce que nous avons péché. » Alors, peut-être, c'eût été l'amour, cette fois, la paix, la quiétude, l'absence de toute honte dont, l'autre fois, je ne... regrettais pas l'absence.* (Elle hésite à nouveau, puis, rapidement, d'une voix blanche et concise.) *L'amour, mais plus que l'amour aussi. Pas seulement l'amour qui unit deux êtres, pour les rendre meilleurs qu'ils ne l'auraient été séparément, mais la tragédie, la souffrance, le fait d'avoir souffert et d'avoir fait souffrir; d'avoir quelque chose avec quoi il faudra vivre alors même que tous deux savent qu'ils ne pourront jamais l'oublier. Et puis, j'ai commencé à croire quelque chose de plus. J'ai commencé à croire qu'il y avait quelque chose de meilleur encore, quelque chose de plus fort que la tragédie pour unir deux êtres : l'absolution. Seulement, il me sembla que c'était mal. Mais ce qui était mal, ce n'était peut-être pas l'absolution, mais la gratitude ; et peut-être est-il pire d'avoir à accepter la gratitude que de devoir la témoigner constamment, tout le temps.*

STEVENS

C'est exactement l'inverse. Ce qui était mal n'était pas...

LE GOUVERNEUR

Gavin.

STEVENS

Taisez-vous, vous-même, Henry. Ce qui était mal, ce n'était pas le bon renom de Temple Drake, ce n'était même pas la conscience de son mari. C'était la vanité de l'homme, de l'homme élevé dans la tradition aristocratique de la Virginie, surpris avec son aristocratie sur les talons comme l'invité dans les W.C. truqués des films de Hollywood. L'absolution n'était donc pas assez pour lui, ou peut-être n'avait-il jamais lu le livre d'Hemingway. Car, au bout d'un an, la nervosité due au fardeau de la gratitude qu'il lui fallait accepter commença à prendre la forme du doute quant à la paternité de l'enfant.

TEMPLE

Oh Dieu ! Oh Dieu !

LE GOUVERNEUR

Gavin ! (Stevens s'interrompt.) *En voilà assez, je vous l'ai déjà dit. Je vous intime l'ordre de vous taire.* (A Temple.) *Oui, expliquez-moi.*

TEMPLE

C'est ce que je m'efforce de faire. Je m'attendais à ce que, dans toute cette affaire, notre plus gros obstacle fût le plaignant lésé. Mais apparemment c'est l'avocat de l'accusée. Autrement dit, j'essaie de vous parler d'une Temple Drake et notre cher oncle Gavin vous en fait apparaître une autre. Vous avez donc déjà deux personnes différentes qui sollicitent votre clémence. Si tous les intéressés continuent à se dédoubler comme ça, vous ne saurez plus qui gracier, n'est-ce pas ? Et cela me ramène à Nancy Mannigoe, et maintenant nous ne devrions plus en avoir pour bien longtemps. Voyons, nous étions de nouveau à Jefferson, si je ne me trompe. En tout cas, nous y sommes. Par

Jefferson, je veux dire chez nous. Rendez-vous compte, n'est-ce pas ? L'obligation de regarder en face le déshonneur, la honte, de leur faire baisser la tête une fois pour toutes pour les empêcher de venir nous hanter. Vous pouvez nous imaginer ensemble, tous les deux, dans une commune défense contre la puanteur, parce que nous nous aimons, parce que nous avons tout pardonné, forts de notre amour, de notre absolution mutuelle. Ajoutez à cela les à-côtés : Les Gowan Stevens, jeune ménage très bien vu dans la haute société, une maison neuve dans une des rues chic pour y commencer la gueule de bois des samedis soirs, un club très fermé, avec tout un groupe de jeunes membres prêts à aider à faire de la gueule de bois du samedi soir quelque chose qui soit vraiment digne d'être appelé une gueule de bois de cercle chic ; un banc dans le temple le plus chic de la ville pour se remettre de la gueule de bois, à condition que ce ne soit pas une de ces gueules de bois qui vous empêchent même d'aller au temple. Et puis, l'arrivée du fils, de l'héritier ; et maintenant, nous avons Nancy, à la fois nurse, guide, mentor, agent catalyseur, colle — appelez-la comme vous voudrez — pour cimenter ensemble ces divers éléments, centre magnétique autour duquel pourraient tourner non seulement le premier héritier et les autres petits princes et princesses dans l'ordre de succession, mais les deux autres gros morceaux aussi, les deux masses de boue, ou de cette matière, quelle qu'elle soit, qui est façonnée à l'image de Dieu, afin de donner, en apparence tout au moins, une impression de respectabilité et de paix. Pas la brave nourrice d'autrefois, la bonne négresse qui balance les berceaux ; les Gowan Stevens sont bien trop modernes pour ça, si jeunes et si modernes que tous les jeunes membres de leur cercle ont applaudi quand ils ont su qu'ils avaient tiré du ruisseau, pour en faire la nurse de leurs enfants, une putain qui autrefois s'adonnait à la drogue, parce que les autres membres du club ne savaient pas que ce n'étaient pas les

Gowan Stevens, mais Temple Drake qui avait choisi l'ex-putain droguée pour la seule raison que cette ex-putain droguée était le seul animal à Jefferson qui pût parler la langue de Temple Drake. (Elle prend rapidement dans le cendrier la cigarette allumée, en tire quelques bouffées entre lesquelles elle parle.) *Oh oui, je vais aussi vous raconter cela. Une confidente. Vous savez : le grand joueur de baseball, l'idole sur son piédestal, l'adoré, et, en face l'adorateur, l'acolyte, celui qui, si grands soient ses efforts, n'est jamais sorti et ne sortira jamais des petits stades sablonneux et des petites équipes d'amateurs. Vous voyez cela : les longues après-midi, quand le dernier bouton électrique du dernier appareil de cuisine, de lavage ou de balayage a été tourné, quand le bébé dort, en sûreté pour l'instant, et que les deux sœurs dans le péché échangent les secrets du métier en face de deux coca-colas dans la paix de la cuisine. Quelqu'un à qui parler, cet être dont, semble-t-il, nous avons tous besoin, que nous voulons tous, qui nous est nécessaire à tous, non pour que la conversation soit possible, ni même pour que cet être soit toujours de notre avis, mais simplement pour qu'il y ait là quelqu'un qui nous écoute tranquillement. C'est tout ce que les gens demandent, en réalité, tout ce dont ils ont vraiment besoin ; j'entends, pour se conduire convenablement, pour éviter de s'exaspérer mutuellement. Ce qu'on appelle défauts d'adaptation, troubles qui, nous dit-on, engendrent les incendiaires, les satyres, les assassins, les voleurs et autres ennemis de la société, ne sont pas en réalité des défauts d'adaptation ; ils proviennent simplement du fait que les futurs assassins ou voleurs n'ont eu personne qui voulût bien les écouter. L'Eglise Catholique a découvert cela il y a deux mille ans, mais sans insister assez malheureusement, ou peut-être parce que sa qualité d'Eglise l'occupait trop pour lui laisser le temps de s'occuper de l'homme. Peut-être n'était-ce pas, du reste, la faute de l'Eglise mais simplement le fait qu'elle avait affaire à des êtres humains ; et si le monde était peuplé par moitié de créatures incultes capables simplement d'écouter, de créatures qui ne pourraient même pas éviter d'écouter l'autre moitié, il n'y aurait peut-être jamais de guerre. Et c'est cela que possédait Temple Drake : quelqu'un qu'elle payait à la semaine simplement pour écouter, ce qui aurait dû lui suffire, semble-t-il. Et puis, l'autre bébé est né, le condamné au sacrifice (mais cela, nous ne le savons pas encore naturellement) et on aurait pu croire que c'était vraiment suffisant, que maintenant, Temple Drake elle-même, allait pouvoir se considérer en sûreté, s'estimer digne de confiance, maintenant qu'elle avait deux — quel est donc le mot qu'emploient les marins ? — ah oui, deux ancres de veille. Mais cela ne suffisait pas. Parce qu'Hemingway avait raison, je veux dire la jeune fi... la femme dans son livre. L'unique chose à faire, c'est refuser d'accepter. Seulement voilà, il faut... refuser.*

STEVENS

Revenons aux lettres.

LE GOUVERNEUR (observant Temple)

Taisez-vous, Gavin.

STEVENS

Non, c'est moi qui vais vous parler un peu maintenant. Nous allons même nous en tenir aux métaphores sportives et parler de « course par relais », ce genre de course où le plus ancien membre de l'équipe porte jusqu'au sommet de ce qui reste de la colline symbolique le bâton, la branche, le plançon, l'arbre — quel que soit le nom qu'il vous plaise de donner au morceau de bois symbolique. (Les lumières clignotent, faiblissent légèrement puis reprennent leur intensité normale, comme pour donner un signal, un avertissement.) *Les lettres. Le chantage. Le maître chanteur était le plus jeune frère de Red — un criminel, naturellement, mais au moins un homme...*

TEMPLE

Non, non !

STEVENS (à Temple)

Taisez-vous. Nous ne faisons que gravir une colline, il n'est pas question de franchir un précipice. Et puis, il ne s'agit que d'un bâton. Les lettres ne venaient pas en premier. Ce qui venait en premier, c'était la gratitude. Et maintenant, nous voilà arrivés au mari, à mon neveu. Et par « passé », j'entends la partie du passé que le mari connaît à ce moment-là et qui lui semble très suffisante. Parce qu'elle ne tarda pas à s'apercevoir, à se rendre compte, qu'elle allait passer une bonne partie de ses journées (de ses nuits également) à se faire pardonner ; qu'elle allait non seulement se voir rappeler constamment ce passé, ou plutôt se trouver forcée à en être, à en rester consciente à seule fin de se le faire pardonner et de pouvoir ensuite être reconnaissante à l'auteur du pardon, mais qu'en outre, elle allait se voir dans l'obligation de déployer un peu plus chaque jour tout le tact qu'elle pouvait avoir dans la mesure où elle en était capable... et toute la patience qu'elle ne savait probablement même pas qu'elle possédait puisque, jusqu'alors, elle ne s'était jamais trouvée dans la nécessité d'en avoir, afin que la gratitude — domaine dans lequel elle n'avait guère plus d'expérience que dans celui de la patience — fût digne de s'accorder avec les principes élevés de celui qui avait pardonné. Mais elle ne s'en inquiétait pas outre mesure. Son mari — mon neveu — avait fait ce qu'il considérait sans doute comme le sacrifice suprême pour expier la part qui lui incombait dans le passé de sa femme. Elle était certaine de pouvoir continuer à fournir la quantité de gratitude, si croissante fût-elle, que l'appétit croissant du consommateur exigeait en échange du sacrifice que, croyait-elle, elle avait accepté, poussée par ce même sentiment de gratitude. De plus, elle avait encore des jambes et des yeux ; elle était libre de partir, de s'échapper quand bon lui semblerait, bien que, rien qu'en se souvenant du passé, elle devait vraisemblablement savoir qu'elle n'userait pas de ses facultés locomotrices pour échapper à une menace ni à un danger. Vous acceptez bien cela?

LE GOUVERNEUR

Parfaitement. Continuez.

STEVENS

C'est alors qu'elle s'est aperçue qu'elle allait être mère — je parle du premier enfant — A ce moment-là, elle a dû ressentir comme une espèce de panique. Elle ne pouvait plus s'échapper maintenant. Elle avait attendu trop longtemps. Mais c'était pire encore. Elle était dans la situation de quelqu'un qui se rend compte, pour la première fois, que nous devons tous payer pour nos fautes passées. Le passé est comme une traite, aggravée d'une clause perfide, qui, tant que tout va bien, peut être négociée normalement, mais que la fatalité, la chance ou le hasard peuvent annuler sans avertissement. C'est-à-dire qu'elle avait su accepter cela dès le début, qu'elle n'y pensait plus, consciente qu'elle tenait la situation bien en mains, qu'elle était invulnérable par l'effet d'une simple intégration, du fait même qu'elle était femme. Mais maintenant, il allait y avoir un enfant, fragile et sans défense. Or, on ne renonce jamais à l'espoir, vous savez, même quand on a fini par se rendre compte qu'on peut non seulement supporter n'importe quoi, mais qu'on aura sans doute à le faire ; c'est pourquoi, avant même que son affolement ait eut le temps de se calmer, elle avait puisé un espoir dans la fragilité même de l'enfance, dans son innocence sans défense : Dieu — s'il y en avait un — protégerait l'enfant, pas elle. Elle ne demandait pas à être épargnée ; elle ne le voulait pas. Elle pouvait ou lutter, se mesurer avec son destin, ou le subir. Mais l'enfant du billet à vue de son passé, c'était une autre affaire. Lui était innocent. Et cependant, elle n'était pas si naïve, l'expérience lui ayant enseigné que Dieu ne voulait pas, ou ne pouvait pas — en un mot ne sauvait pas l'innocence pour le seul fait qu'elle était l'innocence, que, lorsqu'Il a dit : « Souffrez que les petits enfants viennent à moi », Il voulait dire exactement cela. Il voulait dire « souffrez ». Il voulait dire qu'à tout moment les adultes, les parents, les pécheurs endurcis, ou capables de l'être, doivent se préparer, consentir — que dis-je ? — qu'ils doivent avoir hâte de souffrir à n'importe quel moment, afin que les petits enfants puissent venir jusqu'à Lui sans avoir à connaître l'angoisse, la terreur, la souillure. Vous acceptez toujours ?

LE GOUVERNEUR

Continuez.

STEVENS

Elle a connu alors le soulagement. Pas l'espoir, le soulagement. Bien précaire, évidemment ; un exercice d'équilibre, mais elle savait danser sur la corde raide. C'était un peu comme si elle avait conclu non un marché, mais un armistice avec Dieu — en admettant qu'il y en eût un. Elle n'avait pas essayé de tricher, elle n'avait pas essayé d'échapper à la traite de son passé en y substituant le chèque en blanc de l'innocence d'un enfant — l'enfant était né maintenant. C'était un garçon, un fils, le fils, l'héritier de son mari. Elle n'avait rien tenté pour empêcher l'enfant de naître ; elle n'avait jamais pensé à une grossesse sous ce jour-là puisqu'il lui avait fallu les marques physiques de cette grossesse pour révéler clairement l'existence de ce billet portant une signature post-datée. Et comme Dieu — s'il y en avait un — devait être au courant de cela, elle, de son côté, devait jouer son rôle dans le marché en n'exigeant plus rien de Lui une seconde fois, car Lui — s'il existait — jouerait franc jeu, se conduirait du moins en gentleman. Et cela?

LE GOUVERNEUR

Continuez.

STEVENS

Pour ce qui est du deuxième enfant, je vous laisse le choix. Peut-être, au milieu de ce trio, était-elle trop occupée pour être aussi prudente qu'elle aurait dû. Par trio, j'entends : la damnation, le destin, le passé; le marché avec Dieu; le pardon, la gratitude. Comme dit le jongleur : pas avec trois massues ni trois boules remplaçables et insensibles, mais avec trois ampoules de verre remplies de nitroglycérine sans assez de mains pour n'en tenir qu'une seule : une main pour offrir le rachat, une autre pour recevoir le pardon, et la nécessité d'en avoir une troisième obligatoire, pour présenter la gratitude, et une quatrième enfin, de plus en plus impérative à mesure que le temps passait, pour saupoudrer sans cesse, en doses sans cesse croissantes, du sucre et des épices sur cette gratitude qu'il fallait bien rendre mangeable pour celui qui se voyait contraint de l'avaler. Elle n'eut peut-être pas le temps d'être assez prudente, peut-être était-ce aussi le désespoir, ou peut-être est-ce à ce moment-là que son mari, pour la première fois, réfuta, contesta, mit en doute, comme vous voudrez, la paternité de son fils. Bref, elle était enceinte de nouveau; elle avait manqué à sa parole, détruit son talisman, et elle savait probablement quinze mois avant les lettres que c'était la fin. Et quand l'homme apparut avec les vieilles lettres, elle ne témoigna sans doute aucune surprise. Elle s'était simplement demandé pendant quinze mois quelle forme sa condamnation allait prendre — Acceptez cela aussi...

Les lumières clignotent et faiblissent puis redeviennent normales.

Et ce fut même un soulagement. Car c'était enfin terminé. Le toit s'était effondré, l'avalanche avait rugi, l'impuissance, le désarroi étaient terminés car, maintenant, la vieille fragilité des os et de la chair n'était plus un facteur et — qui sait ? — en vertu même de cette fragilité, une espèce d'orgueil, de triomphe : Vous aviez attendu la destruction, vous l'aviez endurée. C'était inévitable, inéluctable, vous n'aviez aucun espoir. Néanmoins, vous ne vous contentiez pas de vous blottir, tassé sur vous-même, la tête, la vision, enfouie dans vos bras ; vous ne gardiez pas constamment les yeux fixés sur cet arrêt, c'est vrai, mais ce n'était pas parce que vous aviez peur, mais parce que vous étiez trop occupé à mettre un pied devant l'autre, sans jamais trébucher, sans jamais crier gare, et pourtant vous saviez que c'était en vain — triomphe de cette fragilité même dont vous n'aviez plus besoin de vous préoccuper maintenant pour la simple raison que le pire que peut faire une catastrophe, c'est écraser, oblitérer la fragilité ; vous étiez de plus en plus fort, vous aviez fait baisser les yeux à la catastrophe, vous lui aviez survécu, vous l'aviez forcée à agir la première, vous ne l'aviez même pas défiée, méprisée : sans autre outil, sans autre instrument que cette fragilité sans valeur vous aviez tenu le désastre à distance, comme d'une seule main on pourrait soutenir un impondérable ciel de lit en soie, et cela, pendant six années, alors que, malgré tout son poids et toute sa puissance, la catastrophe ne pouvait prolonger plus de cinq ou six secondes l'oblitération de votre fragilité ; et, même pendant ces cinq ou six secondes, vous aviez encore le dessus puisque tout ce dont le désastre pouvait vous priver vous l'aviez déjà, six ans auparavant, rayé d'un trait de plume comme étant par nature, et à cause de sa fragilité même, sans la moindre valeur.

LE GOUVERNEUR

Et maintenant, revenons à l'homme.

STEVENS

Je pensais que vous comprendriez cela aussi. Le premier était toujours là, comme un point douloureux. Oui, il...

LE GOUVERNEUR

Le premier quoi ?

STEVENS (il s'arrête et regarde le Gouverneur)

Le premier homme : Red. Vous ne connaissez donc rien aux femmes ? Je n'ai jamais vu Red ni son successeur, son frère, mais tous les trois, eux deux et le mari, se ressemblent sans doute assez, ou se conduisent suffisamment de la même façon — peut-être en faisant à la femme assez d'impossibles demandes ou en subissant suffisamment son attraction pour accepter, risquer des conditions presque incroyables — pour être au moins cousins germains. Où avez-vous donc vécu ?

LE GOUVERNEUR

Ça va. Ça va. Et l'homme ?

STEVENS

Au début, il n'avait qu'une idée en tête. Tous ses plans, tous ses intérêts n'avaient qu'un objectif : l'argent qu'il pourrait obtenir grâce aux lettres avant de s'enfuir, avant de foutre le camp au plus vite. Evidemment, même à la fin, son seul intérêt était encore l'argent, non seulement après qu'il eut compris que, pour l'avoir, il lui faudrait prendre et la femme et l'enfant, mais après qu'il devint évident que, vraisemblablement, il n'obtiendrait jamais, pour quelque temps du moins, qu'une femme échappée du domicile conjugal et un bébé de six mois. En fait, l'erreur de Nancy, sa seule action fatale dans cette nuit fatale et tragique, fut de ne pas lui donner l'argent et les bijoux quand elle eut découvert où Temple les avait cachés et de ne s'être pas fait donner les lettres afin de se débarrasser de lui à jamais. Elle préféra cacher à son tour l'argent et les bijoux pour que Temple ne pût les prendre. Et c'est évidemment cela que pensa Temple puisqu'elle — Temple — mentit à l'homme quand elle lui dit que la somme ne s'élevait qu'à deux cents dollars alors qu'elle était en réalité de près de deux mille. On peut donc dire qu'il le voulait vraiment cet argent, et la quantité qu'il voulait, et l'urgence avec laquelle il le voulait, puisqu'il était tout disposé à payer ce prix pour l'avoir. Ou peut-être était-il sage — démerdard aurait-il dit dans son langage — sagesse au-dessus de son âge, de son temps, puisqu'il avait, sans exactement le vouloir, inventé une méthode nouvelle et sûre d'enlèvement d'enfant : autrement dit, choisi une victime adulte capable de signer ses propres chèques — avec, par-dessus le marché, pour augmenter la persuasion, un enfant en bas âge. Il n'avait pas à la forcer, mais simplement à la persuader de le suivre de son plein gré, ensuite — toujours par la méthode paisible — il n'aurait plus à se presser pour lui extorquer l'argent, usant de la fragilité de l'enfant comme d'un levier. Peut-être, du reste, nous trompons-nous tous les deux et devrions-nous accorder quelque crédit — si peu que ce soit — là où le crédit — si peu que ce soit — est dû, puisque, pour elle aussi, ce n'était au début qu'une question d'argent. Sans doute le pensait-il lui-même encore juste au moment où, ayant réuni ses bijoux et trouvé l'endroit où son mari cachait la clef du coffre-fort (et j'imagine qu'une nuit, quand son mari dormait, elle avait vérifié l'argent qui s'y trouvait, ou avait vérifié tout au moins qu'il y avait effectivement de l'argent, ou qu'en tout cas la clef pouvait ouvrir le coffre), elle se surprit encore en train de chercher la raison qui l'avait empêchée de verser la somme, de reprendre les lettres pour les détruire, se débarrassant ainsi, à jamais, de cette épée de Damoclès. Et c'est précisément ce qu'elle ne fit pas. Parce qu'Hemingway — la femme de son livre — avait raison : il n'y a qu'une seule solution, refuser d'accepter. Seulement, il faut qu'on vous ait dit honnêtement à l'avance ce que vous devez refuser. Les dieux vous doivent au moins ça — une vision nette et un choix net. Afin qu'on ne soit pas trompé par... qui sait ?... même par de la douceur, même probablement, là-bas, au cours de ces après-midi — ou quel que fût le moment de la journée où ils étaient ensemble, à Memphis dans le... Bref : lune de miel, même devant témoin ; dans ce cas-là, certainement, c'était encore ce qu'il y avait de meilleur, et, qui sait (je suis Red maintenant) un peu d'effroi même, d'effroi respectueux, d'espoir incrédule, d'étonnement incrédule, un léger tremblement même devant une telle bonne fortune, un si grand coup de veine tombé du ciel jusque dans ses bras, du moins (c'est Temple, maintenant) pas un groupe : le viol même devenu tendresse : un seul, un seul individu qu'elle pouvait encore refuser et qui lui apportait du moins (cette fois-ci) l'illusion d'être courtisée, d'avoir la possibilité de dire oui la première, qui lui permettait même de croire qu'elle pouvait dire oui ou non. J'imagine que lui (le nouveau, le maître chanteur) ressemblait à son frère — Red en plus jeune, le Red des années antérieures à celle où elle l'avait connu, et — si j'ose dire — moins sali. Si bien qu'elle a peut-être cru que, maintenant enfin, elle pouvait laver la souillure des six années de lutte, de repentir et de terreur, s'en débarrasser comme d'une chose superflue. Et si c'est ceci que vous aviez dans l'esprit, vous aviez raison également : un homme, un homme en tout cas après six ans de ce genre de pardon qui avilissait non seulement le pardonné mais également la gratitude du pardonné — un homme mauvais, bien sûr, un criminel d'intention, même si, jusqu'alors, des obstacles l'avaient arrêté sur le chemin du mal ; un homme capable de chantage, méchant, non seulement apte, mais destiné à n'apporter que le mal, le désastre et la ruine à quiconque serait assez fou pour se placer dans son orbite, pour mettre sa destinée entre ses mains. Mais — par comparaison, ces six années de comparaison — un homme enfin, un homme si unique, si dur, si impitoyable, si impeccable dans son amoralité qu'il en pouvait tirer une sorte de pureté, d'intégrité, un homme qui, non seulement ne ressentirait jamais le besoin, ni même l'intention, de rien pardonner à personne, mais qui ne penserait jamais que quelqu'un pût s'attendre à ce qu'il pardonnât quelque chose ; un homme qui ne prendrait même pas la peine de lui pardonner si jamais l'occasion s'en présentait, qui trouverait plus simple de lui pocher un œil, de lui faire sauter quelques dents ou de la jeter au ruisseau. Si bien qu'elle pourrait se sentir éternellement à l'abri, certaine que, jusqu'au jour où elle se trouverait avec un œil poché et crachant ses dents dans le ruisseau, il ne lui viendrait jamais à l'esprit qu'il avait quelque chose à lui pardonner.

Cette fois, les lumières ne clignotent pas. Elles commencent à baisser graduellement jusqu'à l'obscurité complète tandis que Stevens continue.

Nancy commença par être la confidente alors qu'elle — Nancy — croyait encore probablement que le seul problème, le seul facteur, était la question de savoir comment se procurer l'argent exigé par le maître chanteur sans que son maître, le mari, s'en aperçût. Elle finit par trouver, par s'apercevoir — il s'agit toujours de Nancy — par comprendre sans doute qu'en réalité elle n'avait pas été bien longtemps confidente avant de découvrir ce qu'elle était vraiment : une espionne, l'espionne de sa patronne. Et ce n'est qu'après cette découverte — Temple avait sorti l'argent et les bijoux du coffre-fort de son mari, mais ne les avait pas encore remis au maître chanteur en échange des lettres — qu'elle comprit que le paiement en argent et en bijoux ne formait même pas la moitié du plan de Temple.

Les lumières s'éteignent tout à fait. La scène est dans une obscurité complète. La voix de Stevens continue.

C'est alors que Nancy, à son tour, a trouvé où Temple avait caché l'argent et les bijoux, et elle — Nancy — les a pris à son tour et les a cachés pour empêcher Temple d'en disposer. Cela s'était passé dans la nuit qui avait suivi le départ de Gowan. Gowan était allé pêcher pendant une semaine à Aransas Pass et avait emmené avec lui l'aîné des enfants qu'il comptait laisser chez ses grands-parents à la Nouvelle-Orléans où il devait le reprendre en revenant du Texas. (A Temple, dans l'obscurité :) *Maintenant, racontez-lui.*

La scène est dans une obscurité complète.

SCÈNE II

Intérieur. Salon privé ou boudoir de Temple. 17 heures 30 ante.

Les lumières s'allument au premier plan, à droite, comme à l'acte I dans la scène de transition entre la salle du Tribunal et le salon des Stevens, mais au lieu d'être le living-room, la scène représente maintenant les appartements privés de Temple. Une porte, à gauche, donne accès à la maison proprement dite. Une porte, à droite, conduit à la nursery où l'enfant dort dans son berceau. Dans le fond, les portes-fenêtres ouvrent sur une terrasse. C'est une entrée privée quand on vient du dehors. A gauche, la porte d'un placard est ouverte. Des vêtements sont épars sur le plancher, preuve que le placard a été fouillé avec moins de précipitation que de sauvagerie, implacablement et de fond en comble. A droite, une cheminée à gaz. Contre le mur du fond, un bureau est ouvert et témoigne des mêmes fouilles sauvages et implacables. Au centre, sur une table, le chapeau de Temple, ses gants, son sac à main et un de ces sacs qui sont généralement l'indice de l'existence d'un enfant. Deux valises qui appartiennent, sans aucun doute, à

Temple sont faites, bouclées et reposent sur le plancher près de la table. La pièce entière laisse deviner le départ imminent de Temple et indique aussi que quelque chose a été cherché en vain, bien que sauvagement et complètement, peut-être même dans l'affolement.

Quand les lumières s'allument, Pete est debout devant la porte ouverte du placard. Il tient dans ses mains un dernier objet de lingerie, un négligé. Il a vingt-cinq ans environ. Il n'a pas l'air d'un criminel, c'est-à-dire qu'il n'a pas tout à fait l'allure d'un criminel typique, reconnaissable, le genre gangster. Il a l'air de l'étudiant moyen ou d'un représentant d'une certaine marque d'automobile ou d'un voyageur en quincaillerie. Ses vêtements sont quelconques, sans rien de voyant ni d'agressif, les vêtements de tout le monde. Mais il y a en lui quelque chose de non apprivoisé. Il est beau, du genre de beauté qui plaît aux femmes. Il n'y a en lui rien d'imprévu, car vous — elles — savez exactement ce qu'il est capable de faire tout en souhaitant qu'il ne le fasse pas cette fois-ci. Il y a en lui quelque chose de dur, d'implacable, d'amoral plutôt que d'immoral.

Il porte un complet d'été léger. Avec son chapeau repoussé sur la nuque, il ressemble exactement, dans ce décor, au jeune détective de grande ville dans les films de gangsters. Il fouille le délicat négligé, rapidement, brutalement, le laisse retomber et se retourne. Il s'empêtre dans les autres vêtements qui jonchent le plancher et, sans s'arrêter, s'en dégage d'un coup de pied ; puis il traverse la pièce jusqu'au bureau et reste debout à contempler le désordre qui règne autour de lui, désordre où, une fois déjà, il a fouillé consciencieusement et sauvagement avec une sorte de dégoût sombre et méprisant.

Temple entre à gauche. Elle porte un costume de voyage foncé sous un manteau léger qu'elle a laissé ouvert. Elle n'a pas de chapeau. Elle porte sur le même bras le manteau de fourrure que nous lui avons déjà vu et une couverture d'enfant ; dans l'autre main, une bouteille de lait pleine. Elle s'arrête juste le temps d'embrasser d'un coup d'œil toute la chambre au pillage. Puis elle entre et s'approche de la table. Pete tourne la tête, mais ne bouge pas.

PETE

Alors ?

TEMPLE

Non. Les gens chez qui elle habite disent qu'ils ne l'ont pas vue depuis qu'elle est partie pour venir ici, ce matin.

PETE

J'aurais pu te dire la même chose. (Il regarde sa montre-bracelet.) *Nous avons encore le temps. Où habite-t-elle ?*

TEMPLE (près de la table)

Et ensuite ? Lui appliquer une cigarette allumée sur la plante des pieds ?

PETE

Il s'agit de cinquante dollars, même si tu as l'habitude de ne compter que par centaines. Et puis, il y a aussi les bijoux. Alors, qu'est-ce que tu suggères ? Appeler les flics ?

TEMPLE

Non. Tu n'auras pas à t'enfuir. Je t'ouvre une porte de sortie.

PETE

Une porte de sortie ?

TEMPLE

On n'baise pas sans fric. C'est bien comme ça que tu t'exprimerais, n'est-ce pas ?

PETE

J'suis pas bien sûr de comprendre.

TEMPLE

Tu es libre maintenant. Tu peux débarrasser le plancher. Partir. Te sortir de mes jambes. Te sauver. Et puis, tu n'auras plus qu'une chose à faire : attendre le retour de mon mari et tout recommencer depuis le début.

PETE

J'suis pas encore sûr de te comprendre.

TEMPLE

Tu as toujours les lettres, n'est-ce pas ?

PETE

Oh, les lettres.

Il cherche dans la poche intérieure de son veston, en tire un paquet de lettres qu'il jette sur la table.

Voilà.

TEMPLE

Je t'ai dit, il y a deux jours, que je ne les voulais pas.

PETE

Certainement, mais c'était il y a deux jours.

Ils s'observent un moment. Puis Temple, du bras, jette sur la table fourrure et couverture d'enfant, pose la bouteille sur la table avec précaution, prend le paquet de lettres et tend son autre main à Pete.

TEMPLE

Passe-moi ton briquet.

Pete sort le briquet de sa poche et le lui donne. C'est-à-dire qu'il le lui tend sans bouger, ce qui oblige Temple à faire deux ou trois pas vers lui pour le prendre. Puis elle se retourne, s'approche de la cheminée et allume le briquet après deux ou trois tentatives. Pete, qui l'observe, n'a pas bougé. Elle reste un instant immobile, le paquet de lettres dans une main, le briquet allumé dans l'autre. Puis elle tourne la tête et regarde derrière elle. Ils s'observent un instant.

PETE

Qu'est-ce que tu attends? Brûle-les. L'autre fois, quand je te les avais offertes, tu les avais refusées pour te ménager la possibilité de changer d'avis et de ne plus marcher. Brûle-les.

Ils se regardent encore quelques secondes. Puis elle tourne la tête et se trouve maintenant debout, le visage de profil et, dans la main, le briquet qui brûle toujours. Pete l'observe encore un instant.

Allons, pose ça quelque part et viens ici.

Elle éteint le briquet, se retourne, s'approche de la table où elle pose le paquet de lettres et le briquet puis va vers Pete toujours immobile. A ce moment, Nancy apparaît sur la gauche. Pete enlace Temple.

Moi aussi, je t'ai offert une porte de sortie. (Il la serre étroitement.) *Ma gosse.*

TEMPLE

Ne m'appelle pas comme ça.

PETE

(Pete la serre plus étroitement encore, caressant et en même temps sauvage)

Red le faisait bien. J'le vaux pas, non?

Ils s'embrassent. Nancy franchit silencieusement la porte et s'arrête, à peine entrée, pour les observer. Elle est vêtue maintenant de l'uniforme traditionnel des femmes de chambre, style grand magasin, mais elle n'a pas de bonnet ni de tablier sous un manteau léger, ouvert. Sur la tête elle porte un vieux chapeau de feutre qui n'a presque plus de forme et qui, un jour, a dû appartenir à un homme. Pete interrompt son baiser.

Allons, viens, foutons le camp. J'ai même un certain sens moral ou quelque chose. J'aime pas poser la main sur toi dans sa maison...

Il aperçoit Nancy par-dessus l'épaule de Temple et sursaute. Temple sursaute aussi, se tourne également et voit Nancy qui entre dans la pièce.

TEMPLE (à Nancy)

Qu'est-ce que tu fais ici?

NANCY

J'ai apporté mon pied. Il n'y a plus qu'à poser le bout de cette cigarette.

TEMPLE

Ainsi, tu ne te contentes pas d'être voleuse, voilà que tu espionnes maintenant.

PETE

Elle n'est peut-être pas voleuse non plus. Des fois qu'elle serait venue tout rapporter... (Ils observent Nancy qui ne répond pas.) *A moins qu'elle n'ait rien rapporté du tout. En ce cas, vaudrait peut-être mieux s'en servir de cette cigarette.* (A Nancy.) *Eh bien, qu'est-ce que tu en dis? C'est pour ça que tu es revenue?*

TEMPLE (à Pete)

Tais-toi. Prends les valises et porte-les dans l'auto.

PETE (à Temple,
mais sans quitter Nancy des yeux)

Je t'attendrai. J'pourrai peut-être avoir quelque chose à faire ici après tout.

TEMPLE

Va-t'en, je te dis. Pour l'amour de Dieu, sortons d'ici. Allons, va.

Pete observe encore Nancy pendant un instant. Elle est debout devant eux, les yeux dans le vague. Elle est là, immobile, presque médusée, le visage triste, pensif, indéchiffrable. Ensuite, Pete se tourne vers la table, prend le briquet, semble vouloir repartir, mais s'arrête encore et, avec une hésitation presque infinitésimale, reprend le paquet de lettres, le remet dans sa poche, saisit les deux valises fermées et s'approche des portes-fenêtres, passant devant Nancy qui continue à ne regarder rien ni personne.

PETE (à Nancy)

Ce n'est pas l'envie qui m'en manque, tu sais. Même pour moins de cinquante dollars. Pour une chanson.

Il prend les deux valises d'une main, ouvre la porte-fenêtre, s'apprête à sortir, s'arrête à mi-chemin et regarde Temple derrière lui.

J'écouterai, au cas où tu changerais d'avis sur cette question de cigarette.

Il sort, tire la porte derrière lui. Juste avant qu'elle ne se referme Nancy parle :

NANCY

Attendez.

Pete s'arrête et entrouvre à nouveau la porte.

TEMPLE (vite, à Pete)

Va-t'en ! Va-t'en ! Pour l'amour de Dieu, va-t'en !

Pete sort, referme la porte. Nancy et Temple restent tête à tête.

NANCY

J'avais peut-être eu tort de croire que, cet argent et ces diamants une fois cachés, vous ne partiriez pas. J'aurais peut-être mieux fait de les lui remettre hier dès que j'ai eu trouvé où vous les aviez cachés. Alors, on n'aurait plus vu que sa poussière d'ici à Chicago ou au Texas.

TEMPLE

Ainsi, c'est toi qui les as volés ? Et tu vois à quoi ça a servi, hein ?

NANCY

Si vous appelez ça voler, alors je peux bien faire comme vous. Parce que, pour commencer, il n'y en avait qu'une partie qui vous appartenait. Les diamants seuls étaient à vous. Et, en plus, l'argent s'montait à près de deux mille dollars, alors que vous m'aviez dit juste deux cents... et à lui, même moins que ça, juste cinquante. Pas étonnant s'il s'tourmentait pas... pour une cinquantaine de dollars ! Il s'tourmenterait même pas s'il savait qu'il y en avait près de deux mille — à plus forte raison les deux cents que vous m'aviez dits. Il ne s'inquiète même pas de savoir si vous aurez de l'argent ou non quand vous irez le retrouver dans l'auto. Il sait qu'il n'a qu'à attendre, qu'il n'a qu'à vous garder sous la main et à taper un peu fort, peut-être, pour que vous obteniez une autre somme et des diamants aussi, soit de votre mari, soit de votre papa. Seulement, cette fois-là, il aura la main sur vous et vous aurez un peu de mal à lui faire croire que c'est juste cinquante dollars au lieu de deux mille.

Temple s'avance rapidement et calotte Nancy. Nancy recule. Ce mouvement fait tomber de dessous son manteau l'argent et la boîte à bijoux. Temple s'arrête et regarde l'argent et les bijoux. Nancy se remet.

Oui, voilà la cause de tout le chagrin et de toute la ruine. Si vous n'aviez pas possédé une boîte à bijoux et un mari dont la culotte avait des poches où, pendant son sommeil, vous pouviez trouver deux mille dollars, cet homme n'aurait jamais tenté de vous vendre ces lettres. Peut-être que, si je n'avais pas tout pris et caché, vous le lui auriez donné cet argent, avant d'en arriver où vous en êtes. Ou peut-être que si je le lui avais donné hier en échange des lettres, ou peut-être que si je le lui portais là-bas, maintenant, dans cette auto où il attend, et si je lui disais : « Tenez, le voilà votre argent, prenez-le !... »

TEMPLE

Essaie. Ramasse-le et va le lui porter. Tu verras. Si tu veux attendre que j'aie fini mes bagages tu pourras même porter ma valise.

NANCY

Je sais. Il ne s'agit même plus des lettres. Ça n'a peut-être même jamais été les lettres. C'était déjà là, dans la femme qui pouvait écrire le genre de lettres qui même après huit ans pouvaient encore causer la ruine et le chagrin. Les lettres n'ont jamais eu d'importance. Vous auriez pu les ravoir n'importe quand ; il a même essayé de vous les rendre deux fois...

TEMPLE

Et jusqu'à quel point m'as-tu espionnée ? Qu'as-tu vu ?

NANCY

Tout. Vous n'auriez même pas eu besoin d'argent, ni de diamants pour les ravoir. Une femme n'a pas besoin de ça. Il lui suffit d'être femme pour obtenir des hommes ce qu'elle veut. Vous auriez pu faire ça ici, dans la maison, sans même avoir à envoyer votre mari à la pêche.

TEMPLE

Parfait exemple de moralité de putain. Mais, si je dis putain, tu pourrais le dire aussi, n'est-ce pas? Avec cette différence que je me refuse à en être une dans la maison de mon mari.

NANCY

J'parle pas de votre mari. J'parle même pas de vous. J'parle de deux petits enfants.

TEMPLE

Moi aussi. Pourquoi donc penses-tu que j'ai envoyé Bucky chez sa grand-mère, sinon pour le sortir d'une maison où un homme qu'on lui a appris à appeler son père peut, d'un moment à l'autre, décider de lui apprendre qu'il ne l'est pas? Une espionne aussi habile que toi doit certainement avoir entendu mon mari...

NANCY (l'interrompant)

J'l'ai entendu. Et j'vous ai entendue aussi. Vous vous êtes défendue... cette fois-là. Pas pour vous, mais pour ce petit enfant. Mais maintenant, c'est fini.

TEMPLE

Fini?

NANCY

Oui. Vous avez renoncé. Vous avez renoncé à l'enfant également. Vous acceptez le risque de ne jamais le revoir, peut-être. (Temple ne répond pas.) *Parfaitement. Avec moi, vous n'avez pas besoin de vous trouver des excuses. Il vous suffira de me dire ce que vous avez certainement déjà résolu, dans votre esprit, de dire aux gens qui vous poseront la même question. Vous acceptez le risque. C'est bien ça?* (Temple ne répond pas.) *Très bien. C'est comme si vous aviez répondu. Bucky, c'est une affaire réglée. Maintenant, répondez-moi : à qui allez-vous confier l'autre?*

TEMPLE

A qui je vais la confier? Une petite de six mois?

NANCY

Voilà. Naturellement vous ne pouvez pas la laisser. Vous ne pouvez la laisser à personne. Vous ne pouvez pas plus laisser un bébé de six mois à quelqu'un, au moment où vous quittez votre mari pour filer avec un autre, que vous ne pouvez emmener ce bébé avec vous. C'est de ça que je parle. Alors, vous la laisserez peut-être là, dans ce berceau. Elle pleurera un peu, mais elle est trop petite pour pleurer bien fort et il se peut que personne ne l'entende, que personne ne vienne voir ce qui se passe, surtout dans une maison fermée, jusqu'à ce que Monsieur revienne, la semaine prochaine; et probablement, à ce moment-là, la petite aura cessé de pleurer.

TEMPLE

Est-ce que tu tiens à recevoir une autre paire de gifles?

NANCY

Ou bien, ce serait peut-être aussi facile de l'emmener avec vous, du moins jusqu'au jour où vous écrirez la première lettre à Monsieur ou à votre papa pour avoir de l'argent; jusqu'au jour où, s'ils ne l'envoient pas aussi vite que votre nouvel homme estime qu'ils devraient le faire, il vous flanquera dehors, vous et votre bébé. Alors, il ne vous restera plus qu'à jeter la petite dans une poubelle, et vous n'aurez plus d'ennuis, et les autres non plus, parce qu'ainsi vous serez débarrassée de tous les deux.

(Temple fait un mouvement convulsif puis se maîtrise.) *Allez-y, cognez. Et allumez votre cigarette aussi. J'vous l'ai déjà dit, et à lui aussi. J'ai apporté mon pied. Le voilà.* (Elle lève légèrement le pied.) *J'ai tout essayé. Autant essayer cela aussi.*

TEMPLE (se contenant, furieuse)

Tais-toi. Pour la dernière fois, tais-toi.

NANCY

Je ne dis rien.

Elle ne bouge pas. Elle ne regarde pas Temple. Il y a un léger changement dans sa voix et dans ses manières, mais on ne remarquera que plus tard qu'elle ne s'adresse pas à Temple.

J'ai essayé. J'ai tout essayé. Vous le savez bien.

TEMPLE

Personne ne dira le contraire. Tu t'es servie de mes enfants pour me menacer, tu t'es même servie de mon mari — si on peut appeler mon mari une menace. Tu as été jusqu'à voler l'argent dont j'avais besoin pour m'enfuir. Oh oui, personne ne pourra nier que tu as tout essayé. Mais au moins, tu m'as apporté l'argent. Ramasse-le.

NANCY

Vous avez dit que vous n'en aviez pas besoin.

TEMPLE

Je n'en ai pas besoin, mais ramasse-le.

NANCY

Je n'en ai pas besoin, non plus.

TEMPLE

Ramasse-le tout de même. Tu pourras y prélever tes gages de la semaine prochaine et rendre le reste à Monsieur.

Nancy se baisse et ramasse l'argent. Elle remet les bijoux dans le coffret et pose le tout sur la table. (Plus calmement.)

Nancy. (Nancy la regarde.) *Je te demande pardon. Pourquoi m'obliges-tu à faire ça... à te frapper, à me fâcher, quand tu as toujours été si bonne pour mes enfants et pour mon mari — pour mon mari aussi — pour nous tous. Et toute la peine que tu t'es donnée pour faire de notre maison un foyer, une famille, pour nous garder unis ensemble, alors que le premier venu aurait compris que nous ne pouvions pas être unis... même dans la décence... sans parler du bonheur.*

NANCY

J'avoue que je suis ignorante. C'est une chose que j'sais pas encore. Et puis, j'parle pas de foyer, ni de bonheur, du reste...

TEMPLE (sèchement impérative)

Nancy!

NANCY

J'parle de deux petits enfants.

TEMPLE

Je t'ai dit de te taire.

NANCY

J'peux pas me taire. J'vais vous le demander une dernière fois. Allez-vous le faire?

TEMPLE

Oui.

NANCY

J'suis peut-être bien ignorante. Il faut que vous me le disiez vous-même, mot par mot, pour que je puisse l'entendre. Dites : « J'vais le faire. »

TEMPLE

Tu m'as entendue. Je vais le faire.

NANCY

Argent ou pas.

TEMPLE

Argent ou pas.

NANCY

Enfants ou pas. (Temple ne répond pas.) *En laisser un avec un homme qui est tout disposé à croire que cet enfant n'a pas de père, et amener l'autre à un homme qui ne veut même pas entendre parler d'enfants.* (Elles se dévisagent.) *Si vous pouvez le faire, vous pouvez bien le dire aussi.*

TEMPLE

Oui. Enfants ou pas. Et maintenant, va-t'en. Prends, dans cet argent, la somme qui te revient et va-t'en. Tiens...

Temple se dirige rapidement vers la table, tire deux ou trois billets de la liasse et les tend à Nancy qui les prend. Temple prend le reste de l'argent et ouvre son sac à main qu'elle a pris sur la table. Nancy se dirige lentement vers la nursery. En passant, elle prend le biberon sur la table. Elle continue. Temple, tenant d'une main son sac ouvert et de l'autre l'argent, remarque le mouvement de Nancy.

Qu'est-ce que tu fais ?

NANCY (sans s'arrêter)

Le lait est froid. Je vais le réchauffer dans la salle de bains.

Puis Nancy s'arrête et se retourne vers Temple en la regardant d'un air si étrange que Temple, qui s'apprêtait à serrer l'argent dans son sac, s'arrête aussi et observe Nancy. Nancy parle comme elle le faisait tout à l'heure : on ne comprendra que plus tard ce qu'elle voulait dire.

J'ai tout essayé, vous le savez bien.

TEMPLE (péremptoire)

Nancy !

NANCY (calmement)

Je n'ai rien dit.

Elle sort par la porte de la nursery. Temple achève de mettre l'argent dans le sac, le ferme et le reporte sur la table. Puis elle prend le sac du bébé. Elle y met de l'ordre, en vérifie rapidement le contenu, prend le coffret à bijoux et le fourre dans le sac qu'elle referme. Tout cela ne prend que deux minutes. Elle vient juste de finir de fermer le sac quand Nancy revient tranquillement de la nursery. Elle n'a plus de biberon. Elle s'avance, s'arrête devant la table juste le temps d'y déposer l'argent que Temple lui a donné, puis elle se dirige vers la porte opposée, celle par où elle avait fait sa première entrée.

TEMPLE

Et maintenant, qu'est-ce qu'il y a encore ?

Nancy se dirige vers l'autre porte. Temple la regarde.

Nancy ! (Nancy s'arrête, sans se retourner.) *Il ne faut pas trop m'en vouloir.* (Nancy attend immobile, le regard perdu. Comme Temple se tait, elle reprend sa marche vers la porte.) *Si je... si jamais l'occasion se présente, je dirai à tout le monde que tu as fait tout ton possible. Tu as essayé. Mais, tu avais raison. Ce n'étaient même pas les lettres. C'était moi.* (Nancy continue à marcher.) *Adieu Nancy.* (Nancy attend à la porte.) *Tu as ta clef. Je laisserai l'argent ici, sur la table. Tu peux le prendre.* (Nancy sort.) *Nancy !*

Elle ne reçoit pas de réponse. Temple regarde un instant encore vers la porte vide, puis elle hausse les épaules, s'avance, prend l'argent que Nancy avait laissé, regarde autour d'elle, s'approche du bureau encombré, prend un presse-papiers et revient à la table où elle met l'argent sous le presse-papiers. Maintenant elle se hâte. D'un geste déterminé, elle prend la couverture sur la table, se dirige vers la porte de la nursery et sort. Une ou deux secondes, puis elle hurle. Les lumières clignotent et commencent à baisser, à pâlir rapidement jusqu'à l'obscurité complète que déchire le hurlement.

La scène reste dans les ténèbres.

SCÈNE III

Décor de la scène I. Le cabinet du Gouverneur. 3 heures 09 du matin, 12 mars.

Les lumières s'allument au fond à gauche. La scène est la même qu'à la scène I, mais c'est Gowan Stevens, maintenant, qui est assis dans le fauteuil derrière le bureau où le Gouverneur était assis, et le Gouverneur n'est plus dans la pièce. Temple maintenant est à genoux devant le bureau, les bras sur le bureau et la tête enfouie dans ses bras. Stevens la domine, debout auprès d'elle. La pendule marque 3 heures 09.

Temple ne sait pas que le Gouverneur est parti et que son mari est maintenant dans la pièce.

TEMPLE (le visage toujours caché)

Et c'est tout. La police est venue, et la meurtrière était toujours assise dans la cuisine, au noir, et elle disait : « Oui, Seigneur, c'est moi qui l'ai fait. » Et puis, dans la cellule de la prison elle le répétait encore... (Stevens se penche et lui touche le bras comme pour l'aider à se relever. Elle résiste, mais sans lever la tête.) *Pas encore. N'est-ce pas dans mon rôle de rester ainsi prosternée jusqu'à ce que son Excellence nous accorde ce que nous sommes venus lui demander. A moins que je n'aie raté ma réplique pour toujours, même si l'Etat Souverain m'offrait un mouchoir sorti tout frais de la poche de sa propre robe de chambre élue au suffrage universel? Parce que, vous voyez?* (Elle lève la tête, aveuglée par la pleine lumière. Elle ne pleure pas et ne regarde pas dans la direction du fauteuil où elle pourrait voir Gowan au lieu du Gouverneur.) *Pas de larmes encore.*

STEVENS

Levez-vous, Temple. (Il essaie de la soulever, mais, sans lui donner le temps de le faire, elle se lève elle-même. Elle est debout, toujours aveugle, la tête encore tournée dans la direction opposée au bureau. Elle lève les bras, un peu comme une petite fille qui a envie de pleurer, mais c'est simplement pour s'abriter les yeux et permettre à ses pupilles de s'accoutumer à la lumière.)

TEMPLE

Pas de cigarette non plus. Cette fois, ce ne sera certainement pas très long puisqu'il lui suffira de dire non. (Toujours sans tourner la tête bien qu'elle s'adresse maintenant directement au Gouverneur qu'elle croit toujours assis à son bureau :) *Parce que vous n'allez pas la sauver, n'est-ce pas? Parce que tout cela n'était pas pour le salut de son âme, son âme n'en a pas besoin, mais pour le salut de la mienne.*

STEVENS (doucement)

Pourquoi ne pas en finir d'abord? Racontez la suite. Vous aviez commencé à parler de la prison.

TEMPLE

La prison. L'enterrement a eu lieu le lendemain. Gowan venait à peine d'arriver à la Nouvelle-Orléans ; alors, le matin même, il a loué un avion — et à Jefferson, tout ce qui va au cimetière — ou ailleurs, du reste — passe devant la prison. Où qu'on aille, on passe exactement sous les fenêtres grillées du premier — la salle commune et les cellules d'où les prisonniers noirs — joueurs de dés, marchands clandestins de whisky, vagabonds, meurtriers et meurtrières également — peuvent s'amuser à regarder ce qui passe, les enterrements compris. Comme ceci : Supposez qu'une personne blanche de vos amis soit en prison ou dans un hôpital, brusquement vous vous dites : « C'est affreux. » Vous ne pensez pas à la honte ni à la douleur, mais aux murs, aux serrures et, sans même avoir le temps de vous en apercevoir, vous vous mettez à leur envoyer des livres, des cartes, des jeux de patience pour se distraire. Mais les nègres, c'est différent. Quand il s'agit des nègres, vous ne pensez jamais aux cartes, aux jeux de patience ni aux livres. Et alors, tout à coup, vous comprenez, avec une espèce de terreur, que non seulement ils ont échappé à l'obligation de lire, mais qu'ils ont échappé à l'obligation d'avoir à s'échapper. Aussi, chaque fois que vous passez devant la prison, vous pouvez les voir — non, pas eux, eux, vous ne les voyez pas, vous voyez juste les mains entre les barreaux de la fenêtre, les mains qui ne frappent pas, qui ne s'agitent pas, qui ne tiennent même pas, cramponnées aux barreaux comme le feraient des mains blanches. Elles sont là, posées simplement entre les barreaux. Ce n'est pas qu'elles se reposent, elles sont calmes, adaptées déjà, aisément et sans peine, habituées aux manches des charrues, des haches et des houes, aux balais, aux berceaux des blancs, si bien que le fer des barreaux leur convient également ; des mains sans inquiétudes, sans alarmes. Vous comprenez. Ce ne sont pas des mains noueuses, tordues par le travail. Non, ces mains, le travail les a façonnées, assouplies, polies et même adoucies, comme si, pour un centime de simple sueur, elles avaient acquis la même qualité que les blancs, pour l'acquérir, auraient payé plusieurs dollars le pot d'une once ; des mains qui ne sont pas réfractaires au travail, unies au travail par un compromis ne serait pas exact non plus, disons plutôt : en confédération avec le travail, autrement dit qui n'en sont pas esclaves ; en état d'armistice, de paix — les mêmes longues mains souples, sereines, ignorantes de l'angoisse, à tel point que leurs propriétaires, pour regarder — regarder par les fenêtres — pour voir les enterrements, la circulation dans la rue, les gens, la liberté, la lumière du soleil, l'air libre — n'ont pas besoin de leurs yeux. Ils n'ont besoin que de ces mains, posées entre les barres et qui regardent, ces mains qui peuvent voir la forme d'une charrue, d'une houe, d'une hache, même avant le lever du jour ; et même dans l'obscurité, sans avoir besoin d'allumer une lampe, ces mains qui non seulement peuvent trouver l'enfant, le bébé — pas leur enfant, mais le vôtre, l'enfant blanc — mais qui peuvent trouver aussi ce qui ne va pas, ce qui le gêne — la faim, la couche mouillée, l'épingle de sûreté ouverte — et y porter remède. Vous voyez. Si seulement je pouvais pleurer. Je connais un autre cas, un homme cette fois. C'était avant que je ne vienne à Jefferson. Mais l'oncle Gavin se le rappelle bien aussi. Sa femme venait de mourir — il s'était marié quinze jours auparavant — et il l'a enterrée, et, au début, il a simplement essayé de se promener à travers la campagne, la nuit, pour bien se fatiguer afin de pouvoir dormir. Mais, voyant que ça ne servait à rien, il a essayé de se saouler afin de pouvoir dormir, mais cela n'a pas réussi davantage, alors il a essayé de se battre et, d'un coup de rasoir il a tranché la gorge d'un blanc, dans l'espoir de pouvoir dormir un peu. C'est alors que le shérif l'a trouvé, endormi sur le plancher de la véranda de la maison qu'il avait louée pour sa femme, pour son mariage, sa vie, sa vieillesse. Malheureusement, il l'a réveillé et, l'après-midi, dans la prison, il a fallu brusquement le gardien, un shérif et cinq autres prisonniers noirs pour le maîtriser pendant qu'on l'enchaînait. Et, étendu par terre avec sept hommes qui, haletants, pouvaient à peine l'empêcher de se redresser, savez-vous ce qu'il disait : «J'arriverai donc jamais à m'empêcher de penser. J'y arriverai donc jamais? » (Elle s'arrête, cligne les paupières, se frotte les yeux puis, comme une aveugle, tend une main vers Stevens qui a déjà déplié son mouchoir et le lui offre. Il n'y a pas encore de larmes sur son visage. Elle se contente de prendre le mouchoir et se tamponne les yeux comme elle le ferait avec une houppette à poudre. Elle reprend :) *Mais nous avons dépassé la prison, n'est-ce pas? Nous sommes au tribunal maintenant. Là-bas, c'était la même chose. L'oncle Gavin lui avait fait la leçon, naturellement : ce qui était facile puisque, quand on vous demande de répondre à une accusation de meurtre, il suffit de dire : « Non coupable. » Autrement, il ne pourrait même pas y avoir de procès, il faudrait qu'on se dépêche d'aller chercher un autre meurtrier avant de pouvoir avancer officiellement d'un seul pas. On lui a donc posé la question. Tout bien correctement et dans les formes, avec les juges, les avocats, les baillis, le jury, les Balances et le Glaive, le drapeau et les fantômes de Coke, Littleton, Bonaparte et Jules César et tous les autres, sans parler des yeux et des visages qui assistaient gratuitement à une séance de cinéma puisqu'ils avaient déjà payé en taxes le prix de leurs places. Et personne n'écoutait vraiment, car elle ne pouvait dire qu'une seule chose. Seulement voilà, cette chose, elle ne l'a pas dite. Elle a simplement levé la tête pour que tout le monde puisse l'entendre distinctement, pas fort, distinctement — et elle a dit : « Coupable, Seigneur! » — comme ça —*

démolissant du coup, confondant, dispersant, rejetant deux mille ans en arrière tout l'édifice du corpus juris *et les règles de l'évidence que nous nous sommes efforcés de maintenir debout depuis Jules César, comme lorsque, sans même faire attention, sans même savoir qu'on le fait, on avance la main et retourne un caillou, exposant à l'air, à la lumière et aux yeux, le tourbillon affolé, horrifié d'une fourmilière. Et le caillou fut remué de nouveau bien que les fourmis aient pu penser qu'elle n'avait pas d'autre pierre à portée de sa main : après qu'on lui eût expliqué que le fait de dire : « Non coupable » n'était pas une question de vérité mais de loi, elle le dit cette fois comme il le fallait : « Non coupable. » Alors le jury put lui répliquer qu'elle mentait. L'ordre était rétabli et, de l'avis de tous, on ne risquait plus rien puisque, désormais, elle n'était plus censée prononcer un seul mot. Seulement on se trompait. Le jury avait dit : « Coupable » et le juge dit : « Pendue. » Et maintenant chacun prenait son chapeau pour rentrer chez soi lorsqu'elle s'empara du caillou. Le juge dit : « Et que Dieu ait pitié de votre âme », et Nancy répondit : « Oui, Seigneur ! »* (Elle se tourne brusquement, vivement presque, et parle si rapidement que son élan l'entraîne au-delà de l'instant où elle va voir et reconnaître Gowan, assis là où, tout le temps, elle avait cru qu'était assis et écoutait le Gouverneur.) *Cette fois, c'est bien tout. Et maintenant, vous pouvez nous le dire. Je sais que vous ne la sauverez pas, mais il faut que vous nous le disiez maintenant. Ce ne sera pas difficile. Juste un mot.* (Elle s'arrête, figée, complètement immobile, mais, même alors, elle est la première à se remettre.) *Oh Dieu !* (Gowan se lève rapidement. Temple, d'un bond, se tourne vers Stevens.) *Pourquoi faut-il toujours que vous croyiez à la vertu des coups montés ? Est-ce donc obligatoire ? Est-ce parce que vous y êtes obligé ? Parce que vous êtes avocat ? Non. Je me trompe. Je vous demande pardon. C'est moi qui ai commencé les cachotteries entre nous, n'est-ce pas vrai?* (Vite, se retournant vers Gowan.) *Naturellement, tu n'as pas pris de somnifère. Autrement dit, tu n'avais même pas besoin de venir ici pour que le Gouverneur te cache derrière la porte ou sous son bureau ou quel que fût l'endroit où il essayait de me dire que tu étais caché pour écouter, parce qu'après tout le Gouverneur d'un Etat du Sud doit s'efforcer d'agir comme s'il regrettait d'avoir à s'écarter de la ligne de conduite d'un gentleman.*

STEVENS (à Temple)

Assez!

GOWAN

Nous aurions peut-être dû commencer à nous cacher plus tôt, tous les deux — il y a huit ans environ — et non dans les tiroirs de bureau, mais dans deux puits de mine abandonnés, l'un en Sibérie et l'autre au pôle Sud.

TEMPLE

Mettons que je n'aie pas voulu dire cacher. Je regrette...

GOWAN

Il n'y a pas de quoi. Profite simplement des intérêts qui te reviennent depuis huit ans. (A Stevens :) *Ça va, ça va. Dites-moi aussi de me taire.* (A personne en particulier :) *En réalité, peut-être le moment est-il venu pour moi de commencer à répéter que je regrette pendant les huit années qui commencent. Donnez-moi seulement un peu de temps. Huit ans de gratitude, c'est peut-être une coutume qu'il est difficile de perdre. Enfin, allons-y.* (A Temple :) *Je regrette. N'y pensons plus.*

TEMPLE

Je te l'aurais dit.

GOWAN

Tu l'as fait. N'y pensons plus. Tu vois comme c'est facile. Tu aurais pu faire ça toi-même pendant huit ans : chaque fois que j'aurais dit : « Dis pardon, je te prie » tu n'aurais eu qu'à répondre : « Je l'ai fait. N'y pensons plus.» (A Stevens :) *C'est bien tout, n'est-ce pas ? Nous pouvons rentrer à la maison maintenant.* (Il commence à faire le tour du bureau.)

TEMPLE

Attends. (Gowan s'arrête. Ils se regardent.) *Où vas-tu ?*

GOWAN

Je croyais avoir dit que je rentrais à la maison. Chercher Bucky et le remettre dans son lit. (Ils se regardent tous les trois.) *Tu ne vas même pas me demander où il est maintenant ?* (Il répond lui-même.) *Il est où nous laissons toujours nos enfants quand les choses...*

STEVENS

Cette fois-ci, c'est à toi que je vais dire de te taire.

GOWAN

Oui, mais laissez-moi finir d'abord. J'allais dire : « Chez nos parents les plus proches. » (A Temple :) *Je l'ai laissé chez tante Maggie.*

STEVENS

Il ne nous reste plus qu'à partir, je crois.

GOWAN

Je le crois aussi. (Il fait le tour du bureau et s'arrête encore. A Temple :) *Décide-toi. Veux-tu rester avec moi ou avec l'oncle Gavin ?*

STEVENS (à Gowan)

File. Va chercher Bucky.

GOWAN

D'accord. (Il se retourne, se dirige vers les marches sur le devant de la scène par où Temple et Stevens sont entrés et s'arrête.) *C'est vrai. Je suis censé sans doute utiliser encore la porte des espions.* (Il revient sur ses pas, contourne le bureau dans la direction de la porte du fond, voit le sac et les gants de Temple sur le bureau, les prend et les lui tend. D'un ton presque bourru.) *Tiens. C'est ce qu'on appelle des pièces à conviction. Ne les oublie pas ici.*

Temple prend le sac et les gants. Gowan continue vers la porte du fond.

TEMPLE (le suivant)

Tu n'avais pas de chapeau, de pardessus ? (Il ne répond pas. Il continue et sort.) *Oh, Dieu ! Encore !*

STEVENS (lui touchant le bras)

Venez.

TEMPLE (toujours sans bouger)

Demain et demain et encore demain...

STEVENS (traduisant sa pensée
et finissant sa phrase)

... il va écraser de nouveau sa voiture au mauvais endroit, contre le mauvais arbre, et il faudra que vous lui pardonniez encore pendant les huit ans qui suivront jusqu'à ce qu'il puisse encore une fois écraser sa voiture au mauvais endroit contre le mauvais arbre...

TEMPLE

J'ai conduit moi aussi. J'ai conduit moi aussi une partie du trajet.

STEVENS (doucement)

Eh bien, que cela vous serve de consolation. (Il lui reprend le bras, la dirige vers les marches.) *Venez. Il est tard.*

TEMPLE (résistant)

Attendez. Il a dit non?

STEVENS

Oui.

TEMPLE

Est-ce qu'il a dit pourquoi?

STEVENS

Oui. Il ne peut pas.

TEMPLE

Il ne peut pas? Le Gouverneur de l'Etat, investi du pouvoir légal de pardonner, ou au moins de surseoir, ne peut pas?

STEVENS

C'est la loi. Si ce n'était que la loi, j'aurais pu soutenir qu'elle était folle sans vous amener ici à deux heures du matin...

TEMPLE

Moi et le père, n'oubliez pas cela. Je ne sais pas encore comment vous vous y êtes pris... Oui, Gowan était ici avant nous. Il faisait simplement semblant de dormir quand j'ai amené Buck dans la chambre et l'ai mis dans son lit. Oui, c'était donc ça, cette valve qui perdait, à vous en croire, cette valve qui nous a retenus à la station d'essence pour changer la roue : c'était pour le laisser nous dépasser...

STEVENS

Soit. Il ne parlait même pas de justice. Il parlait d'un enfant, d'un petit garçon...

TEMPLE

C'est vrai. Si vous voulez raconter une histoire, tâchez au moins qu'elle soit bonne : ce même petit garçon pour lequel, dans l'espoir de lui garder intact son foyer normal et naturel, la meutrière, la négresse, la putain droguée, n'a pas hésité à jouer la dernière carte, si l'on peut dire, qu'elle connaissait, qu'elle avait en main, sa propre vie honteuse et sans valeur. Oh oui, je connais aussi la réponse. On a parlé de cela également ici, cette nuit : qu'un petit enfant ne doit pas souffrir afin de venir à Moi. Ainsi, un bien peut sortir d'un mal.

STEVENS

Il ne fait pas que pouvoir. Il doit.

TEMPLE

Touché, *donc. Car, quelle espèce de foyer naturel et normal peut-il avoir, ce petit garçon à qui le père peut, à tout instant, révéler qu'il est un enfant sans père ?*

STEVENS

N'avez-vous pas répondu à cette question, chaque jour, depuis six ans ? Est-ce que Nancy n'a pas répondu pour vous en vous disant qu'il fallait vous défendre non pour vous mais pour cet enfant ? Non pour montrer au père qu'il se trompait, non pas même pour montrer au petit garçon que son père avait tort, mais pour que ce petit garçon pût apprendre, voir de ses propres yeux que rien de ce qui pouvait entrer dans la maison ne pouvait lui faire mal, pas même ça.

TEMPLE

Oui, mais j'ai renoncé. Nancy vous a dit cela aussi.

STEVENS

Ce n'est pas son avis maintenant. N'est-ce pas ce qu'elle va nous prouver, vendredi matin ?

TEMPLE

Vendredi ! Jour néfaste, jour où on ne part jamais en voyage. Avec cette différence que le voyage de Nancy ne commencera pas après-demain, à l'aube ou au soleil levant ou à l'heure, quelle qu'elle soit, à laquelle il est correct de pendre les gens. Son voyage a commencé le matin où, il y a huit ans, j'ai pris le train à l'Université... (Elle s'arrête : un silence; puis calmement.) *Oh Dieu ! C'était un vendredi aussi. Ce match de baseball était un vendredi...* (Rapidement.) *Vous voyez ?*

Vous voyez bien. Ce n'est pas encore cela. Evidemment, il ne pouvait pas la sauver. S'il l'avait fait, tout serait fini. Gowan pourrait tout simplement me chasser de chez lui, ce qu'il peut encore très bien faire... ou bien, c'est moi qui pourrais chasser Gowan, chose que j'aurais pu faire avant qu'il ne fût trop tard; trop tard pour toujours maintenant; ou bien le juge aurait pu nous chasser tous les deux et placer Buck dans un orphelinat, et tout serait fini. Mais maintenant, ça peut continuer demain et demain et encore demain et toujours et toujours et encore toujours.

STEVENS (essayant doucement de la faire bouger)

Venez.

TEMPLE (résistant)

Dites-moi exactement ce qu'il a dit. Pas cette nuit : ce ne pouvait pas être cette nuit... Vous l'a-t-il dit par téléphone? En ce cas, nous n'avions même pas besoin...

STEVENS

Il me l'a dit il y a huit jours.

TEMPLE

Oui, environ le moment où vous avez envoyé le télégramme. Qu'est-ce qu'il a dit?

STEVENS (citant)

« *Qui suis-je pour me permettre la folle témérité, l'audace, de mettre le misérable apanage de mon office dans un des plateaux de la balance quand, dans l'autre plateau, se trouve ce simple but que rien ne saurait faire dévier. Qui suis-je pour me permettre d'annuler, d'abroger l'achat qu'elle a payé avec cette pauvre vie, cette vie folle, perdue et sans valeur?* »

TEMPLE

Joli, très joli ! Et bien tourné, par-dessus le marché. Donc, ce n'était pas avec l'espoir de sauver sa vie que je suis venue ici à deux heures du matin ? Ce n'était même pas pour m'entendre dire qu'il avait déjà décidé de ne pas la sauver. Ce n'était même pas pour confesser à mon mari, mais pour confesser devant deux étrangers quelque chose que j'avais passé huit ans à essayer d'expier afin que mon mari n'eût jamais à l'apprendre. Vous ne voyez donc pas que c'est de la souffrance pure et simple, de la souffrance gratuite. Souffrir et rien de plus.

STEVENS

Vous êtes venue ici pour affirmer exactement la même chose que Nancy affirmera demain à l'heure de sa mort : que les petits enfants, aussi longtemps qu'ils restent des petits enfants, doivent être préservés intacts, ignorants des angoisses, des déchirements et des terreurs.

TEMPLE (calmement)

Bon. J'ai donc fait cela. Et maintenant, pouvons-nous rentrer à la maison ?

STEVENS

Oui.

Elle tourne, s'avance vers les marches à côté de Stevens. En arrivant à la première marche, elle trébuche, semble tituber un peu comme une somnambule. Stevens la soutient, mais aussitôt elle dégage son bras et commence à descendre.

TEMPLE (sur la dernière marche, à personne, avec ce même air de somnambule)

Pour sauver mon âme. En admettant que j'en aie une. En admettant qu'il y ait un Dieu pour la sauver. Un Dieu qui veuille bien d'elle.

RIDEAU

ACTE III

LA PRISON

(Ni même encore tout à fait abandonnée...)

Ainsi, bien qu'en un sens, la prison fût à la fois plus vieille et moins vieille que le tribunal, en réalité, au point de vue temps, observation et souvenir, elle était plus vieille que la ville elle-même. Car il n'y eut de ville que lorsqu'il y eut un tribunal et il n'y eut de tribunal (comme une espèce de créature insensible et non encore sevrée arrachée par la force à la tétine de la femelle) que lorsque l'appentis sans plancher où le coffre de fer reposait comme dans une cage à lapins fut arraché du flanc de bois de la prison et transformé en un édifice de style anglais géorgien, mâtiné de néo-grec, édifice érigé sur ce qui, un jour, deviendrait la grande place de la ville (et la conséquence en fut que la ville elle-même dut se déplacer légèrement vers le sud — ou plus exactement ce qui n'était pas encore une ville, le tribunal étant l'agent catalyseur : un simple élargissement poussiéreux de la piste, du sentier qui traversait une forêt de chênes, de frênes, noyers, sycomores, plaqueminiers, pruniers sauvages avec, d'un côté, la vieille auberge d'Alec Holston et la cour aux voitures, et un peu plus loin, le comptoir d'échanges de Ratcliffe, la forge et, diagonalement en face, solitaire au-delà de la bande de poussière, la prison en rondins. La ville avait donc dû se déplacer, complète et intacte, à quelques mètres plus au sud, si bien qu'un siècle et quart plus tard, la cour aux voitures et le comptoir de Ratcliffe avaient disparu, et l'auberge d'Alec et la forge étaient devenus un hôtel et un garage, sur une voie centrale, il est vrai, mais qui n'était plus qu'une rue commerçante latérale ; et la prison, en face, bien que transformée également en un édifice en briques de style géorgien par la main (ou tout au moins les portefeuilles) de Sartoris, de Sutpen et de Louis Grenier, ne donnait même plus sur une rue latérale mais sur une petite ruelle).

Ainsi, étant plus vieille que tout, elle avait assisté à tout : mutations et changements et, en un sens, les avait consignés (en vérité, comme le disait Gavin Stevens, l'avocat de la ville et Cincinnatus amateur du comté, si on veut voir dans sa continuité ininterrompue — imbriquée même — l'histoire d'une agglomération, ce ne sont pas les registres des paroisses, les archives des tribunaux qu'il faudrait consulter, mais ce qu'il y a sous les différentes couches de plâtre, créosote et chaux qui recouvrent les murs de la prison, car ce n'est que dans cette incarcération forcée que l'homme trouve assez de loisirs pour composer, dans les termes simples et grossiers de ses simples et grossiers appétits, les simples et grossiers résumés de son cœur simple et grossier) ; invisibles et incrustés non seulement sous la couche interne de créosote et de chaux appliquée annuellement à la salle commune et aux cellules, mais contre les murs extérieurs également, murs aveugles, à l'origine simples rondins aux interstices bouchés de glaise, puis briques symétriques ; non seulement les griffonnages illettrés, vers de mirliton répétés sans la moindre imagination, et les dessins sexuels sans perspective, presque préhistoriques, mais les images, le panorama non seulement de la ville mais de ses jours, de ses années, jusqu'à ce que se fût écoulé plus d'un siècle, empli non seulement de ses changements et de ses mutations, passant de l'humble condition de relais au début, à celle de communauté, puis d'établissement, puis de village, de ville enfin, mais ayant conservé aussi les formes et les mouvements, les gestes de passion, d'espoir, de travail, d'endurance des hommes, des femmes et des enfants au cours des générations successives bien après que les sujets qui avaient inspiré les images eurent disparu, eurent été remplacés et remplacés encore ; ainsi, il arrive parfois que, seul dans la pénombre d'une chambre vide, on croit, hypnotisé sous le vaste poids de l'incroyable et éternel *Etait* de l'homme, qu'en tournant légèrement la tête, on verra, du coin de l'œil, la courbe mouvante d'un membre, un reflet de crinoline, une manchette de dentelle, peut-être même un panache de cavalier — et, qui sait ? à condition du moins qu'on le désire avec assez d'intensité, le visage lui-même peut-être, trois siècles après son retour à la terre — les yeux, deux larmes gelées emplies d'arrogance, d'orgueil, de satiété, de connaissance et d'angoisse, de pressentiment de la mort, deux larmes qui disent non à la mort à travers douze générations, posant encore la même question sans réponse possible trois siècles après que ce qui les avait reflétées avait appris que la réponse n'a aucune importance ou — mieux encore — avait oublié la question — dans les profondeurs insondables, aux ténèbres de rêve, d'un vieux miroir qui a regardé trop de choses et pendant trop longtemps.

Mais pas dans les ténèbres, pas ce miroir-là, pas ces rondins : la prison était là, au cours de ces premiers étés, posée, massive, dans la pleine lumière d'une clairière parsemée de souches d'arbres, solitaire au bord de cette piste poussiéreuse marquée de loin en loin par une roue, mais le plus souvent par des empreintes d'hommes et de chevaux : le petit cheval sur lequel Pettigrew apportait le courrier jusqu'au jour où tous deux furent remplacés par une diligence qui venait chaque mois de Memphis, le cheval de course que Jason Compson avait donné à Ikkemotubbe, fils de la vieille Mohataha et dernier chef régnant des Chicasaws de cette région, en échange d'un carré de terre si vaste que, ainsi que le révéla le premier arpentage officiel, le nouveau tribunal n'aurait été qu'un autre fragment des communs de la propriété Compson si le conseil municipal n'en avait acheté suffisamment (au prix qu'en demanda Compson) pour éviter les risques d'intrusion ; et la jument de selle qui portait le vieux sac noir du docteur Habersham (et qui traîna le cabriolet quand le docteur Habersham fut devenu trop vieux et trop raide pour se mettre en selle), et les mulets qui tiraient la charrette dans laquelle, assise dans un fauteuil à bascule sous le parasol français tenu par une esclave noire, la vieille Mohataha venait en ville, le samedi (et dans laquelle elle vint la dernière fois pour apposer l'X majuscule sur le document qui ratifiait la spoliation définitive de son peuple. Ce jour-là encore, elle arriva, pieds nus comme toujours, mais revêtue de la robe de soie violette que son fils lui avait rapportée de France, et coiffée d'un chapeau couronné d'une plume de couleur royale sous le parasol tenu par l'esclave tandis qu'une autre jeune esclave, accroupie auprès d'elle, tenait les souliers craquelés où elle n'avait jamais été capable de faire entrer ses pieds ; et, au fond de la charrette, toutes les pauvres défroques style Empire que son fils lui avaient apportées, étant, par leur insignifiance, aisément transportables. Sortie pour la dernière fois de la forêt, elle s'était engagée sur la route poussiéreuse et s'était arrêtée au magasin de Ratcliffe où l'agent foncier fédéral et son adjoint l'attendaient avec le papier. Elle fit arrêter les mules et attendit, assise, un instant. Autour de la charrette immobile, les jeunes hommes, immobiles, s'accroupirent tranquillement après leur longue marche de huit milles tandis que, sur la galerie du magasin et de l'auberge de Holston, le settlement — les Ratcliffe, les Compson, les Peabody et les Pettigrew (mais ni Grenier, ni Holston, ni Habersham, parce que Louis Grenier refusa de venir voir une chose pareille et, pour la même raison, le vieux Holston dans son auberge resta seul, assis par cette après-midi brûlante, devant le feu mourant de sa cheminée dans la salle où il servait la bière. Et le docteur Habersham était mort, et son fils était déjà parti pour l'Ouest avec sa jeune femme, petite-fille de Mohataha, et son beau-père, le fils de Mohataha, Ikkemotubbe) regardaient attentifs : le vieux visage ridé, sans âge, impénétrable, le gros corps informe revêtu de la défroque d'une reine de France qui, sur elle, avait l'air de la robe du dimanche de quelque tenancière d'un bordel de luxe de Natchez ou de la Nouvelle-Orléans. Assise dans la vieille charrette, entourée du cercle de ses gens qui avaient revêtu aussi, pour le voyage, leur costume du dimanche, elle dit alors : « Où se trouve ce territoire indien ? » Et ils lui dirent : dans l'Ouest. « Tournez les mules vers l'Ouest », ordonna-t-elle. Et quelqu'un obéit. Et elle prit la plume que lui tendait l'agent et forma son grand X sur la feuille de papier, et elle rendit la plume, et la charrette se mit en marche. Les jeunes guerriers s'étaient levés aussi, et c'est ainsi qu'elle disparut, par cette après-midi d'été, dans le grincement traînant, infinitésimal des roues mal graissées, immobile sous le parasol rigide, grotesque et royale, bizarre et moribonde, comme si la désuétude elle-même conduisait hors de scène son propre catafalque désuet. Elle partit sans se retourner, sans se retourner une seule fois vers ce qui avait été son royaume).

Mais surtout les empreintes des hommes — les souliers sur mesure que le docteur Habersham et Louis Grenier avaient achetés sur la côte de l'Atlantique, les bottes de cavalerie que portait Alec Holston quand il suivait à cheval Francis Marion, et — plus nombreux que les feuilles, dépassant en nombre toutes les autres chaussures — les sandales de la forêt, les mocassins que ne portaient plus les indiens, mais les blancs, les pionniers, les chasseurs, comme si, non contents d'avoir vaincu la brousse, ils avaient, par surcroît, glissé leurs pieds dans les chaussures de ceux qu'ils venaient de déposséder (et faits exactement sur mesure, bien ajustés, puisque c'était au moyen de ses pieds, de ses jambes, que l'homme blanc conquérait l'Amérique ; l'U brisé de ses chevaux, de son bétail, recouvrait toujours ses empreintes, mais ne faisait que consolider ainsi sa victoire). Elle (la prison) les regardait tous : les hommes rouges, les hommes blancs, les hommes noirs — les pionniers, les chasseurs, les hommes de la forêt, armés de leurs fusils ; et leurs empreintes étaient légères, rapides, silencieuses, l'orteil en dedans et presque sans talon, les mêmes empreintes que laissaient les hommes rouges qu'ils dépossédaient, et qu'ils dépossédaient du reste pour cette raison-là : non parce qu'ils avaient double canon à leurs fusils, mais parce qu'ils pouvaient pénétrer dans le monde de l'homme rouge et y laisser les mêmes traces que lui : le cultivateur aux lourds brodequins à talon dont les empreintes étaient profondes à cause du poids dont étaient chargées ses épaules : hache, scie et timon de charrue; le cultivateur qui dépossédait l'homme de la forêt pour la raison contraire : parce qu'à l'aide de sa hache, de sa scie, il enlevait tout simplement, effaçait l'habitat où seul l'homme de la forêt pouvait vivre; puis, les spéculateurs de terrains, les trafiquants d'esclaves et de whisky qui suivirent les cultivateurs, et les politiciens qui suivirent les spéculateurs, tous laissant des empreintes de plus en plus profondes dans la poussière de cette route poudreuse jusqu'au jour où, enfin, toute trace de Chickasaw disparut complètement. Elle (la prison) regardait tous ces hommes, depuis les premiers âges d'innocence où le docteur Habersham et son fils et Alec Holston et Louis Grenier avaient été d'abord les hôtes, puis les amis du clan Chickasaw d'Ikkemotubbe; ensuite, elle avait vu apparaître un agent indien, un bureau d'achats de terrains et un comptoir d'échanges, et tout à coup, Ikkemotubbe et ses Chickasaws allaient se trouver les hôtes du Gouvernement Fédéral sans en devenir les amis. Ensuite vint Ratcliffe, et le comptoir ne fut plus seulement un comptoir d'échanges indien, bien que les Indiens y fussent encore les bienvenus naturellement (puisque, après tout, ils possédaient la terre ou, tout au moins, l'avaient occupée et revendiquée les premiers) ; et puis ce fut Compson avec son cheval de course, et bientôt Compson commença à gérer les comptes que les Indiens avaient ouverts sur les registres de Ratcliffe pour se procurer du tabac, du calicot, des pantalons de treillis et de la batterie de cuisine (plus tard il en viendrait à posséder les livres mêmes de Ratcliffe) et puis, un jour, Ikkemotubbe se trouva propriétaire du cheval de course, et Compson de la terre elle-même, terre dont les anciens du village lui achetèrent une partie au prix qu'il exigeait pour y établir une ville ; ensuite vint Pettigrew avec son courrier toutes les trois semaines, ensuite la diligence mensuelle et de nouveaux visages qui arrivaient si vite que le vieil Alec Holston, arthritique et irascible, blotti comme un vieil ours grincheux près de sa cheminée au feu agonisant même au cœur de l'été (seul survivant du trio originel, puisque le vieux Grenier ne venait plus au settlement, et le vieux docteur Habersham était mort, et le fils du vieux docteur, disait-on au settlement, était déjà devenu Indien et renégat même à l'âge de douze ou quatorze ans), ne voulait plus, ne cherchait même plus à associer à des noms ; et enfin, la dernière empreinte de mocassin disparut vraiment de cette route poussiéreuse, la dernière empreinte aux orteils en dedans, sans talons, légère, douce, rapide, espacée, pointant vers l'est pendant quelque temps encore, puis piétinée, soustraite à la vue, à la mémoire de l'homme par un lourd talon de cuir engagé non plus dans des affaires d'endurance, de résistance, de survivance, mais dans des affaires d'argent. Et avec cette empreinte s'en furent également les jambières en peau de daim, et les blousons aussi, parce que les Chickasaws d'Ikkemotubbe portaient maintenant des pantalons de toile venus des manufactures de l'Est et des souliers achetés à crédit chez Ratcliffe au magasin général de Compson. Chaque samedi des hommes blancs, ils arrivaient portant sous le bras les souliers étrangers soigneusement enroulés dans les pantalons étrangers. Ils s'arrêtaient au pont du cours d'eau de Compson juste assez longtemps pour se laver les jambes et les pieds avant d'enfiler pantalons et souliers et, tout le jour, on pouvait les voir accroupis sur la galerie du magasin, mangeant du fromage et des biscuits, des bonbons à la menthe (achetés également à crédit aux étalages de Compson et de Ratcliffe) ; et maintenant, ils n'étaient plus les seuls à être simplement tolérés. Habersham, Holston et Grenier étaient eux aussi devenus étrangers, des anachronismes, pas exactement importuns, mais simplement gênants.

Puis ils disparurent : Et voici ce que vit la prison : la charrette arrêtée, la charrette ni peinte ni graissée, avec ses deux mules étiques attelées par des bouts de harnais renforcés de lanières de cuir de daim brut, les neuf jeunes gens — les hommes sauvages, indomptables et fiers qui, même dans le souvenir de leur propre génération, avaient été libres et, dans le souvenir de leurs parents, des héritiers de rois —

accroupis tout autour, attendant tranquilles et recueillis, même pas vêtus, comme au temps où ils étaient libres, d'anciennes peaux de daim qu'avait amollies la forêt, mais habillés conformément aux rites inexplicables du sabbat des hommes blancs : pantalons de popeline, chemises blanches à plastrons empesés (ils partaient en voyage ; ils allaient être vus par le monde extérieur, les étrangers — et portant sous leurs bras également, les souliers venus de Nouvelle-Angleterre, parce que la distance serait longue et que l'on marche mieux pieds nus), chemises sans cols et sans cravates, il est vrai, et dont la queue flottait au vent, mais raides comme du bois néanmoins, reluisantes, primitives ; et, dans le fauteuil à bascule placé sur la charrette, sous le parasol que tenait une esclave, la vieille matriarche, grosse, informe dans sa robe royale violette, tachée de sueur, et son chapeau à plume, nu-pieds aussi naturellement, mais, étant reine, ayant une autre esclave pour porter ses souliers ; et la prison la vit tracer sa croix sur le papier, puis continuer sa route, disparaître avec une lenteur effroyable dans le lent et effroyable grincement de la charrette mal graissée — en apparence, mais en apparence seulement, car, en réalité, ce fut comme si, au lieu de tracer à l'encre une croix sur une feuille de papier, elle avait allumé le cordon d'une mine placée sous un barrage, sous une digue, sous une barrière qui fléchissait déjà, se bombait, non seulement surplombait la campagne, mais s'inclinait, menaçante, sur le point de tomber ; si bien que ce léger attouchement de la plume dans la main brune et illettrée suffit pour que la charrette ne disparût pas de la scène lentement et effroyablement au bruit effroyable de ses roues mal graissées, mais fût en réalité balayée, emportée, projetée non seulement hors du comté de Yoknapatawpha et de l'Etat du Mississippi, mais hors des Etats-Unis également, immobile et intacte — la charrette, les mules, la vieille Indienne informe et raide, et les neuf têtes qui l'entouraient — comme un char de carnaval ou un accessoire de théâtre tiré rapidement dans les coulisses d'un bout à l'autre de la toile de fond et au milieu des machinistes qui s'apprêtaient déjà à préparer la scène pour l'acte qui allait commencer sans même attendre que le rideau fût complètement tombé.

Le temps pressait : La scène suivante, l'acte suivant débarrassaient eux-mêmes le plateau sans attendre les machinistes; ou, plus exactement, ils ne prenaient même pas la peine de débarrasser le plateau, mais commençaient le nouvel acte, la nouvelle scène, au beau milieu des spectres, des fantômes évanescents, des temps anciens, épuisés maintenant, usés jusqu'à la corde, condamnés à n'être plus, à ne plus jamais revenir, comme si la succession des jours, dans sa simplicité, son bon ordre habituels, ne suffisait plus aujourd'hui, n'avait pas assez d'étendue et obligeait par suite à condenser semaines, mois, années pour en composer une seule explosion, une seule poussée, un seul rugissement muet, empli d'un mot unique : Ville; avec un nom, Jefferson; des bouches d'hommes dans des visages incrédules (visages sur lesquels le vieil Alec Holston avait, depuis longtemps, renoncé à mettre des noms et qu'il n'essayait même pas de reconnaître) en étaient pleines. Hier était à peine écoulé que demain était déjà là : le vaste élan, le tumulte assourdissant avaient poussé la ville à quelques mètres plus au sud, laissant dans l'eau stagnante d'une ruelle écartée le vieux miroir témoin de trop de choses et depuis trop longtemps, semblable au patriarche qui, soit qu'il eût ou non décidé de transformer la cabane en rondins en une opulente maison, ayant du moins prévu, non seulement aime, mais préfère encore la vieille chaise sur la galerie derrière la cabane ; loin du froissement des épures et du bruit des discussions entre architectes en désaccord dans la salle déjà déménagée.

Elle (la vieille prison) ignorant les marées, restait, dans ce ressac, indifférente, isolée par ce carré de terre du tohu-bohu dont s'accompagnait la naissance de la ville. Entre ses murs en rondins se trouvaient même encore les épaves de temps anciens à moitié disparus déjà : quelque esclave en fuite ou un Peau-Rouge ivre, ou un misérable pseudo-héritier de la vieille tradition des Mason, des Hare ou des Harpe (attendant le jour où, le tribunal une fois terminé, la prison également serait transformée en briques, mais, contrairement au tribunal, en surface de briques seulement ; les vieux rondins du rez-de-chaussée resteraient toujours là, intacts, derrière leur revêtement aux dessins symétriques) ; elle ne regardait même plus maintenant, elle se contentait de savoir, de se rappeler : hier encore, la brousse, un magasin, une forge, et aujourd'hui déjà, non pas une ville quelconque, une cité, mais la ville et la cité : avec un nom ; pas un tribunal quelconque, mais le Tribunal qui s'élevait, surgissait comme l'éclatement fixe d'une fusée, incomplet encore, mais déjà phare, point de mire, étoile conductrice, plus haut déjà que tout le reste, surgi de la brousse dont les jours étaient comptés. Ce n'était pas que la brousse reculât devant les riches terres arables, ainsi que descend la marée, c'était plutôt les champs eux-mêmes, riches et inépuisables sous le soc de la charrue, qui s'élevaient dans l'air et le soleil, surgissaient des marais, des morasses, repoussaient eux-mêmes broussailles, fourrés, bayous, bois et bas-fonds, en même temps que les êtres qui y vivaient et se trouvaient maintenant sans abri — les sauvages, les animaux qui jadis les avaient hantés, pleins de désirs, de rêves, d'imagination — étoile, pôle qui attirait les foules en un flot continu : femmes, enfants, jeunes filles, futures épousées, jeunes gens, tout ce monde accompagné d'outils, de marchandises, de bétail, d'esclaves, de monnaie d'or, derrière des attelages de bœufs ou de mulets, ou en bateau sur la vieille rivière d'Ikkemotubbe, tributaire du Mississipi. Hier, une diligence avait remplacé le petit cheval de Pettigrew, et voilà qu'on parlait déjà d'un chemin de fer à cent milles à peine vers le nord et qui réunirait Memphis à l'Atlantique.

Les choses allaient vite maintenant : sept ans à peine et, non seulement le tribunal était fini mais la prison l'était aussi. Ce n'était pas une prison neuve naturellement, mais la vieille prison avec un revêtement de briques, haussée d'un étage, avec des encadrements blancs et des fenêtres à barreaux de fer : simple maquillage car, derrière le revêtement, il y avait encore les vieux os, les vieux souvenirs que rien ne pouvait arracher : les vieux rondins emmurés, intacts, soustraits à la lumière entre les rangées symétriques de briques et la blancheur du plâtre, qui désormais n'avaient même plus à regarder, à voir, à observer ces temps nouveaux, ces temps qui, dans quelques années, ne se rappelleraient même plus qu'il y avait de vieux rondins derrière les briques, qu'il y en avait eu un jour, ces temps d'où avaient disparu le Peau-Rouge ivre cédant la place au détrousseur de grand chemin, confiant à sa bonne chance le maintien de sa liberté, et le nègre fugitif qui, n'ayant pas de liberté à perdre, avait risqué simplement son habitat ; et toujours la même vitesse, la même rapidité : l'indomptable architecte parisien de Sutpen enfin depuis longtemps disparu (espérait-on) dans cet endroit qu'à minuit il avait essayé en vain de regagner avant d'être repris, saisi dans le marais, non pas (comme la ville le savait maintenant) par Sutpen et son féroce chef antillais et les chiens que Sutpen employait pour aller chasser l'ours, pas même par la destinée de Sutpen, ni même par sa propre destinée, mais par celle de la ville : c'était le grand, l'invisible bras du Progrès qui s'était allongé jusque dans le marais et qui l'avait soustrait au cercle aboyant des mâtins, aux nègres nus, aux torches de résine, et qui s'était servi de lui comme de sceau pour sceller la ville comme on appose une signature au tampon, puis l'avait relâché, sans le jeter comme on ferait d'un tube de couleur vide, mais plutôt (par distraction du reste) en ouvrant simplement les doigts, la main ; le sceau de l'architecte imprimé non seulement sur le tribunal et sur la prison mais sur la ville entière, la coulée, le flot de briques continu maintenant, ses moules, ses fours grâce auxquels on put construire les deux églises, puis cette Académie de la Femme dont le diplôme aurait bientôt, pour une jeune femme du nord du Mississipi ou de l'ouest du Tennessee, la même valeur mystique que, pour une jeune personne de Long Island ou de Philadelphie, une invitation datée du château de Windsor et signée par la reine Victoria.

Et toujours la même vitesse, la même rapidité : demain, et effectivement le chemin de fer unissait maintenant Memphis à la Caroline. Des locomotives à roues légères et tuyaux évasés, marchant au bois, hurlaient à travers les marais, les bambous où les ours et les panthères rôdaient encore, et à travers les forêts ouvertes où les cerfs paissaient encore en troupeaux pâles comme des déroulements de fumée : parce qu'eux — les animaux sauvages, les bêtes — restaient encore, se trouvaient des abris. Eux ne devaient pas s'éteindre. Un jour viendrait où il leur faudrait fuir, s'éloigner lourdement, se disperser à travers les clairières rattrapées déjà et puis abandonnées par l'ombre en épervier des aéroplanes postaux. Eux ne devaient pas s'éteindre. Les sauvages seuls avaient disparu ; un jour encore, et il y aurait à Jefferson des hommes mûrs qui ne se souviendraient même plus d'avoir vu un Indien saoul dans la prison ; un jour encore — si vite, si rapidement, si prestement — et il n'y aurait plus un seul bandit de la vieille souche, de la vieille tradition sanglante des Hare, des Mason et de ces fous de Harpe ; Murrell lui-même, héritier, apothéose en un seul homme de ce trio, Murrell qui avait converti son héritage de simple rapacité, de goût du sang en un rêve sanglant d'empire de hors-la-loi, était fini, avait disparu, aussi suranné qu'Alexandre, mis en échec et dépouillé non par l'homme, mais par le Progrès, par une barrière impénétrable de moralité de classe moyenne qui lui refusa même la dignité de l'exécution que l'on doit au bandit, préférant le marquer au fer rouge à la main comme un pickpocket du temps d'Elizabeth — si bien qu'il ne resta plus à la vieille prison, en souvenir des temps anciens, que la ressource de garder, enfermé entre ses quatre murs, l'esclave fugitif pendant la petite heure, la petite minute qui lui restait encore, cependant que le temps, la terre, la nation, le sol américain tournoyaient vite, plus vite, toujours plus vite, vers l'abîme où les précipitait leur destinée.

Toujours la même vitesse, la même rapidité : Et maintenant, une nouvelle ressource. Dans ce pays qui, jusqu'alors, avait dû s'occuper d'Indiens, puis d'hectares, de lotissements, de frontières : — une ressource nouvelle : le Coton ; un roi : omnipotent et omniprésent ; une destinée (c'était évident maintenant) dont la charrue et la hache n'avaient été que les outils. Il n'était plus question de la charrue ni de la hache qui avaient supprimé la brousse, mais du coton : petits globules de Mouvement, innombrables et impondérables dans la main d'un enfant, impropres même à bourrer un fusil, encore bien moins à le charger, et cependant assez puissants pour trancher les racines pivotantes des pommiers, des chênes et des noyers, laissant les cimes qui ombrageaient tous les hectares se dessécher et disparaître en une seule saison sous la férocité de cette lumière monnayable. Il n'était plus question du fusil ni de la charrue qui avaient fait s'enfuir les panthères, les cerfs et les ours dans les derniers repaires de la jungle, sur les terres basses de la rivière, mais du Coton. Ce n'était plus l'altière coupole du Tribunal qui attirait les gens dans la campagne, mais cette marée blanche qui les y balayait : cette tendre pellicule qui recouvrait le sol bruni d'hiver, le sol qui, au printemps, en été, bourgeonnait jusqu'à la blanche houle de septembre déferlant sur les murs des moulins et des entrepôts avant de s'en aller tinter ainsi que des clochettes sur les comptoirs de marbre des banques : transformant non seulement la surface de la terre mais la nature même de la ville, créant sa propre aristocratie parasite non seulement derrière les porches à colonnes des grandes plantations, mais dans les bureaux des marchands, des banquiers, dans le Saint des Saints des hommes de loi, et plus encore, un nadir complet : les fonctionnaires du comté : shérif, percepteur, bailli, geôlier et huissier; faisant à la vieille prison, en l'espace d'une nuit, ce que l'architecte de Sutpen, avec toutes ses briques et ses fers forgés, n'avait pas été capable de faire — la vieille prison, aussi inévitable, aussi indispensable que des lavabos publics, dont, comme dans le cas des lavabos publics, on n'ignorait pas l'existence, mais que, simplement, d'un commun accord, on ne voyait pas, on ne regardait pas, on ne désignait pas par son nom, par son but, bien que, pour les vieilles personnes de la ville, malgré le maquillage de l'architecte de Sutpen, elle fût encore la vieille prison — la transformant en un nombre entier, en un pion mobile sur l'échiquier politique du comté, en faisant quelque chose comme l'étoile du shérif, la caution de l'huissier ou la verge d'office du bailli; convertie à présent, surhaussée (une apothéose) à dix pieds au-dessus du niveau de la ville, si bien que les vieux murs en rondins enterrés abritaient maintenant toute la famille du geôlier dont la femme faisait la cuisine, à tant le repas, pour les prisonniers de la ville et du comté — petits profits qui étaient dus non au travail ni à la capacité de travail, mais à la loyauté politique et au nombre des parents électeurs en ligne directe ou par alliance — geôlier ou guichetier, cousin lui-même de quelqu'un et avec assez de cousins et de parents par alliance de son propre côté pour avoir assuré l'élection du shérif ou de l'huissier de chancellerie ou de tribunal — fermier ruiné qui n'était pas victime de son temps, mais en était au contraire le maître puisque son incapacité héréditaire et inévitable à faire vivre sa famille par ses propres efforts lui assurait une place dans un temps et dans un pays où le gouvernement reposait sur les prémisses qu'il devait être avant tout un asile d'inaptitude, d'indigence, de faillites personnelles chez vous ou chez les parents de votre femme qu'autrement vous vous seriez trouvé contraint de prendre à votre charge — à ce point maître de sa destinée que, dans un pays et dans un temps où la survivance de l'homme dépendait non seulement de son habileté à tracer un sillon bien droit ou à abattre un arbre sans s'estropier ou sans se tuer, le sort l'avait nanti d'un seul enfant — une fille, frêle et anémique, avec de petites mains étroites, impropres à tout travail, trop frêle même pour traire une vache — puis avait mis le comble à sa propre victoire et éternelle subjugation à l'aide de ce paradoxe que son nom de famille désignait justement le métier auquel il était inapte : il s'appelait Farmer. C'était lui le titulaire, le guichetier, le geôlier. Les vieux et solides rondins qui avaient connu les Chickasaws ivres d'Ikkemotubbe, les charretiers en goguette, les trappeurs, les bateliers (et — pendant une courte nuit d'été — les quatre bandits dont un était peut-être le meurtrier, Wiley Harpe) servaient maintenant de cadre à une fenêtre, où, pendant des heures, des jours, des mois et des années, rêvait une jeune fille blonde non seulement incapable (ou au moins excusée) d'aider sa mère à faire la cuisine, mais même d'essuyer la vaisselle après que sa mère (ou son père peut-être) l'avait lavée ; la rêveuse qui n'attendait rien ni personne — du moins le croyait-on en ville — qui ne pensait même pas — du moins le croyait-on en ville — qui rêvait simplement, encadrée de ses cheveux blonds à la fenêtre ouverte sur la rue, jour après jour, mois après mois, et — si les souvenirs de la ville étaient exacts — années après années, trois ou quatre approximativement, et qui, un certain jour, apposa la pâle, l'indélébile signature sur une des vitres de la fenêtre : son nom frêle et oisif, gravé à l'aide d'une bague en diamant dans son oisive et frêle main : *Cecilia Farmer, 16 avril 1861.*

Et, à ce moment-là, les destinées du pays, de la nation, du Sud, de l'Etat, du comté, tourbillonnaient déjà dans la descente au fond du précipice, non que l'Etat, le Sud en eussent encore conscience car, durant les premières secondes, une chute ressemble toujours à une ascension : une délibération impondérable, préliminaire à un élan, non vers le bas, mais vers le haut, le corps qui tombe, inverti, pendant cette seconde, par la transsubstantiation en une poussée de la terre vers le haut : une montée, un pinacle, la propre apothéose du destin, de la fierté du Sud ; et le Mississipi, le comté d'Yoknapatawpha n'étaient pas les derniers, le Mississipi étant au premier rang des onze Etats qui ratifièrent la sécession. Le régiment d'infanterie, levé, organisé par John Sartoris, avec Jefferson comme quartier général, portait le numéro deux dans la liste des régiments du Mississipi lorsqu'il se mit en marche vers la Virginie. Et ce jour-là, à midi, encore qu'à une certaine distance, la prison observa ceci également : le régiment, qui n'était pas encore un régiment, mais un simple groupe de volontaires, d'hommes inexpérimentés, conscients de leur ignorance et nourrissant l'espoir qu'ils étaient braves, sur les quatre côtés de la Place, les quatre côtés de la Place garnis des pères, grands-pères, mères, femmes, sœurs et fiancées, le seul uniforme étant pour le moment celui dans lequel Sartoris se tenait avec son sabre vierge, sa fourragère de colonel à l'ancienne mode, debout sur le balcon du tribunal, nu-tête aussi, pendant que le pasteur baptiste récitait des prières et que l'officier de recrutement de Richmond faisait prêter serment aux jeunes recrues ; puis ce fut le départ (du régiment) ; et maintenant, non seulement la prison mais la ville étaient immobiles dans un ressac sans marée. Le corps, maintenant, était assez loin dans l'espace pour n'avoir plus conscience du mouvement, impondérable et immobile sur la poussée légère de l'air invisible ; tout rétrécissement des bords du précipice avait maintenant disparu, comme avait disparu aussi tout accroissement de la vaste terre inchangeable : une ville de vieillards, de femmes et d'enfants avec, de temps à autre, un soldat blessé (John Sartoris lui-même, ayant perdu son grade de colonel à la suite du vote de son régiment après Second Manassas, rentra chez lui et regarda, sur sa plantation, pousser et poissonner une récolte avant de s'ennuyer et de racoler une petite troupe de cavalerie irrégulière qu'il emmena dans le Tennessee pour se joindre à Forrest), statique *in quo,* qui ne connaissait la guerre qu'à travers des rumeurs, des murmures, comme si cette guerre se déroulait à une grande, à une incroyable distance de rêve, comme un orage d'été lointain : jusqu'à ce printemps de 1864 où la terre, autrefois vaste, fixe, impalpable, constante et sûre, devint un rugissement omnivore de rocs (rugissement assez puissant, lançant devant lui, vomissant avec assez de force, comme les embruns au-dessus d'un maelstrom, l'anesthésique préliminaire du choc propre à obnubiler l'agonie des os et de la chair pour contenir et entraîner le début, la première phase éphémère de cette histoire, lui permettant de bouillonner un instant à la surface comme un copeau ou une branchette — une allumette ou une bulle, dirions-nous, trop impondérable pour pouvoir offrir la résistance contre laquelle la destruction pourrait agir : en ce cas-ci une bulle, un infime globule qui était sa propre impunité, puisqu'elle — la bulle — n'ayant rien à voir avec la rationalité, et n'ayant que mépris pour les faits, était même immunisée contre la rationalité du roc) — une bataille soudaine, tout autour de la plantation du colonel Sartoris, à quatre milles au nord, la ligne du cours d'eau tenue assez longtemps pour permettre au gros de l'armée des Confédérés de passer par Jefferson et d'aller occuper une ligne plus solide sur les rives escarpées de la rivière au sud de la ville, une opération d'arrière-garde de la cavalerie dans les rues de la ville elle-même (et c'était là l'histoire, le commencement de l'histoire, l'histoire entière également aurait pu croire la ville, et avec raison, en supposant qu'elle eût le temps de voir, de noter, de remarquer et de se rappeler même si peu que cela) — le vacarme et les détonations des pistolets, les sabots, la poussière, la ruée, la débandade d'une poignée de cavaliers conduits par un lieutenant, tout cela remontant la rue devant la prison, et tous deux — la frêle et inutile jeune fille rêvant dans le brouillard doré de ses cheveux derrière cette vitre ou trois ou quatre (peu importe) années auparavant, elle avait inscrit avec la bague en diamant qui lui venait de sa grand-mère son nom paradoxal et dénué de sens (et d'où — c'était du moins ce que croyait la ville — elle n'avait pas bougé depuis) et le soldat en loques, maigre, couvert de la crasse des combats, en fuite, mais invaincu ; tous les deux échangeant un regard par-dessus la furie et le pêle-mêle du combat.

Puis ce fut le départ : cette nuit-là, la ville fut occupée par les troupes fédérales ; deux nuits plus tard, elle était en flammes (la Place, les magasins, les boutiques et les bureaux), ravagée par le feu (le tribunal également). La ligne irrégulière de murs de briques noircies, amoncelées, ayant perdu leurs toits dans l'incendie, encerclait comme une mâchoire endommagée, la carcasse enfumée du tribunal entre ses deux rangées de colonnes étêtées qui (les colonnes), étant plus résistantes que le feu, n'étaient que noircies, tachées : mais pas la prison. Elle échappa, intacte, isolée du feu par le calme plat de sa lagune ; et maintenant la ville était, pour ainsi dire, isolée par le feu, ou peut-être cautérisée par le feu et dès lors insensible, indifférente à la fureur et aux bouleversements ; et le long rugissement du roc dans sa course omnivore allait s'affaiblissant vers l'est à mesure que s'affaiblissait le tumulte de la bataille, et cela se passait un an avant Appomattox (seules, acharnées à la lutte, irréductibles, vulnérables seulement à la mort, les femmes résistaient, duraient, refusant d'accepter la défaite) ; déjà, avant même qu'on les eût désignés par un nom, il y avait à Jefferson des « carpetbaggers »[1] — un homme du Missouri, un certain Redmond, spéculateur en coton et manutentionnaire qui avait suivi l'armée du Nord à Memphis en 1861 et (personne ne savait comment ni pourquoi) avait fait partie (ou avait du moins été très près) de la maison militaire du général de brigade commandant les troupes d'occupation à Jefferson. Et lui-même — Redmond — n'était pas allé plus avant. Il s'était arrêté, installé. Personne n'aurait su dire non plus pourquoi il avait choisi Jefferson, cette ville étrangère où ne restaient que des carcasses de maisons brûlées (alors que c'était lui-même — ou un de ses associés — qui avait mis l'allumette) pour y établir son domicile ; et un soldat allemand, forgeron déserteur d'un régiment de Pennsylvanie, qui était arrivé un beau jour monté sur un mulet, avec (c'est ce que l'histoire raconta plus tard quand toutes ses filles furent devenues les matriarches et les grands-mères de la nouvelle aristocratie de la ville) pour couverture de selle des liasses et des liasses de billets de banque des

1. Termes de mépris que le Sud donnait aux hommes d'affaires véreux venus de l'Ouest et du Nord s'installer dans le Sud vaincu avec l'espoir de s'y enrichir grâce à la complaisance et à la corruption des gouvernements chargés de la reconstruction. (N.d.T.)

Etats-Unis, vierges et non encore coupés ; ainsi Jefferson et Yoknapatawpha avaient gravi leur Golgotha et dépassé Appomattox avec une bonne année d'avance. Des soldats étaient revenus, non seulement des blessés de la bataille de Jefferson mais des hommes sains et saufs : non seulement les permissionnaires de Forrest, en Alabama, de Johnston en Géorgie et de Lee en Virginie, mais les traînards, les épaves indemnes, les détritus de cette bataille unique qui maintenant resserrait son nœud final de l'Océan Atlantique à Old Point Comfort, à Richmond, à Chattanooga, à Atlanta, à l'Atlantique de nouveau, à Charleston. Ce n'étaient pas des déserteurs car ils ne pouvaient rejoindre aucune des unités confédérées restées encore intactes pour cette raison bien simple que des armées ennemies leur bloquaient le passage, si bien que, dans le crépuscule à demi éteint de cette région, le glas d'Appomatox ne fit aucun tapage. Quand, au printemps et en été de 1865, les soldats officiellement licenciés sur parole commencèrent à rentrer peu à peu au comté, ce fut un événement sans importance ; ils retournaient dans une région qui non seulement avait subi Appomattox plus d'une année auparavant mais avait eu toute cette année pour se l'assimiler, toute cette année non seulement pour ingérer la reddition mais (si l'on veut bien me permettre cette métaphore, cette figure) pour la convertir, la métaboliser et la déféquer ensuite en engrais propres à fertiliser la terre restée inculte depuis quatre ans, cette terre qu'ils commençaient déjà à réhabiliter un an avant que sonnât officiellement le glas de la Virginie ; et en rentrant, les hommes de 1865 se sentaient étrangers dans ce pays où ils étaient nés, où ils avaient grandi, pour la défense duquel ils s'étaient battus pendant quatre ans ; ils y trouvaient déjà une économie effective et solvable, reposant sur ces prémisses que le pays n'avait pas besoin d'eux : (et voici maintenant la fin de l'histoire, puisqu'elle se passe, se déroule en ces lieux : pas encore juin 1865 ; celui-là était revenu sans perdre une minute : un étranger, seul ; la ville ne se rappelait même plus l'avoir vu, parce que, l'autre fois, un an auparavant, il n'avait fait que passer au galop, tirant derrière lui sur une armée Yankee. Alors, il montait un cheval, une belle jument — bien qu'un peu trop petite et trop délicate de sang — mais maintenant il était juché sur un grand mulet qui, pour cette raison — sa taille — était un meilleur mulet que son cheval n'était un cheval, mais c'était tout de même un mulet, et la ville ne pouvait pas savoir qu'il avait échangé la jument contre le mulet le jour même où il avait échangé son sabre de lieutenant — mais il avait gardé son pistolet — contre un bas rempli de graines du maïs qu'il avait vu pousser dans un champ de Pennsylvanie ; et, au cours du long voyage à travers le pays dévasté, entre la côte de l'Atlantique et la prison de Jefferson, il n'en avait même pas donné une poignée au mulet. Il était arrivé enfin à la prison, toujours émacié, en loques, sale, et toujours invaincu ; et il ne fuyait plus maintenant, il entreprenait — ou du moins préparait — une bataille qu'il comptait livrer à lui seul contre ce que tout homme dans son bon sens aurait considéré comme entouré d'obstacles insurmontables (mais, cette bulle avait toujours été immunisée contre l'éphémère succession des faits ; peut-être, probablement — sans doute : apparemment elle était là, penchée, rêveuse, depuis trois ou quatre ans en 1864; rien ne s'était passé depuis, rien, dans cette région qui avait même devancé Appomattox, rien qui eût pu troubler une méditation aussi profondément enracinée, aussi durable, aussi ancienne — la jeune fille le vit qui mettait pied à terre, attachait la mule à la barrière et peut-être, tandis qu'il marchait de la barrière jusqu'à la porte, l'avait-il regardée un instant, peut-être même probablement ne l'avait-il pas fait, car elle n'était pas le but immédiat de sa visite. Elle ne l'intéressait nullement alors, parce qu'il avait si peu de temps, en fait pas de temps du tout, tellement il lui tardait d'arriver en Alabama, d'atteindre la petite ferme sur la colline qui avait appartenu à son père et qui ne serait pas à lui si — non, quand il arriverait là-bas, en admettant qu'elle n'eût pas été ruinée par quatre ans de guerre et d'abandon et que son sol fût encore cultivable; même s'il pouvait commencer à planter dès demain le sac de maïs, il serait en retard de plusieurs semaines et même de plusieurs mois; pendant ce trajet vers la porte et comme il levait la main pour y frapper, il dut penser avec une sorte d'outrage lassé et indomptable qu'il lui fallait, en retard déjà de plusieurs mois, perdre encore un jour, peut-être même deux ou trois, avant de pouvoir hisser la fille derrière lui sur la mule et se diriger finalement vers l'Alabama — cela à un moment où il allait lui falloir de la patience et des idées bien nettes, où il s'efforçait d'en avoir (ainsi que de la politesse, chose nécessaire maintenant), patient, pressant, poli, irréductible, s'efforçant d'expliquer, en termes compréhensibles ou du moins acceptables, son besoin tout simple, son urgence, au père et à la mère qu'il voyait pour la première fois et qu'il ne comptait pas revoir, du moins le pensait-il, non qu'il eût rien pour ou contre eux ; il avait simplement l'intention d'être trop occupé jusqu'à la fin de ses jours à partir du moment où il se mettrait en chemin avec la jeune fille en croupe sur la mule ; il ne vit pas la jeune fille au cours de l'entrevue, il ne demanda même pas à la voir un instant quand l'entrevue fut terminée, parce qu'il lui fallait maintenant obtenir le permis de mariage et trouver un pasteur : si bien que le premier mot qu'il dit à la jeune fille fut une promesse donnée par l'entremise d'un étranger ; ce ne fut sans doute que lorsqu'ils furent sur la mule — les frêles mains inutiles dont la seule force semblait tout juste suffisante pour plier l'acte de mariage et le glisser dans son corsage avant de s'agripper à la ceinture de l'homme — qu'il la regarda à nouveau ou que tous deux échangèrent leurs prénoms).

Telle fut l'histoire, l'éphémère incident d'un après-midi de la fin de mai que ni la ville ni le comté ne consignèrent par écrit ; ils n'avaient pas le temps non plus : ayant anticipé Appomattox, ville et comté gardaient leur avance, si bien qu'Appomattox ne put jamais les rattraper : c'était la période de la grande traction, mais ils avaient — comme ils devaient le comprendre plus tard — cette année incomparable, inappréciable ; le 1er janvier 1865, alors que le reste du Sud regardait fixement au nord-est l'horizon au-delà duquel se trouvait Richmond, comme une famille regarde la porte close d'une chambre de malade, le comté de Yoknapatawpha reconstruisait déjà depuis neuf mois ; le 1er janvier 1866, les murs calcinés (la pluie de deux hivers en avait nettoyé la fumée et la suie) de la Place avaient reçu temporairement des toits et étaient redevenus des magasins, des boutiques, des bureaux, et on avait commencé à restaurer le tribunal; pas temporairement celui-là, mais restauré exactement comme il était auparavant entre ses deux galeries à colonnes, une au nord, l'autre au sud, les colonnes qui, grâce à leur solidité, avaient pu résister au feu et à la dynamite, parce que c'était un symbole : le symbole du Comté de la Ville; et ils savaient comment le faire puisqu'ils l'avaient déjà construit la première fois. Maintenant, le colonel Sartoris était rentré chez lui ainsi que le général Compson, le fils du premier Jason et, bien qu'une tragédie eût frappé Sutpen et son orgueil — échec non de son orgueil ni même de sa chair, de son sang, mais d'une chair et d'un sang inférieurs qu'il avait crus capables de supporter l'édifice de son rêve — ils avaient encore les vieux plans de l'architecte et même les moules de l'architecte, et même plus encore, l'argent (chose étrange, curieuse), Redmond, le « carpetbagger » apprivoisé de la ville, le symbole d'une rapacité aveugle, sorte d'instinct biologique destiné à s'abattre sur tout le Sud comme une nuée de sauterelles; l'homme, arrivé en avance d'un an, qui consacrait maintenant une assez belle portion du fruit de ses rapines à restaurer l'édifice même dont la destruction avait fait lever le rideau sur son entrée en scène, avait été le sceau officiel sur le passeport qui lui donnait droit au pillage; le 1er janvier 1876, ce même Redmond avec son argent, le colonel Sartoris et le général Compson avaient construit un chemin de fer de Jefferson au Tennessee pour rejoindre celui qui allait de Memphis jusqu'à l'Atlantique; et cela, nord ou sud, ne suffisait pas ; encore dix ans (Sartoris, Redmond et Compson se brouillèrent, et Sartoris et Redmond achetèrent — avec l'argent de Redmond, sans doute — la part des intérêts de Compson dans le chemin de fer et, l'année suivante, poussé uniquement par la peur physique, Redmond, en embuscade sur la Place de Jefferson, tua Sartoris et s'enfuit, et enfin même les partisans de Sartoris — il n'avait pas d'amis, mais seulement des ennemis et de fanatiques admirateurs — commencèrent à comprendre le résultat de ce vote régimentaire de l'année 1862) et le chemin de fer était incorporé au réseau qui s'étendait comme les nervures d'une feuille de chêne, sur tout le Sud et l'Est, réseau joint aux autres réseaux dont la complexité couvrait le reste des Etats-Unis, si bien que maintenant on pouvait prendre le train à Jefferson et, après un certain nombre de changements et d'heures dans des salles d'attente, on pouvait se rendre en n'importe quel endroit de l'Amérique du Nord.

Non plus seulement dans les Etats-Unis, mais dans le *reste* des Etats-Unis, car la longue traction était terminée maintenant ; seules les dames âgées, les invaincues, restaient irréconciliées, irréconciliables, opposées et irrévocablement dressées contre le mouvement général du panorama jusqu'au jour où elles-mêmes, débris flottant encore à la surface d'un fleuve débordé, éprouveraient une sensation de mouvement, tournées irrévocablement vers un passé de vieilles batailles, de vieilles causes avortées, les quatre années de ruine dont dix et vingt et vingt-cinq changements de saisons avaient effacé, enfoncé les cicatrices dans la terre ; vingt-cinq, puis trente-cinq ans ; ce n'était pas seulement un siècle, un âge qui étaient morts mais une façon de penser : la ville elle-même écrivit l'épilogue, l'épitaphe : 1900. « Confederate Decoration Day » : ce jour-là, Mrs. Virginia Depre, sœur du colonel Sartoris tira un cordon, et l'étamine, s'affaissant en longs plis, révéla la figure de marbre — le soldat d'infanterie sur son piédestal de pierre à l'endroit même où, quarante ans plus tôt, l'officier de Richmond et le pasteur baptiste avaient recruté le régiment du colonel ; et les vieillards, dans leurs vestes grises à soutaches (ils étaient tous officiers maintenant, et tous pour le moins capitaine), s'avancèrent à pas trébuchants dans la lumière du soleil et, levant leurs fusils vers le ciel, tirèrent un feu de salve puis, poussant de leurs voix chevrotantes cette enivrante clameur que Lee, Jackson, Longstreet et les deux Johnson (et Grant, et Sherman et Hooker et Pope et McClean et Burnside également, il faut le dire) avaient écouté au milieu de la fumée et du vacarme des combats ; épilogue et épitaphe car, sans nul doute, aucune des dames U.D.C. [1] qui avaient eu l'idée du monument et l'avaient acheté, ni l'architecte qui l'avait dessiné, ni les maçons qui l'avaient édifié n'avaient remarqué que l'homme aux yeux de marbre abrités par la main de marbre ne regardait pas vers le nord, vers l'ennemi, mais vers le sud, vers sa propre arrière-garde — cherchait peut-être à voir, dirent les gens d'esprit (ils pouvaient le dire maintenant que la guerre, terminée depuis trente-cinq ans, pouvait ser-

1. *United Daughters of the Confederacy* (Union des Filles de la Confédération). (N.d.T.)

vir de thème de plaisanteries — sauf pour les femmes, les dames, les invaincues, les irréconciliables qui, même trente-cinq ans plus tard, se lèveraient encore et quitteraient les salles de cinéma où passait sur l'écran *Autant en emporte le vent*), si les renforcements arrivaient; peut-être même n'était-ce pas un soldat combattant, mais un des hommes de la police militaire en quête de déserteurs ou d'une cachette où lui-même pourrait courir s'abriter : car cette vieille guerre était morte; les fils de ces vieillards vêtus de gris et chancelants étaient morts à Cuba dans leurs uniformes bleus, et déjà les macabres monuments, témoignages et sanctuaires de la nouvelle guerre, usurpaient la terre avant que les détonations des cartouches à blanc et l'affaissement impondérable de l'étamine eussent complètement dévoilé le dernier hommage rendu à la lutte ancienne.

Non seulement un siècle nouveau, une façon nouvelle de penser, mais un mode nouveau d'agir, de se conduire aussi; maintenant, on pouvait se coucher dans un train à Jefferson et se réveiller le lendemain matin à la Nouvelle-Orléans ou à Chicago. Dans presque toutes les maisons, sauf dans les cases des nègres, il y avait l'éclairage électrique, l'eau courante. Et maintenant, la ville achetait, apportait de régions très lointaines une espèce de cailloutage gris appelé macadam et on pavait la rue entière entre la gare et l'hôtel, si bien que, désormais, les fiacres qui faisaient le service de la gare avec leurs cargaisons de voyageurs de commerce, avocats, témoins judiciaires, n'étaient plus obligés de brimbaler, peiner, tirer dans les trous boueux de l'hiver; chaque matin, une charrette venait porter à domicile la glace artificielle qu'on mettait dans votre glacière sur la véranda, derrière la maison. Dans chaque quartier, à tour de rôle, des bandes d'enfants suivaient la charrette et croquaient les morceaux de glace que le cocher noir détachait pour les leur donner. Et, cet été-là, une voiture d'arrosage spécialement construite, se mit à parcourir les rues ; temps nouveau, âge nouveau : maintenant il y avait des toiles métalliques aux fenêtres et les gens (les blancs) pouvaient vraiment dormir dans l'air nocturne de l'été, sans y rien trouver de nocif ni d'hostile : comme si, brusquement, s'était éveillé chez l'homme (ou au moins chez la femme) la croyance en un droit civil inaliénable d'être soustrait à la poussière et aux insectes.

Plus vite, toujours plus vite : de la vitesse de deux chevaux attelés de chaque côté d'un timon bien poli on passa à celle de trente, puis de cinquante puis de cent, sous une calotte de métal pas plus grande qu'une lessiveuse. A peine la première explosion avait-elle retenti que déjà la police devait exercer son contrôle. Dans une cour, aux confins de la ville, un ancien apprenti forgeron, homme couvert de graisse, aux yeux de moine visionnaire, construisait déjà une voiture à pétrole, forgeant, perforant ses propres cylindres, ses pistons et ses engrenages, inventant ses bobines, ses bougies et ses valves à mesure qu'il en avait besoin, une voiture qui était faite pour marcher et qui marcha, qui sortit de la ruelle, puant, pétaradant, à la minute même où le banquier Bayard Sartoris, fils du colonel, passait dans sa calèche : ce qui explique pourquoi il y a aujourd'hui dans les livres de Jefferson, une ordonnance interdisant l'emploi de toute machine mue mécaniquement dans les rues de la ville : ce même banquier Sartoris qui mourut dans une de ces machines (tel était le progrès, sa vitesse, sa rapidité) dont son petit-fils avait perdu le contrôle sur une route verglacée, ce petit-fils qui venait juste de finir (tel était le progrès) ses deux ans de service dans l'aviation sur le front occidental ; et maintenant le camouflage s'écaille peu à peu sur un canon de 75 français, blotti contre un des flancs du piédestal du monument confédéré, mais avant même que la couleur ne passât, le néon avait fait son apparition dans la ville et la A.A.A. et le C.C.C. dans le comté, ainsi que la W.P.A. [1] (et le XYZ, etc. comme disait « le père Pete » Gombault, un vieillard maigre, propre, la chique aux dents, titulaire d'une sinécure politique sous le nom de maréchal des Etats-Unis — emploi tenu autrefois, à l'époque de la reconstruction quand l'Etat de Mississipi était un district militaire des Etats-Unis, par un nègre qui vivait encore en 1925 — allumeur de feux, balayeur, concierge, chargé d'entretenir les calorifères de cinq ou six cabinets d'avocats et de médecins et d'une des banques — et connu encore sous le nom de « Mûrier » en souvenir du métier qu'il avait exercé auparavant, pendant et après sa nomination de maréchal : marchand de whisky illicite en bouteille d'un demi et d'un quart de litre qu'il sortait d'une cachette sous les racines d'un grand mûrier derrière le *drugstore* de son ancien maître

1. A.A.A. *(Agricultural Adjustment Administration)* — C.C.C. *(Civilian Conservation Corps)* — W.P.A. *(Work Projects Administration)*. (N.d.T.)

d'avant 1865) dans les deux ; W.P.A. et YXZ dont la ville et le comté furent marqués comme ils ne l'avaient jamais été même par la guerre : et maintenant ils avaient disparu, les derniers arbres de la forêt qui avaient épousé la forme de la Place, ombrageant le balcon intact du premier étage sur lequel ouvraient les cabinets des avocats et des docteurs, balcon qui ombrageait à son tour les façades des boutiques et le trottoir qu'il surplombait ; et maintenant, le balcon lui-même avait disparu avec sa balustrade en fer forgé sur laquelle, dans les longues après-midi d'été, les avocats mettaient leurs pieds pour causer ; et la chaîne de fer ininterrompue qui traçait ses guirlandes d'un pilier de bois à un autre autour de la cour du tribunal afin que les fermiers y pussent attacher leurs chevaux ; et l'abreuvoir public où ils pouvaient les mener boire, car les dernières charrettes avaient disparu, ces charrettes qu'on voyait autrefois attachées sur la place au printemps et en été, les samedis et jours de marché ; et il n'y avait pas que la place qui était pavée maintenant, les rues qui y conduisaient l'étaient aussi, avec leurs plaques fixes porteuses d'interdictions, d'avertissements qui ne se pouvaient appliquer qu'à des choses capables de se déplacer à plus de trente milles à l'heure ; et maintenant, le dernier arbre de la forêt avait disparu également de la cour du tribunal, remplacé par des arbustes synthétiques, conçus et élevés dans les serres du Wisconsin, et dans le tribunal (à la mairie également) un « gang » de tribunal et de mairie, en miniature naturellement (mais ce n'était pas sa faute, mais la faute de la dimension, population et richesse de la ville et du comté) mais organisé sur le modèle de ceux de Chicago, Kansas City, Boston et

Philadelphie (et dont, sauf sur la question taille, pas plus Philadelphie que Boston, Kansas City ou Chicago n'auraient eu à rougir) qui, tous les trois ou quatre ans, allait s'efforcer encore de raser le vieux tribunal pour en construire un autre non parce qu'ils n'aimaient pas l'ancien ou parce qu'ils en désiraient un nouveau, mais parce que le nouveau apporterait à la ville et au comté un supplément d'argent fédéral sans caractère de rémunération.

Et maintenant, la peinture d'un mortier antitank accroupi sur ses pneus de l'autre côté du Monument Confédéré commence à pâlir ; et maintenant ont disparu des façades des magasins les vieilles briques faites du sol natal dans les vieux moules de l'architecte de Sutpen. Des plaques de verre les remplacent, des plaques plus grandes qu'un homme et plus longues qu'une charrette avec son attelage, des plaques comprimées dans les usines de Pittsburg et qui encadrent des intérieurs baignés maintenant d'une lumière fluorescente cadavérique et sans ombres : et maintenant, et pour finir, la fin du silence également : l'air inverti et creux du comté n'est plus que vacarme, ululements de T.S.F. : adieu l'air de Yoknapatawpha, adieu même l'air de Mason et Dixon. Il n'y a plus partout que l'air de l'Amérique : le bredouillement des comédiens, les coups de gueule des chanteuses à voix de barytons, les jacassantes incitations à acheter, acheter encore, acheter toujours, tout cela arrivant plus vite que la lumière à deux mille milles de New York et de Los Angeles. Un seul air, une seule nation : la lueur sans ombre, fluorescente, cadavérique, baigne les fils et les filles d'hommes et de femmes noirs et blancs dont la vie s'est passée en combinaisons de travail, en calicot, qui achètent comptant ou à crédit des vêtements copiés, la semaine précédente, dans le *Harper's Bazaar* ou *Esquire* par les ateliers du Quartier Est de New York : parce qu'une génération entière de fermiers a disparu, non seulement du comté de Yoknapatawpha, mais de la terre de Mason et Dixon : l'auto-destructeur : la machine qui avait déplacé l'homme n'avait laissé personne pour conduire le mulet que la machine elle-même menaçait d'exterminer ; d'aucuns avaient connu un temps où on pouvait voir le mulet au milieu d'un troupeau d'autres mules, debout, à l'aube, dans les enclos des plantations de l'autre côté de la route en face des rangées identiques de cases de deux pièces où vivait, en troupeau, avec sa famille, le fermier, le métayer noir qui, au lever du soleil, passait la bride au mulet et, jusqu'à l'heure du retour, au coucher du soleil, le suivait le long des sillons monotones, tracés au cordeau, identiques, un œil (de l'homme) attentif à la direction que prenait l'animal, l'autre fixé sur ses pattes de derrière ; maintenant l'un et l'autre avaient disparu : l'un s'en était allé à la dernière de ces fermes de quarante, cinquante et soixante arpents, perdues sur des collines, inaccessibles au bout de chemins en terre battue que rien n'indiquait ; l'autre avait échoué dans les ghettos de New York, Detroit, Chicago, Los Angeles ; ou plus exactement neuf sur dix de son espèce, le dixième s'étant élevé des mancherons d'une charrue jusqu'au siège sans ressort d'un tracteur, dépossédant et déplaçant les neuf autres exactement comme le tracteur avait dépossédé et déplacé les dix-huit autres mulets dont ces neuf eussent été le complément ; puis

Varsovie et Dunkerque déplacèrent à son tour ce dixième, et maintenant, le fils du planteur que l'armée n'avait pas encore mobilisé conduisait le tracteur; puis ce furent Pearl Harbour et Tobrouk et Utah Beach qui déplacèrent ce fils, laissant le planteur sur le siège du tracteur, pour une brève période — pensait-il du moins, oubliant que, pour la victoire comme pour la défaite, l'homme doit payer le même prix exorbitant de changement, d'altération; une nation unique, un monde unique : des jeunes hommes qui, jusqu'alors, n'étaient jamais sortis des limites du comté de Yoknapatawpha, sauf pour aller à Memphis ou à La Nouvelle-Orléans (et encore pas souvent) parlaient aujourd'hui couramment de carrefours célèbres dans les capitales européennes ou asiatiques. Ils ne revenaient plus pour hériter les longs sillons monotones et sans fin des champs de coton de l'Etat de Mississipi; ils vivaient maintenant (d'abord avec une femme, puis avec une femme et un enfant et, l'année suivante, avec une femme et deux enfants) dans des roulottes automobiles ou dans des baraques Adrian en bordure des collèges d'arts libéraux, et le père, grand-père lui-même, conduisait toujours le tracteur d'un bout à l'autre de ses terres qui, peu à peu, allaient en se rétrécissant entre les longs écheveaux incurvés des fils porteurs de la force électrique née dans les Monts Appalaches, et les veines d'acier souterraines porteuses du gaz naturel des plaines de l'Ouest jusqu'aux petites fermes solitaires et perdues, étincelantes maintenant, reluisantes de fourneaux automatiques, de machines à laver et d'antennes de télévision.

Une nation unique : où nulle part maintenant, pas même dans le comté de Yoknapatawpha, on ne trouvait de forteresse, dernière et irréconciliable, qui eût donné accès dans les Etats-Unis, car, finalement, les dernières des vieilles veuves ou la dernière grand-tante desséchée, indomptable, invaincue, était morte, et la vieille et immortelle Cause Perdue était devenue un club, une classe sociale (fanée, mais encore élégante), une caste ou un mode de comportement quand il arrivait qu'on l'observât encore dans certaines occasions, par exemple, quand des jeunes gens de Brooklyn, étudiants d'échange aux universités du Mississipi, de l'Arkansas ou du Texas vendaient, le samedi après-midi, de petits étendards confédérés dans les tribunes bondées des stades de football; un monde unique : le canon de tank capturé à un régiment allemand dans un désert d'Afrique par un régiment de Japonais vêtus d'uniformes américains, dont les pères et les mères, à l'époque, étaient gardés dans des camps de concentration de Californie, et transporté (le canon) à sept mille milles de distance pour être placé à mi-chemin comme une sorte d'arc-boutant supplémentaire au mémento de Shiloh et de Wilderness[1] ; un seul univers, un seul cosmos : contenu dans une seule Amérique : un seul édifice imposant, frénétique, posé comme un château de cartes au-dessus de l'abîme des générations hypothéquées; une seule prospérité, une seule paix, un seul rugissement de fusée tourbillonnante et qui semblait

1. Shiloh, *appelé également* Pittsburg Landing, *au sud-ouest du Tennessee, bataille, 1862;* Wilderness, *au nord-ouest de la Virginie, bataille, 1864.* (N.d.T.)

emplir de panaches d'or le zénith étincelant jusqu'à ce que la vaste sphère creuse, l'air de Yoknapatawpha, le vaste et terrible fardeau sous lequel le comté s'efforce de rester debout, de lever sa tête battue et indomptable — la substance même dans laquelle il vit et sans laquelle il s'évanouirait en quelques secondes — est pleine de ses effrois, de ses terreurs, de ses désaveux, répudiations, aspirations, rêves, et vains espoirs, rebondissant vers lui en ondes de radar à travers les constellations.

Et elle — la vieille prison — existait toujours, tapie dans son cul-de-sac silencieux, dans ses eaux immobiles presque ignorantes des saisons au milieu de cette ruée, de ce rugissement de progrès civique et de transformation sociale, comme un vieillard sans col (mais assez propre ; un peu négligé seulement, avec une barbe de deux jours et des chaussettes sans jarretières) assis, en bras de chemises et bretelles, et sans souliers, sur les marches de sa cuisine à l'intérieur d'une cour close de murs ; non exactement isolée par son emplacement, mais plutôt par son archaïsme ; condamnée à disparaître naturellement (à disparaître de la surface de la terre avec le reste de la ville le jour où l'Amérique entière, après avoir abattu tous les arbres et aplani à coups de bulldozers collines et montagnes, serait forcée de se cacher sous terre pour faire place, laisser le champ libre aux automobiles) semblable à l'homme engagé sur les voies d'un tunnel avec le tonnerre de l'express grandissant derrière lui, qui trouve en face de lui dans la paroi de roche vivante et imprenable, une niche, une crevasse exactement à sa taille, qui y pénètre, inviolable et en sécurité, tandis que la destruction passe en rugissant et disparaît, suivant inéluctablement le réseau de rails de sa destination et de sa destinée ; elle (la prison) ne valait même pas la peine qu'on la vendît aux Etats-Unis pour une allocation équivalente payée sur la caisse fédérale ; elle n'était même plus (si grandes étaient la vitesse et l'avance du Progrès) un véritable pion, encore bien moins un cavalier ou une tour sur l'échiquier politique du comté, pas même un poste de choix : simplement une modeste sinécure pour le mari de la cousine de quelqu'un, pour un homme qui avait échoué non comme père, mais simplement comme fermier ou journalier de quatrième ordre.

Elle survivait, durait : elle avait sa place inamovible dans la ville et dans le comté, ajoutant même encore, modestement, quelque chose, non seulement à sa propre histoire mais à celle de la ville et du comté. Quelque part, derrière cette façade en briques délabrée, entre la vieille brique faite au moule, résistante, et le plâtre craquelé, imprégné de créosote des murs intérieurs (bien qu'il y eût bien peu de gens dans la ville et dans le comté qui eussent le moindre soupçon qu'ils fussent là) se trouvaient les vieux rondins mortaisés et encastrés qui (cela, la ville et le comté se le rappelaient ; cela faisait partie de la légende) avaient abrité un homme qui aurait pu être Wiley Harpe ; pendant cet été de 1864, le général de brigade qui avait fait tirer sur la place et sur le tribunal s'était servi de la prison pour en faire la salle de garde de son chef de police, et même les collégiens se rappelaient encore que la prison avait donné l'hospitalité au Gouverneur de l'Etat quand il avait dû purger une peine de trente jours pour offense à la Cour, ayant refusé de venir déposer dans un procès de recherche en paternité intenté à un de ses lieutenants ; mais isolée, ainsi que sa légende, ses archives et son histoire, d'une authenticité indubitable et néanmoins un peu oblique, elliptique ou peut-être simplement ellipsoïdale, légèrement recouverte d'une pâle et paisible teinte apocryphe. C'est qu'il y avait maintenant des nouveaux venus dans la ville, des étrangers, des gens d'ailleurs qui habitaient dans des maisons minuscules toutes neuves, des petites maisons aux murs de verre posées, aussi proprettes, ordonnées, antiseptiques que des berceaux dans une pouponnière, dans de nouveaux quartiers, baptisés Fairfield ou Longwood ou Halcyon Acres, qui autrefois avaient été la pelouse ou la cour postérieure ou le jardin potager des vieilles résidences (les vieilles demeures à colonnes, archaïques, qui se dressaient toujours parmi ces maisonnettes comme de vieux chevaux surgissant tout à coup, leur sommeil fini, au milieu d'un troupeau de moutons). Ces gens n'avaient jamais vu la prison ; c'est-à-dire qu'ils l'avaient regardée en passant. Ils savaient où elle se trouvait ; quand leurs parents, amis ou connaissances de l'Est ou du Nord de la Californie venaient leur rendre visite ou traversaient Jefferson en route vers la Nouvelle-Orléans ou la Floride, ils pouvaient même leur raconter des fragments de sa légende, de son histoire ; mais ils n'avaient jamais eu de contacts avec elle. Elle ne faisait pas partie intégrante de leur vie. Ils avaient des fourneaux automatiques, des calorifères, des distributions de lait à domicile et des pelouses de la taille d'un tapis. Ils n'avaient jamais eu à se rendre de bonne heure à la prison, le lendemain du 10 juin ou du 4 juillet ou de Thanksgiving ou de Noël ou du Nouvel An (ou, en fait, presque tous les lundis matin) pour payer les contraventions du domestique ou du jardinier ou de l'homme à tout faire à seule fin qu'il pût regagner la maison le plus vite possible (emportant encore avec lui sa gueule de bois ou les balafres encore saignantes laissées par les coups de rasoir) pour y traire la vache, nettoyer le calorifère ou tondre le gazon.

Donc, seuls les vieux citoyens connaissaient la prison, pas les vieilles personnes, les vieux citoyens ; hommes et femmes vieux non en raison du nombre des années mais de la constance de la ville, ou contre cette constance, concordant (pas contemporains naturellement, la ville étant née cent vingt-cinq ans auparavant, mais d'accord contre cette continuation) avec cette mince et durable continuité née cent vingt-cinq ans auparavant de la capture d'une poignée de bandits par un peloton de miliciens ivres, d'un postillon courant la brousse, amer, ironique, incorruptible et d'un monstrueux cadenas en fer forgé — cette continuité obstinée, durable que rien ne pouvait hâter, contre laquelle les splendeurs vaines et éphémères du Progrès et des transformations déferlaient en vagues sans substance, renouvelées, évanescentes, qui ne laissaient pas plus de traces que les ondes, la lueur de l'enseigne de néon de ce que l'on appelait encore Holston House, l'auberge située diagonalement en face, lueur qui, chaque matin à l'aube, disparaissait des vieux murs de brique de la prison sans y laisser la moindre trace ; seuls les vieux citoyens connaissaient encore la prison : les citoyens qui, intraitables, archaïques, persistaient à conserver leurs poêles à bois, leurs vaches, leurs potagers, leurs hommes de peine qu'il leur fallait aller chercher dans la prison le dimanche matin ou le lendemain des jours fériés, ou ceux qui passaient véritablement les nuits de samedi et des jours fériés derrière les barreaux des fenêtres et des portes pour ivresse, rixes ou jeux prohibés — domestiques, valets de chambre, jardiniers, journaliers que leurs patrons blancs venaient tirer de leur cachot, le lendemain matin ; et les autres (ceux que la ville appelait les nouveaux nègres, ignorant cette commodité) qui y dormaient toutes les nuits, baignés par les raies écarlates des ondes transparentes de l'enseigne de Holston House, tandis qu'ils payaient leurs amendes en travaillant dans les rues ; et le comté, car c'est de là que sortaient les voleurs de bestiaux et les contrebandiers d'alcool pour aller au Tribunal et les assassins — par l'électricité maintenant (si rapide était le Progrès) — pour aller dans l'Eternité ; en fait, cette prison était encore non un facteur peut-être mais pour le moins un chiffre, un nombre entier dans l'organisation politique du comté ; employée encore tout au moins par le Conseil Municipal sinon comme un levier du moins comme quelque chose dans le genre du bâton de Polichinelle, dont la destination n'est jamais de briser les os ni de laisser des cicatrices permanentes.

Donc, seuls les vieillards la connaissaient, les irréductibles Jeffersoniens, les Yoknapatawphiens qui avaient eu (ou, sans aucun doute, étaient fermement résolus à continuer à avoir) réellement affaire à elle en ces tristes lundis matin après les jours de fête, ou pendant les séances d'assises, deux fois par an : — jusqu'au moment où, tout à coup, vous-même — un étranger, disons un homme de l'Est, du Nord ou du Far West, passant par la petite ville par hasard ou parce qu'il se trouvait que vous fussiez parent, ami ou simple connaissance d'une de ces familles venues du dehors s'installer dans un des vieux ou des nouveaux quartiers, après avoir fait un détour pour chercher parmi les poteaux indicateurs et les stations d'essence par simple curiosité, afin d'essayer d'apprendre, de comprendre, de saisir la raison qui avait pu pousser votre cousin, votre ami, votre connaissance à choisir cet endroit pour y vivre — je ne dis pas spécialement Jefferson, mais un endroit semblable à celui-ci, semblable à Jefferson — vous-même, brusquement, vous rendez compte que quelque chose de curieux se passait ou s'était passé dans cette ville : qu'au lieu de mourir, comme il eût été naturel avec le passage des années, ces vieux irréductibles avaient l'air au contraire d'augmenter en nombre, comme si, chaque fois qu'on en enterrait un, il en arrivait deux pour occuper sa place : alors qu'en 1900, exactement trente-cinq ans plus tard, on n'en aurait pas trouvé plus de deux ou trois capables de le faire, soit parce qu'ils savaient, se souvenaient, avaient le temps, ou même la simple volonté, l'inclination, maintenant, en 1951, quatre-vingt-six ans plus tard, on pouvait en compter des douzaines (et en 1965, un siècle plus tard, des centaines, parce que — vous aviez déjà commencé à comprendre pourquoi votre parent, votre ami, votre connaissance avait décidé de venir s'installer dans un endroit pareil avec sa famille pour y faire ce qu'il appelait sa vie — à cette époque, les enfants de cette seconde invasion d'étrangers, conséquence d'une guerre, seraient également devenus non seulement des Mississipiens, mais des Jeffersoniens et des Yoknapatawphiens ; et, à cette époque — qui sait ? — non seulement la simple vitre, mais peut-être toute la fenêtre, le mur entier aura été enlevé et conservé intact dans un musée par quelque club de femmes, société historique, culturelle pour le moins — et à cette époque-là peut-être, ils ne sauront peut-être pas, n'auront peut-être pas besoin de savoir que la vitre portant le nom de la jeune fille est aussi vieille que cela — à quoi bon en savoir davantage ? cela est suffisant — qu'elle a duré tout ce temps-là : petit rectangle de verre, irrégulier, grossièrement fait, presque opaque, porteur de vagues griffonnages, d'apparence aussi éphémère que la pellicule de bave sèche laissée par le passage d'un escargot, et qui pourtant a pu durer une centaine d'années) capables et désireux aussi d'interrompre ce qu'ils peuvent être en train de faire — assis sur le dernier des bancs de bois sous le dernier des acacias et des gommiers, parmi les conifères en pot des temps nouveaux, placés çà et là dans la cour du tribunal, ou sur des chaises le long du trottoir ombragé devant Holston House, là où il y a toujours un peu de brise — pour vous faire traverser la rue, vous faire entrer dans la prison et (avec toutes ses excuses, comme l'exige la courtoisie entre voisins, à la femme du geôlier occupé à tourner sur son fourneau les pois, la bouillie d'avoine, les tranches de lard — tout cela acheté grâce à des courses habiles, infatigables, de magasin en magasin — qu'elle servira aux prisonniers pour déjeuner ou pour dîner, à tant la tête — la portion — payable par le comté, facteur qui est loin d'être négligeable dans une sinécure comme celle de son mari) pénétrer dans la cuisine jusqu'à la vitre trouble au vague griffonnage où, au bout d'un instant, vous parvenez à déchiffrer un nom, une date.

Pas tout de suite naturellement, mais au bout d'un moment, d'une seconde, parce qu'au premier coup d'œil, vous serez surpris, un peu impatient à cause de la gêne que vous éprouverez à avoir été introduit sans avertissement, ni préparation dans la cuisine d'une femme que vous ne connaissiez pas, à l'heure où elle est occupée à son fourneau; vous penserez simplement : *Alors? Ce n'est que cela :* ennuyé et même un peu choqué jusqu'au moment où, tout à coup, même lors de cette réaction, quelque chose s'est déjà produit : le pâle, frêle, illisible griffonnage, dénué de sens et même de déduction, le vieux morceau de verre de mauvaise qualité que vous êtes en train de regarder s'est mis à bouger alors que vous le regardiez; il s'est agglutiné, semble avoir vraiment excité un sens autre que la vision, une odeur, un murmure qui remplissent cette pièce étrangère, chaude, encombrée déjà, effroyablement pleine du son, de l'odeur de la graisse de porc grésillante : les deux choses en conjonction — le vieux morceau de verre laiteux et archaïque, et le griffonnage qu'on y voit : ce tendre nom de jeune fille, désuet et sans propriétaire, et la vieille date morte en avril il y aura bientôt cent ans — voilà que ces deux choses parlent, murmurent du fond, hors, à travers un temps aussi ancien que la lavande, plus ancien que l'album ou le stéréoscope, aussi ancien qu'un daguerréotype.

Et le fait d'être étranger, invité, aurait suffi puisque, comme invité, étranger, vous auriez fait preuve simplement de courtoisie, de politesse en posant les questions qu'attend votre hôte ou le guide bénévole qui avait interrompu ce qu'il était en train de faire (même si ce n'était qu'être assis avec des gens semblables à lui sur un banc, dans la cour du tribunal ou sur le trottoir, devant un hôtel) pour vous amener ici ; pour ne rien dire de votre propre désir parfaitement naturel de... peut-être pas de revanche, mais au moins de compensation, de restitution de vengeance, de dédommagement pour le choc d'avoir été amené ici sans avertissement ni préparation, introduit dans les appartements privés d'une femme inconnue occupée à une besogne aussi intime que la préparation d'un repas ; mais déjà vous aviez non seulement compris pourquoi votre parent, votre ami, votre connaissance avait choisi non Jefferson, mais un endroit comme Jefferson, pour y passer sa vie ; mais vous aviez entendu cette voix, ce chuchotement, ce murmure, plus subtil que l'odeur de lavande, et néanmoins (pendant cette seconde) plus sonore que le grésillement et la fureur du lard en train de frire ; vous posez donc la question que non seulement on attendait de vous mais dont les réponses vous étaient nécessaires si vous vouliez retourner à votre voiture et fouiller avec quelque attention et concentration parmi les poteaux indicateurs et les stations d'essence pour atteindre l'endroit où vous vous dirigiez quand le hasard, l'accident vous fit arrêter à Jefferson pour une heure ou un jour, ou une nuit ; et l'hôte — le guide — répond de son mieux à vos questions et, pour ce faire, puise dans l'héritage composite de souvenirs lointains, raconté, répété, laissé par son père : ou plutôt par sa mère : ou la mère de sa mère : ou mieux encore à lui-même quand il était enfant, par sa grand-tante : les vieilles filles, les vierges, créatures sans enfants qui vivaient en un temps où les femmes étaient en surnombre parce que trop de jeunes hommes étaient invalides ou morts. Les indomptables, les invaincues, les vierges procréatrices de vieilles filles et de femmes sans enfants, capables encore de se lever et de sortir au milieu d'*Autant en emporte le vent.*

Et, de nouveau, un seul sens assume le rôle de deux ou trois ; non seulement la faculté d'entendre, d'écouter, mais de voir également, mais vous voilà debout au même endroit, sur les mêmes planches où elle était le jour où elle écrivit son nom sur la vitre, et cet autre jour, trois ans plus tard, où elle regardait, entendait à travers et par-delà cette pâle et fragile inscription la poussée soudaine, le tonnerre, la poussière, le crépitement, le claquement des pistolets ; puis le visage maigre, couvert de la crasse des combats et d'une barbe de plusieurs jours ; pressé certes, mais tout simplement harcelé, harassé ; invaincu, tourné pendant un fugitif instant à travers la mêlée, la fureur, puis évanoui ; et la jeune fille toujours à sa fenêtre (le guide — l'hôte — ne s'est jamais prononcé là-dessus ; dans le souvenir de la ville, au bout d'un siècle, la couleur a changé sans doute bien des fois, de blonde à brune, puis de brune à blonde : ce qui n'a aucune importance d'ailleurs car, dans notre propre souvenir, ce voile, ce brouillard léger sera blond à jamais) n'attendait même pas : elle rêvait ; un an et elle n'attendait toujours pas : elle méditait sans même être impatiente ; elle était simplement sans patience de même que le zénith, la cécité sont sans couleur ; jusqu'au jour où, enfin, le mulet, non pas sorti mais tiré hors de ce long panorama du Nord-Est — panorama de défaite, de poussière et de fumée évanescentes — par cette passivité inexpugnable, invincible, incroyable, terrifiante, arrivait du fond de la Virginie, sans fatigue, sans défaillance, pour accomplir cette tâche — le mulet qui était un meilleur mulet en 1865 que la jument pur sang n'était un bon cheval en 62, 63, 64, pour la simple raison qu'on était à présent en 1865 ; et l'homme, toujours maigre, invaincu, harassé et poussé par le temps, pressé de partir pour l'Alabama afin de voir en quel état était sa ferme — ou même s'il avait encore une ferme — et maintenant, la jeune fille, la frêle et oisive jeune fille qui ne pouvait même pas traire une vache, à qui on ne demandait, suggérait même pas de remplacer son père quand le moment était venu d'essuyer la vaisselle, assise en croupe sur la mule derrière un sous-officier de cavalerie libéré sur parole d'une armée en déroute, un soldat qui avait échangé son cheval de bataille contre un mulet et le sabre de son grade ainsi que son invincible orgueil contre un bas plein de grains de maïs, un soldat qu'elle ne connaissait pas, à qui elle n'avait même pas parlé assez longtemps pour savoir son prénom et ses mets préférés, pas plus qu'elle n'avait eu le temps de lui dire le sien ; un homme qui se hâtait de gagner à cheval un pays qu'elle n'avait jamais vu pour y commencer une vie qui n'était pas la simple existence des pionniers aux prises avec la brousse, les sauvages nu-pieds et la tendre main du bon Dieu, dans une région qui avait été transformée en désert (en admettant qu'elle existât encore pour qu'on y pût revenir) par le feu et le fer de la civilisation.

Et c'était tout ce que votre hôte (ou votre guide) pouvait vous dire, car c'était tout ce qu'il savait, tout ce qu'il avait hérité, tout ce qu'on pouvait hériter de la ville. Et c'était suffisant, plus que suffisant en fait, car on n'avait besoin que du visage encadré de son délicat voile blond derrière le carreau griffonné ; vous-même, le visiteur, l'étranger de Nouvelle-Angleterre ou des savanes ou de la côte du Pacifique, vous qui ne veniez plus par accident ou à cause de la présence fortuite d'un parent, d'un ami, d'une connaissance ou d'une carte routière, mais attiré aussi, au bout de quatre-vingt-dix ans, par cette incroyable et terrifiante passivité, vous qui regardiez à votre tour à travers et par-delà ce vieux carreau laiteux abîmé par le griffonnage, cette forme, cette délicate armature de chair et d'os partant en croupe sur un mulet, sans un seul regard en arrière, pour retrouver une ferme abandonnée et sans doute même ravagée (peut-être même usurpée) sur une colline de l'Alabama — hissée sur la mule (la première fois sans doute qu'il l'avait touchée, sauf pour lui mettre l'anneau au doigt ; non pour se prouver, pas même pour sentir, toucher, s'il y avait vraiment une femme sous le calicot et les châles ; le temps manquait encore pour cela ; mais simplement pour l'asseoir derrière lui afin qu'ils pussent se mettre en route) pour faire une centaine de milles afin qu'elle fût la mère sans ferme d'une lignée de fermiers (elle en mettrait une douzaine au monde, tous des garçons, sans cesser d'être jeune, frêle, toujours oisive au milieu des barattes, des fourneaux, des balais, des tas de bois que même une femme aurait pu réduire en copeaux ; elle ne changea jamais) et leur léguer en matronymique héritage cette invincible et inviolable inaptitude.

Puis, brusquement, vous comprenez que vous êtes encore trop loin de la vérité, non pour ce visage — jeune épouse, mère, grand-mère puis veuve et enfin la tombe — le long, le tranquille progrès conjugal vers la matriarchie dans un fauteuil à bascule où elle seule avait le droit de s'asseoir, puis une pierre tombale dans un cimetière de campagne — non pour cette passivité, cette stase, cette invincible capitainerie d'âme qui n'avait même pas besoin d'attendre, mais d'exister tout simplement, de respirer paisiblement, de se nourrir — infime non seulement en capacité mais en étendue également : ce visage, cette vierge qui avait tiré un homme du tohu-bohu galopant d'un combat de cavalerie, une année tout entière sur le long périmètre de fer du devoir et du serment qui l'avait entraîné du comté de Yoknapatawpha, Mississipi — à travers le Tennessee, la Virginie, jusque, vers le nord, à la bordure de la Pennsylvanie où, s'incurvant dans son stade final au bord des eaux naissantes de l'Appomattox, il avait desserré l'étreinte de sa main de fer et l'avait laissé échapper : là, au fond des bois pluvieux, finalement à l'abri des patrouilles, des drapeaux enroulés, des mousquets entassés, une poignée d'hommes menant des chevaux épuisés, les pistolets encore tout chauds prêts de nouveau à être saisis dans les fontes, s'étaient réunis à la tombée de la nuit — simples soldats, sergents, caporaux, sous-officiers — parlant un peu d'une dernière chance désespérée, vers le sud, où (d'après les dernières rumeurs) Johnston était encore intact, sachant qu'ils s'abstiendraient, qu'ils en avaient fini, non seulement de la résistance mais de l'invincibilité également ; déjà partis, du reste, le matin même pour le Texas, l'Ouest, le Nouveau-Mexique : terres nouvelles, même si ce n'était pas encore (épuisées également — comme les chevaux — par le lent harcellement, l'obstination poignante à rester indomptable et irréductible) un nouvel espoir, mettant derrière eux pour de bon la perte des deux choses : la jeune épousée morte — l'attirant également (ce visage) loin de l'obligation disparue d'avoir à rester invaincu : cet homme qui échangea son cheval pour un mulet et son sabre pour un sac de maïs : de retour à travers le pays ruiné et le désastre d'une année entière, ramené par cette passivité vierge inéluctable, plus inévitable que l'attraction polaire.

Pas ce visage ; ce n'était pas encore cela : nul symbole de matriarchie conjugale dans ce cas, mais plutôt la fatalité avec toute l'insatiable, l'éternelle stérilité ; sans époux, bréhaigne et sans descendants ; n'exigeant même pas plus que cela : le demandant, demandant tout — visage de Lilith, perdu, insatiable, attirant la substance — la volonté, l'espoir, le rêve et l'imagination — de tous les hommes (y compris vous : vous-même et votre hôte également) attirés dans ce piège, ce filet lumineux et fragile ; pas même pour y être pris, attrapés par un seul jet, un simple coup adroit, mais attirés pour regarder patiemment le tissage même des fils d'or étrangleurs — vous attirant tous les deux à votre tour, après près de cent ans, vous, l'étranger, l'homme d'ailleurs muni d'un diplôme de bachelier ou (peut-être même) de licencié de Harvard ou de Northwestern ou de Stanford, vous qui traversiez Jefferson par hasard ou par accident, en route ver une autre destination, et l'hôte qui, durant trois générations, n'avait jamais quitté Yoknapatawpha sauf pour quelques soirées de samedi, prolongées jusqu'à l'aube, à Memphis ou à La Nouvelle-Orléans, qui a entendu parler de Jenny Lind, non parce qu'il a entendu parler de Mark Twain et que Mark Twain a parlé fort bien d'elle, mais pour cette même raison qui a poussé Mark Twain à parler fort bien d'elle : non parce qu'elle chantait des chansons, mais parce qu'elle les chantait dans le vieil Ouest d'autrefois ; et l'homme autorisé par la volonté publique à porter un pistolet ouvertement dans sa ceinture fait inévitablement partie du rêve du Missouri et de Yoknapatawpha, mais n'a jamais entendu parler de la Duse, ni de Sarah Bernhardt, ni de Maximilien, empereur du Mexique, encore moins saurait-il si l'empereur du Mexique avait même une femme (disant — l'hôte — « Vous voulez dire qu'elle était l'une d'elles ? Peut-être même la femme de cet empereur ? » Et vous : « Pourquoi pas ? N'était-elle pas une fille de Jefferson ? ») Etre debout dans cette étrange petite salle emplie de la fureur du lard en train de frire, parmi les annales, la chronique, l'éternel murmure du sublime et les noms éternels, les visages éternels, les visages omnivores insatiables, toujours insatisfaits : nonne-démon et ange-sorcière ; impératrice, sirène, Erinnyes : Mistinguett également, l'invincible, riche d'un quart de siècle de plus que les soixante années dont elle se vantait, dont elle se faisait gloire. Vous n'avez qu'à choisir parmi tous ces visages lequel était le sien — non pas *aurait* pu être, mais *était* : si vaste, si infinie dans sa capacité est l'imagination de l'homme quand il faut disperser, brûler le résidu des faits, des probabilités, pour ne laisser que la vérité et le rêve — puis le départ. Vous voilà de nouveau dehors sous le brûlant soleil de midi : tard ; vous avez déjà perdu beaucoup de temps : à vous débrouiller parmi les poteaux indicateurs et les stations d'essence pour regagner la grand-route que vous connaissez, et rentrer aux Etats-Unis ; non que cela ait une importance quelconque puisque vous savez encore à nouveau que le temps n'existe pas, ni l'espace, ni la distance : un griffonnage aisé, fragile, presque sans profondeur sur une plaque de vieux verre à peine transparent et (il vous avait suffi d'y jeter les yeux un instant, il vous suffit maintenant de vous le rappeler) et voici qu'une voix s'élève, claire, proche, comme émise par l'écheveau délicat des antennes de radio, plus loin qu'un trône d'impératrice, que la splendide insatiabilité, même que le pacifique fauteuil à bascule de la matriarche, à travers la vaste intervention instantanée, du fond du passé très lointain : « *Ecoute, étranger ; c'était moi-même : c'était moi.* »

SCÈNE I

L'intérieur de la prison — 10.30, le 12 mars.

La salle commune. Une lourde porte barrée y donne accès, de même qu'au groupe des cellules qui sont indiquées par une rangée de portes d'acier, chacune avec sa petite fenêtre grillée, le long du mur de droite. Un étroit passage, tout au bout du mur de droite, conduit à d'autres cellules. Au fond, une seule grande fenêtre à gros barreaux donne sur la rue. C'est le milieu de la matinée, par un beau jour ensoleillé.
La porte à gauche s'ouvre vers l'extérieur avec le lourd grincement de la serrure d'acier. Temple entre, suivie de Stevens et du geôlier. Temple a changé de robe, mais elle a toujours son manteau de fourrure et le même chapeau. Stevens est habillé exactement comme à l'acte II. Le geôlier est le type même du gardien de prison de petite ville. En bras de chemise, sans cravate, il porte contre sa jambe le grand anneau de fer où pendent les lourdes clefs, comme, dirions-nous, un fermier porte sa lanterne. Il tire la porte derrière lui en entrant.
Temple s'arrête à peine entrée. Stevens s'arrête aussi

par force. Le geôlier tire la porte et la referme à l'intérieur avec le même grincement d'acier. Puis il se retourne.

LE GEÔLIER

Alors, maître Stevens, la classe de chant va se terminer ce soir, hein? (A Temple :) *Vous étiez absente. Vous n'êtes pas au courant, vous ne savez pas ce qui...* (Il s'arrête de lui-même, subitement : il est sur le point de commettre ce qu'il appellerait une grave impolitesse, ce qui, d'après le code de sa classe et de son espèce, serait la plus grave des gaucheries et le pire mauvais goût : une référence directe à un deuil récent en présence de celui qui en est affecté, particulièrement un deuil de cette nature, bien que demain matin, à cette même heure, l'Etat aura, comme compensation, offert la vie du coupable. Il essaie de se rattraper.) *Notez qu'il en serait de même pour moi si j'avais été la maman de...* (Il s'arrête de nouveau; il s'empêtre de plus en plus; maintenant, non seulement il regarde Stevens, mais il s'adresse effectivement à lui.) *Tous les dimanches soir, et tous les soirs depuis dimanche dernier, sauf hier soir — maintenant que j'y pense, où étiez-vous donc hier soir, maître? Vous nous avez manqué — maître Stevens, ici présent, et Na, la prisonnière, ont chanté des cantiques dans sa cellule. La première fois, il s'est contenté de rester dehors sur le trottoir, tandis qu'elle était là-bas, à sa fenêtre. C'était parfait, y'avait pas de mal à ça, ils chantaient simplement des cantiques. Parce que tout le monde ici, à Jefferson et dans le comté de Yoknapatawpha, on connaît maître Stevens, même si quelques-uns d'entre nous commençaient à trouver qu'il allait un peu loin...* (Il s'oublie de nouveau; il s'en rend compte mais ne peut rien y faire; il est comme quelqu'un qui marche sur un rondin flottant : sa seule ressource est d'aller aussi vite qu'il peut jusqu'à ce qu'il ait atteint la terre ferme ou qu'un autre rondin approche sur lequel il pourra sauter.) *en défendant une meurtrière noire, alors que c'était sa propre nièce qui avait été assass...* (Et il atteint un autre rondin et saute dessus sans s'arrêter : du moins un rondin qui, sur quelques mètres, s'en va à angles droits tomber dans la simple généralité) — *supposez qu'un étranger, disons, si vous voulez, un de ces sacrés touristes du Nord, vienne à passer par ici en auto, alors que nous sommes déjà assez critiqués par ces Yankees — et voie un blanc debout, là, dans le froid alors qu'une sale criminelle noire est confortablement installée ici, bien au chaud... alors, comme ça, il s'est trouvé justement que ce soir-là, Mrs. Tubb et moi on n'était pas allé à la prière, alors on l'a invité à entrer ; et, pour dire la vérité, on y a trouvé du plaisir. Parce que dès qu'ils se sont aperçu qu'on ne faisait pas d'objection, tous les autres prisonniers noirs (j'en ai cinq en ce moment, mais je les ai menés là-bas, au fond du couloir, et je les ai enfermés dans la salle au charbon pour que vous soyez tranquilles ici, sans personne pour vous déranger) se sont amenés et, au bout de deux ou trois semaines, le dimanche, les passants au lieu d'aller dans leurs églises habituelles s'arrêtaient dans la rue pour les écouter. Naturellement, les autres nègres entraient et sortaient les samedis et les dimanches soir, les gars qu'on avait pris en train de se bagarrer, de jouer aux dés ou qu'on avait coffrés pour vagabondages ou parce qu'ils étaient saouls, c'qui fait qu'juste au moment où ils commençaient presque à chanter tous dans le ton, fallait de nouveau tout réorganiser. En fait, j'avais eu l'idée un moment de demander au chef de la police de faire des descentes dans les bouges de noirs non pour y trouver des ivrognes et des joueurs, mais des ténors et des barytons.* (Il se met à rire, s'esclaffe une fois, puis se rattrape. Il regarde Temple avec, sur le visage, une expression douce, presque articulée, prenant (si l'on peut dire) par les cornes, regardant franchement bien en face, le dilemme de son inévitable vice.) *Excusez-moi, Mrs. Stevens. J'parle trop. J'voulais seulement vous dire que, dans tout le comté, y a pas un homme ni une femme, une épouse, une mère, ni dans tout l'Etat du Mississipi non plus qui ne... qui ne ressente pas...* (Il s'arrête encore, regarde Temple.) *Voilà encore que j'parle trop. Vous aimeriez pas, des fois, que Mrs. Tubbs vous apporte une tasse de café ou un coca-cola. D'habitude, elle a une ou deux bouteilles de soda dans la glacière.*

TEMPLE

Non, merci, Mr. Tubbs. Nous voudrions seulement voir Nancy...

LE GEÔLIER (se retournant)

Mais oui, mais oui.

Il traverse la scène, se dirige vers le fond à droite et disparaît dans le passage.

TEMPLE

Le bandeau encore. Cette fois, tiré d'une bouteille de coca-cola ou d'une tasse de café du comté.

Stevens tire le même paquet de cigarettes de la poche de son pardessus bien que Temple ait refusé avant même qu'il ait pu les lui offrir.

Non, merci. J'ai le cuir tanné, au point où j'en suis. Je ne sens presque plus rien. Les gens. Ils sont par nature, par hérédité, gentils, compatissants et bons. C'est cela qui tord...

arrache... quelque chose. Les entrailles peut-être. Le type, dans un lynchage, qui arrête toute l'affaire pendant quelques secondes, ou même quelques minutes, afin de déloger une famille d'insectes ou un lézard du morceau de bois qu'il s'apprête à jeter dans le feu... (On entend dans la coulisse le claquement d'une porte de fer. C'est le geôlier qui ouvre la cellule de Nancy. Temple s'arrête, se retourne, écoute, puis continue rapidement.) *Et maintenant, il faut que je dise : « Ma sœur, je te pardonne » à la négresse qui a tué mon bébé. Non, c'est même encore pire que cela. Il faut même que je transpose, que je dise le contraire. Il faut que je commence ma nouvelle vie en me faisant de nouveau pardonner. Comment faire ? Dites-moi, comment puis-je le faire ?*

Elle s'arrête encore et se tourne davantage quand Nancy entre par le fond suivie du geôlier qui passe devant elle et s'avance, portant toujours son anneau de clefs comme un fermier sa lanterne.

LE GEÔLIER (à Stevens)

Voilà, maître. Combien de temps vous faut-il ? Une demi-heure ? Une heure ?

STEVENS

Dix minutes devraient nous suffire, je crois.

LE GEÔLIER (continuant à se diriger vers la porte de gauche)

D'accord. (A Temple :) *Bien vrai que vous voulez pas de café ou de coca-cola ? J'pourrais vous monter un fauteuil.*

TEMPLE

Non, merci, vraiment, Mr. Tubbs.

LE GEÔLIER (tout en ouvrant la porte avec sa clef)

Dix minutes, alors.

Il tourne la clef, ouvre la porte, sort, referme la porte. La serrure grince, les pas s'éloignent. Nancy s'est avancée plus lentement et s'est arrêtée pour laisser passer le geôlier. Maintenant, elle est à six pieds environ derrière Temple et Stevens. Son visage est calme et n'a pas changé. Elle est habillée exactement comme auparavant, à l'exception du tablier. Elle porte encore son chapeau.

NANCY (à Temple)

Vous avez été en Californie, à ce qu'on m'a dit. Autrefois, il m'arrivait de penser que, moi aussi, j'irais peut-être là-bas, un jour. Mais j'ai attendu trop tard.

TEMPLE

Moi aussi. Trop tard et trop longtemps. Trop tard pour aller en Californie et trop tard pour en revenir. C'est exactement cela : trop tard et trop longtemps, pas seulement pour toi, mais pour moi. Déjà trop tard quand toutes les deux nous aurions dû nous mettre à courir pour fuir, comme on fuit la mort elle-même, l'air respiré par quiconque s'appellerait ou Drake ou Mannigoe.

NANCY

Oui, mais on ne l'a pas fait. Et vous êtes revenue hier soir. On m'a dit cela aussi. Et j'sais où vous étiez cette nuit, vous et lui aussi. (Désignant Stevens :) *Vous avez été voir le maire.*

TEMPLE

Ah Dieu, le maire ! Non : le Gouverneur, le Grand Chef en personne, à Jackson. Naturellement, tu as deviné cela dès que tu as eu compris que Mr. Gavin ne serait pas ici hier soir pour vous aider à chanter, n'est-ce pas ? En fait, la seule chose que tu ne puisses pas savoir, c'est ce que le Gouverneur nous a dit. Tu ne peux pas savoir cela encore, tu n'es pas clairvoyante à ce point, parce que nous — le Gouverneur, Mr. Gavin et moi — nous n'avons même pas parlé de toi. Si je — nous sommes allés le voir, ce n'était pas pour prier, implorer, lier ou délier, mais parce que c'était mon droit, mon devoir, mon privilège... Ne me regarde pas, Nancy.

NANCY

Je ne vous regarde pas. Du reste, c'est très bien comme ça. Je sais ce que le Gouverneur vous a dit. J'aurais peut-être pu vous le dire hier soir ce qu'il vous répondrait. Ça vous aurait épargné la course. J'aurais peut-être dû le faire, vous le faire dire par quelqu'un dès que j'ai su que vous étiez rentrés chez vous, dès que j'ai su ce que vous et lui... (Elle montre de nouveau Stevens avec cet imperceptible mouvement de tête, les mains toujours croisées sur le ventre comme si elle portait encore le tablier absent) *ce que, vous deux, vous proposiez de faire. Seulement, je ne l'ai pas fait. Mais, c'est très bien comme ça.*

TEMPLE

Pourquoi ne l'as-tu pas fait ? Oui, regarde-moi. C'est pire, mais quand tu ne me regardes pas, c'est terrible.

NANCY

Quoi ?

TEMPLE

Pourquoi ne m'as-tu pas fait prévenir ?

NANCY

Parce que ç'aurait été espérer : l'espoir, la chose la plus difficile à briser, à laisser échapper, la chose dont il est le plus dur de se débarrasser, la dernière chose dont nous, pauvres pécheurs, acceptons de nous séparer. C'est peut-être parce que l'homme ne possède pas autre chose. Alors, on s'y cramponne, on s'y retient. Même quand le salut est là, à portée de la main, et qu'on n'a plus qu'à choisir ; même quand on a le salut dans la main et qu'il ne reste plus qu'à fermer les doigts, le vieux péché est là, trop puissant encore, et des fois, sans même qu'on ait le temps de s'en apercevoir, on a rejeté le salut pour se cramponner de nouveau à l'espoir. Mais, c'est très bien comme ça.

STEVENS

Vous voulez dire, Nancy, que lorsqu'on a le salut on n'a pas l'espoir.

NANCY

On n'en a même pas besoin. On n'a besoin que d'une chose, on n'a qu'une chose à faire : croire, tout simplement. Alors, peut-être...

STEVENS

Croire quoi ?

NANCY

Croire, tout simplement. Aussi, ça valait peut-être beaucoup mieux que j'me sois contentée, hier soir, de deviner où vous étiez allés. Mais, je sais maintenant ; et je sais ce que le Grand Chef vous a dit. Et c'est très bien. C'est une affaire que j'ai réglée il y a longtemps. Le jour, vous vous rappelez, dans la salle du juge. Non, avant même : dans la nursery, cette nuit-là, avant même d'avoir levé la main...

TEMPLE (convulsivement)

Tais-toi, tais-toi.

NANCY

Bon, j'me tais. Parce que c'est très bien comme ça. J'peux m'envoyer Jésus aussi. J'peux m'L'envoyer.

TEMPLE

Tais-toi, tais-toi. Au moins dispense-toi de blasphémer. Mais, quel droit ai-je de blâmer ton langage quand tu parles de Lui, alors que, certainement, Lui-même ne pourrait t'en blâmer puisque c'est le seul langage qu'Il t'ait mis en état d'apprendre.

NANCY

Qu'est-ce que j'ai dit de mal ? Jésus est un homme lui aussi. Il le faut bien. Les hommes en écoutent un autre pour savoir ce qu'il dit. Pas les femmes. C'que dit l'autre, ça leur est égal. Elles écoutent à cause de ce qu'il est.

TEMPLE

Alors, laisse-Le me parler. Moi aussi, j'peux me L'envoyer, si c'est tout ce qu'Il veut, si c'est tout ce qu'Il demande, exige. Je Lui ferai tout ce qu'Il voudra, moyennant qu'Il me dise ce qu'Il veut. Non, moyennant qu'Il me dise comment le faire. Je sais quoi faire. Je sais ce que je dois faire, ce qu'il faut que je fasse. Mais comment ? Nous — je pensais qu'il ne me restait plus qu'un seul parti à prendre, revenir, aller trouver le Grand Chef et lui dire que ce n'était pas toi qui avais tué mon bébé, que c'était moi, il y a huit ans, le jour où je me suis sauvée par la porte arrière du train, et que ça serait tout. Mais nous nous trompions. Alors je — nous avons pensé que nous n'avions plus qu'à revenir ici te dire que tu allais mourir, revenir du fond de la Californie, à deux mille milles d'ici, pour veiller toute la nuit, aller à Jackson, parler pendant une heure ou deux et revenir t'apprendre que tu dois mourir ; pas simplement pour t'apporter la nouvelle que tu dois mourir, parce que n'importe quel messager aurait pu faire cela, mais simplement pour que ça puisse être moi qui sois mise dans l'obligation de passer une nuit blanche, de parler pendant une heure ou deux et de revenir t'apporter la nouvelle. Tu comprends : pas pour te sauver ; il n'était vraiment pas question de ça, mais pour moi seulement, pour la souffrance, le paiement : un peu plus de souffrance parce qu'il restait encore un peu de temps pour qu'il y en eût un peu plus. Autant l'employer puisque nous en étions arrivés au paiement : et ce serait tout, tout serait fini. Mais là encore nous nous trompions. C'était fini, mais pour toi seulement. Tu ne serais pas dans une situation pire si je n'étais pas revenue de Californie. Tu ne serais même pas dans une situation pire. A cette heure-ci, demain, tu ne seras plus rien. Mais moi, c'est différent. Parce que, pour moi, il y a demain et demain et encore demain. Toi, la seule chose que tu aies à faire, c'est mourir. Mais moi, qu'Il me le dise, à moi, ce que je dois faire, ce que je vais faire : j'ai trouvé ça aussi cette nuit-là, dans la nursery. Mais qu'Il me le dise maintenant. Comment ? Demain et demain et encore demain. Comment ?

NANCY

Ayez confiance en Lui.

TEMPLE

Confiance en Lui ! Vois ce qu'Il m'a déjà fait. Oh, je n'ai rien à dire, je l'avais peut-être mérité ; du moins, ce n'est pas à moi à Le critiquer ni à Lui dire ce qu'Il faut qu'Il fasse. Mais, vois ce qu'Il t'a fait, à toi. Et néanmoins tu peux encore dire ça. Pourquoi ? Pourquoi ? Est-ce parce qu'il n'y a rien d'autre ?

NANCY

J'sais pas. Mais, faut avoir confiance en Lui. C'est peut-être ça le prix qu'il faut payer pour la souffrance.

STEVENS

La souffrance de qui et le paiement de qui ? Est-ce pour son propre compte ?

NANCY

La souffrance de tout le monde. Toute la souffrance. Toute la pauvre humanité pécheresse.

STEVENS

Le salut du monde est dans la souffrance de l'homme. C'est bien cela ?

NANCY

Oui, monsieur.

STEVENS

Comment ?

NANCY

J'sais pas. Peut-être que lorsqu'ils souffrent, les gens sont trop occupés pour penser à mal faire, pour s'ennuyer, se tourmenter les uns les autres.

TEMPLE

Mais pourquoi faut-il que ce soit la souffrance ? Il est omnipotent. C'est du moins ce qu'on nous raconte. Il n'aurait pas pu inventer autre chose? Ou, s'il faut que ce soit la souffrance, pourquoi n'est-ce pas tout simplement la vôtre? Pourquoi ne peut-on pas racheter ses propres péchés avec son propre supplice? Pourquoi faut-il que toi et mon petit enfant vous ayez à souffrir parce que, il y a huit ans, j'ai décidé d'aller à un match de baseball? Faut-il donc souffrir les angoisses de tout le monde uniquement pour pouvoir croire en Dieu? Quelle espèce de Dieu est-ce là qui se voit obligé de faire chanter ses clients avec le chagrin et la misère du monde entier?

NANCY

Il ne veut pas que vous souffriez. Il n'aime pas la souffrance non plus. Mais, Il n'y peut rien. Il est comme un homme qui a trop de mulets. Brusquement, un matin, il regarde autour de lui et il voit plus de mulets qu'il n'pourrait en compter en une fois, qu'il n'pourrait en faire travailler; et tout ce qu'il sait, c'est qu'ils sont à lui, parce qu'au moins personne ne les réclame et que l'enclos du champ les renfermait encore la nuit d'avant et que là, ils ne risquaient pas de se faire du mal ni d'en faire aux autres. Et puis, quand arrive le lundi matin, il peut aller dans son pré et en séparer quelques-uns et même les attraper s'il prend soin de ne pas tourner le dos à ceux qu'il n'a pas mis à part. Et puis, une fois harnachés, ils lui feront son travail, et ils le feront bien, seulement faut encore qu'il fasse attention à n'pas s'approcher trop près, à n'pas oublier qu'il y en a d'autres derrière lui, même quand il leur donne à manger. Même quand c'est le samedi midi et qu'il les reconduit dans le pré où même un mulet sait bien qu'il a jusqu'au lundi matin pour se livrer en liberté à ses péchés de mule et à ses plaisirs de mule.

STEVENS

On est donc forcé de pécher aussi?

NANCY

On n'est pas absolument *forcé. On n'peut pas s'en empêcher. Et Il le sait. Mais on peut souffrir. Et Il sait cela aussi. Il ne vous dit pas de ne pas pécher, Il vous demande seulement de ne pas le faire. Et Il ne vous dit pas de souffrir. Mais Il vous en donne l'occasion. Il vous donne ce qu'Il peut imaginer de mieux, la plus belle chose que vous soyez capable de faire. Et Il vous sauvera.*

STEVENS

Vous aussi? Une meurtrière? Au Paradis?

NANCY

J'peux travailler.

STEVENS

La harpe, la robe, les chants ne sont peut-être pas pour Nancy Mannigoe — pas maintenant. Mais il y a encore le travail à faire — laver, balayer, peut-être même s'occuper des enfants, les nourrir, les empêcher de se faire mal, de se fourrer dans les jambes des grandes personnes? (Il s'interrompt un instant. Nancy ne dit rien. Immobile, elle regarde dans le vague.) *Peut-être même ce bébé?* (Nancy ne bouge pas, ne regarde rien apparemment, le visage immobile, sans expression, ravi.) *Celui-là aussi, Nancy? Parce que vous l'aimiez ce bébé, même à l'instant précis où vous leviez la main sur lui, où vous saviez qu'il n'y avait rien d'autre à faire que lever la main?* (Nancy ne répond pas, ne bouge pas.) *Un Paradis où ce petit enfant ne se rappellera de vos mains que la douceur, parce que maintenant cette terre ne sera plus qu'un rêve sans importance? Est-ce bien cela?*

TEMPLE

Ou pas ce bébé-là, peut-être, pas le mien, parce que, ayant tué le mien moi-même, le jour où, il y a huit ans, j'ai sauté du train par la porte arrière, j'aurai besoin de tout le pardon, de tout l'oubli dont est capable un bébé de six mois. Mais l'autre : le tien, celui dont tu m'as parlé, celui que tu portais depuis six mois et que tu as perdu quand l'homme t'a donné un coup de pied dans le ventre le jour où tu es allée à ce pique-nique, ce bal, cette fête, ce match de boxe, peu importe ? Celui-là aussi ?

STEVENS

Comment ? Son père vous a donné un coup de pied dans le ventre quand vous étiez enceinte ?

NANCY

J'sais pas.

STEVENS

Vous ne savez pas qui vous a frappée ?

NANCY

Ça, je le sais. J'croyais que vous vouliez dire son père ?

STEVENS

Autrement dit, l'homme qui vous a frappée n'était même pas son père ?

NANCY

J'sais pas. N'importe lequel d'entre eux aurait pu l'être.

STEVENS

N'importe lequel ? Vous n'avez aucune idée de qui était le père ?

NANCY (regarde Stevens avec impatience)

Si, en reculant, vous vous foutez le derrière sur une scie électrique, est-ce que vous pourriez me dire quelle est la dent qui vous a coupé la première? (A Temple :) *Eh bien, celui-là?*

TEMPLE

Oui, celui-là, celui-là qui n'a jamais eu de père et n'est même jamais né, faudra-t-il aussi qu'il te pardonne? Y aura-t-il un Paradis pour lui, où il pourra aller afin qu'il puisse te pardonner? Est-ce qu'il y a un Paradis, Nancy?

NANCY

J'sais pas. Je crois.

TEMPLE

Tu crois quoi?

NANCY

J'sais pas. Mais, je crois.

Tous s'arrêtent en entendant des pas qui s'approchent de la porte de sortie. Tous regardent la porte quand elle s'ouvre dans un grincement de serrure. Le geôlier entre et tire la porte derrière lui.

LE GEÔLIER (fermant la porte à clef)

Dix minutes, maître Stevens. C'est vous qui l'avez dit, comme vous savez, c'est pas moi.

STEVENS

Je reviendrai plus tard.

LE GEÔLIER (se retourne et se rapproche d'eux)

A condition que vous n'tardiez pas trop. Je veux dire que, si vous attendez jusqu'à ce soir, vous aurez peut-être de la compagnie, et si vous remettez jusqu'à demain, vous n'aurez plus de client. (A Nancy :) *J'ai trouvé ce pasteur que tu voulais. Il viendra en fin de journée qu'il a dit. A l'entendre parler, j'serais pas surpris s'il était un bon baryton. Et t'en auras jamais trop, surtout qu'après cette nuit, t'en auras plus besoin d'un seul, hein? Faut pas m'en vouloir, Nancy. T'as commis le crime le plus horrible qu'on ait jamais vu dans ce comté, mais tu vas en payer le prix, et la propre mère de l'enfant...* (Il bredouille, s'arrête presque et reprend, continue allégrement tout en avançant encore.) *Là, voilà encore que j'parle trop. Allons, viens, si monsieur l'avocat n'a plus rien à te dire. Tu pourras commencer à prendre ton temps demain au petit jour parce que tu pourrais bien avoir à faire un long voyage, et pas commode.*

Il passe devant elle et va rapidement vers l'alcôve du fond. Nancy s'apprête à le suivre.

TEMPLE (rapidement)

Nancy! (Nancy ne s'arrête pas. Temple continue rapidement.) *Et moi? Même s'il y en a un, même si quelqu'un m'y attend pour me pardonner, il reste encore demain et demain. Demain et encore demain, et suppose que, dans ce Paradis, je ne trouve personne, personne qui m'attende pour me pardonner...*

NANCY (suivant le geôlier)

Il faut croire.

TEMPLE

Croire quoi, Nancy ? Dis-moi.

NANCY

Croire.

Elle sort par l'alcôve derrière le geôlier. Dans la coulisse, la porte de fer vibre, la clef grince. Puis le geôlier reparaît, s'approche, traverse dans la direction de la porte de sortie. Il tourne la clef dans la serrure, ouvre la porte et s'arrête.

LE GEÔLIER

Oui, un long voyage. Si j'étais assez idiot pour commettre un crime qui me vaudrait un nœud coulant autour du cou, la dernière chose que j'voudrais voir ça serait bien un pasteur. J'aimerais cent fois mieux croire qu'il n'y a rien après la mort plutôt que de risquer la station où il faudrait sans doute que je descende. (Il attend, tenant la porte, les yeux fixés sur eux. Temple reste debout, immobile, jusqu'à ce que Stevens lui touche légèrement le bras. Puis elle bouge, trébuche légèrement, imperceptiblement, et le mouvement est si imperceptible, elle se reprend si vite que c'est à peine si le geôlier a le temps de réagir. Il le fait cependant. Avec une sollicitude spontanée, avec cette sorte de gentillesse qui le caractérise, il quitte la porte qu'il laisse ouverte et s'approche rapidement de Temple.) *Tenez, asseyez-vous sur ce banc. J'vais vous chercher un verre d'eau.* (A Stevens :) *Bon Dieu, maître Stevens, en voilà une idée de l'avoir amenée ici...*

TEMPLE (remise)

Ça va mieux merci.

Elle se dirige vers la porte d'un pas ferme. Le geôlier la surveille.

LE GEÔLIER

Vous êtes sûre ?

TEMPLE (marchant vers la porte d'un pas ferme et rapide)

Oui, très sûre.

LE GEÔLIER (se retournant vers la porte)

Bon. J'peux pas vous blâmer. Du diable si je comprends comment même une meurtrière noire pourrait supporter une odeur pareille.

Il franchit la porte et disparaît. Invisible, il tient encore la porte et attend pour la fermer. Temple, suivie de Stevens s'approche de la porte.

VOIX DU GEÔLIER (en coulisse, surprise)

Tiens, comment ça va, Mr. Gowan ? Voilà justement vot' dame.

TEMPLE (tout en marchant)

Quelqu'un pour nous sauver. Quelqu'un pour le vouloir. S'il n'y a personne, je suis perdue. Nous le sommes tous. Condamnés et damnés.

STEVENS (tout en marchant)

Naturellement, nous le sommes tous. Est-ce qu'il n'y a pas deux mille ans qu'Il nous répète ça ?

VOIX DE GOWAN (en coulisse)

Temple !

TEMPLE

Je viens.

Ils sortent. La porte se referme bruyamment ; bruit et grincement de la clef que tourne le geôlier ; les trois paires de pas résonnent et s'éloignent peu à peu le long du couloir extérieur.

RIDEAU

DU MÊME AUTEUR

Aux Éditions Gallimard

Romans

SANCTUAIRE

TANDIS QUE J'AGONISE

LUMIÈRE D'AOÛT

SARTORIS

LE BRUIT ET LA FUREUR

PYLÔNE

L'INVAINCU

L'INTRUS

LES PALMIERS SAUVAGES

ABSALON! ABSALON!

DESCENDS, MOÏSE

REQUIEM POUR UNE NONNE

PARABOLE

LE HAMEAU

LA VILLE

LE DOMAINE

LES LARRONS

ŒUVRES ROMANESQUES, I (Sartoris — Le Bruit et la Fureur — Appendice Compson — Sanctuaire — Tandis que j'agonise, *Bibliothèque de la Pléiade)*

ELMER *suivi de* LE PÈRE ABRAHAM

Nouvelles

TREIZE HISTOIRES

LE DOCTEUR MARTINO ET AUTRES HISTOIRES

LE GAMBIT DU CAVALIER
HISTOIRES DIVERSES
L'ARBRE AUX SOUHAITS
IDYLLE AU DÉSERT ET AUTRES NOUVELLES
CROQUIS DE LA NOUVELLE-ORLÉANS *suivi de* MAYDAY

Poèmes

LE RAMEAU VERT

Littérature

FAULKNER À L'UNIVERSITÉ
PROSES, POÉSIES ET ESSAIS CRITIQUES DE JEUNESSE
ESSAIS, DISCOURS ET LETTRES OUVERTES

Correspondance

CORRESPONDANCE MALCOLM COWLEY-WILLIAM FAULKNER (Lettres et souvenirs de 1944 à 1962 commentés par Malcolm Cowley)
LETTRES CHOISIES

Scénario

DE GAULLE : SCÉNARIO (Édition préparée par Louis Daniel Brodsky et Robert W. Hamblin)

Dans la collection Folio bilingue

AS I LAY DYING/TANDIS QUE J'AGONISE, *nº 1*

Aux Éditions Futuropolis

TANDIS QUE J'AGONISE. *Illustrations d'André Juillard*

COLLECTION FOLIO

Dernières parutions

2197.	Georges Perec	*Un homme qui dort.*
2198.	Guy Rachet	*Le roi David.*
2199.	Don Tracy	*Neiges d'antan.*
2200.	Sempé	*Monsieur Lambert.*
2201.	Philippe Sollers	*Les Folies Françaises.*
2202.	Maurice Barrès	*Un jardin sur l'Oronte.*
2203.	Marcel Proust	*Le Temps retrouvé.*
2204.	Joseph Bialot	*Le salon du prêt-à-saigner.*
2205.	Daniel Boulanger	*L'enfant de bohème.*
2206.	Noëlle Châtelet	*A contre-sens.*
2207.	Witold Gombrowicz	*Trans-Atlantique.*
2208.	Witold Gombrowicz	*Bakakaï.*
2209.	Eugène Ionesco	*Victimes du devoir.*
2210.	Pierre Magnan	*Le tombeau d'Hélios.*
2211.	Pascal Quignard	*Carus.*
2212.	Gilbert Sinoué	*Avicenne ou La route d'Ispahan.*
2213.	Henri Vincenot	*Le Livre de raison de Glaude Bourguignon.*
2214.	Émile Zola	*La Conquête de Plassans.*
2216.	Térence	*Théâtre complet.*
2217.	Vladimir Nabokov	*La défense Loujine.*
2218.	Sylvia Townsend Warner	*Laura Willowes.*
2219.	Karen Blixen	*Les voies de la vengeance.*
2220.	Alain Bosquet	*Lettre à mon père qui aurait eu cent ans.*
2221.	Gisèle Halimi	*Le lait de l'oranger.*
2222.	Jean Giono	*La chasse au bonheur.*
2223.	Pierre Magnan	*Le commissaire dans la truffière.*
2224.	A.D.G.	*La nuit des grands chiens malades.*
2226.	Albert Camus	*Lettres à un ami allemand.*
2227.	Ann Quin	*Berg.*
2228.	Claude Gutman	*La folle rumeur de Smyrne.*
2229.	Roger Vrigny	*Le bonhomme d'Ampère.*
2230.	Marguerite Yourcenar	*Anna, soror...*

2231. Yukio Mishima — *Chevaux échappés (La mer de la fertilité, II).*
2232. Jorge Amado — *Les chemins de la faim.*
2233. Boileau-Narcejac — *J'ai été un fantôme.*
2234. Dashiell Hammett — *La clé de verre.*
2235. André Gide — *Corydon.*
2236. Frédéric H. Fajardie — *Une charrette pleine d'étoiles.*
2237. Ismaïl Kadaré — *Le dossier H.*
2238. Ingmar Bergman — *Laterna magica.*
2239. Gérard Delteil — *N'oubliez pas l'artiste !*
2240. John Updike — *Les sorcières d'Eastwick.*
2241. Catherine Hermary-Vieille — *Le Jardin des Henderson.*
2242. Junichirô Tanizaki — *Un amour insensé.*
2243. Catherine Rihoit — *Retour à Cythère.*
2244. Michel Chaillou — *Jonathamour.*
2245. Pierrette Fleutiaux — *Histoire de la chauve-souris.*
2246. Jean de La Fontaine — *Fables.*
2247. Pierrette Fleutiaux — *Histoire du tableau.*
2248. Sylvie Germain — *Opéra muet.*
2249. Michael Ondaatje — *La peau d'un lion.*
2250. J.-P. Manchette — *Le petit bleu de la côte Ouest.*
2251. Maurice Denuzière — *L'amour flou.*
2252. Vladimir Nabokov — *Feu pâle.*
2253. Patrick Modiano — *Vestiaire de l'enfance.*
2254. Ghislaine Dunant — *L'impudeur.*
2255. Christa Wolf — *Trame d'enfance.*
2256. *** — *Les Mille et une Nuits*, tome I.
2257. *** — *Les Mille et une Nuits*, tome II.
2258. Leslie Kaplan — *Le pont de Brooklyn.*
2259. Richard Jorif — *Le burelain.*
2260. Thierry Vila — *La procession des pierres.*
2261. Ernst Weiss — *Le témoin oculaire.*
2262. John Le Carré — *La Maison Russie.*
2263. Boris Schreiber — *Le lait de la nuit.*
2264. J. M. G. Le Clézio — *Printemps et autres saisons.*
2265. Michel del Castillo — *Mort d'un poète.*
2266. David Goodis — *Cauchemar.*
2267. Anatole France — *Le Crime de Sylvestre Bonnard.*

2268.	Plantu	*Les cours du caoutchouc sont trop élastiques.*
2269.	Plantu	*Ça manque de femmes !*
2270.	Plantu	*Ouverture en bémol.*
2271.	Plantu	*Pas nette, la planète !*
2272.	Plantu	*Wolfgang, tu feras informatique !*
2273.	Plantu	*Des fourmis dans les jambes.*
2274.	Félicien Marceau	*Un oiseau dans le ciel.*
2275.	Sempé	*Vaguement compétitif.*
2276.	Thomas Bernhard	*Maîtres anciens.*
2277.	Patrick Chamoiseau	*Solibo Magnifique.*
2278.	Guy de Maupassant	*Toine.*
2279.	Philippe Sollers	*Le lys d'or.*
2280.	Jean Diwo	*Le génie de la Bastille (Les Dames du Faubourg, III).*
2281.	Ray Bradbury	*La solitude est un cercueil de verre.*
2282.	Remo Forlani	*Gouttière.*
2283.	Jean-Noël Schifano	*Les rendez-vous de Fausta.*
2284.	Tommaso Landolfi	*La bière du pecheur.*
2285.	Gogol	*Taras Boulba.*
2286.	Roger Grenier	*Albert Camus soleil et ombre.*
2287.	Myriam Anissimov	*La soie et les cendres.*
2288.	François Weyergans	*Je suis écrivain.*
2289.	Raymond Chandler	*Charades pour écroulés.*
2290.	Michel Tournier	*Le médianoche amoureux.*
2291.	C.G. Jung	*" Ma vie " (Souvenirs, rêves et pensées).*
2292.	Anne Wiazemsky	*Mon beau navire.*
2293.	Philip Roth	*La contrevie.*
2294.	Rilke	*Les Carnets de Malte Laurids Brigge.*
2295.	Vladimir Nabokov	*La méprise.*
2296.	Vladimir Nabokov	*Autres rivages.*
2297.	Bertrand Poirot-Delpech	*Le golfe de Gascogne.*
2298.	Cami	*Drames de la vie courante.*
2299.	Georges Darien	*Gottlieb Krumm (Made in England).*
2300.	William Faulkner	*Treize histoires.*

2301. Pascal Quignard — *Les escaliers de Chambord.*
2302. Nathalie Sarraute — *Tu ne t'aimes pas.*
2303. Pietro Citati — *Kafka.*
2304. Jean d'Ormesson — *Garçon, de quoi écrire.*
2305. Michel Déon — *Louis XIV par lui-même.*
2306. James Hadley Chase — *Le fin mot de l'histoire.*
2307. Zoé Oldenbourg — *Le procès du rêve.*
2308. Plaute — *Théâtre complet, I.*
2309. Plaute — *Théâtre complet, II.*
2310. Mehdi Charef — *Le harki de Meriem.*
2311. Naguib Mahfouz — *Dérives sur le Nil.*
2312. Nijinsky — *Journal.*
2313. Jorge Amado — *Les terres du bout du monde.*
2314. Jorge Amado — *Suor.*
2315. Hector Bianciotti — *Seules les larmes seront comptées.*
2316. Sylvie Germain — *Jours de colère.*
2317. Pierre Magnan — *L'amant du poivre d'âne.*
2318. Jim Thompson — *Un chouette petit lot.*
2319. Pierre Bourgeade — *L'empire des livres.*
2320. Émile Zola — *La Faute de l'abbé Mouret.*
2321. Serge Gainsbourg — *Mon propre rôle, 1.*
2322. Serge Gainsbourg — *Mon propre rôle, 2.*
2323. Thomas Bernhard — *Le neveu de Wittgenstein.*
2324. Daniel Boulanger — *Mes coquins.*
2326. Didier Daeninckx — *Le facteur fatal.*
2327. Jean Delay — *Avant Mémoire I.*
2328. Romain Gary — *Adieu Gary Cooper.*
2329. Alfred de Vigny — *Servitude et grandeur militaires.*
2330. Patrick Modiano — *Voyage de noces.*
2331. Pierre Moinot — *Armes et bagages.*
2332. J.-B. Pontalis — *Loin.*
2333. John Steinbeck — *La coupe d'or.*
2334. Gisèle Halimi — *La cause des femmes.*
2335. Khalil Gibran — *Le Prophète.*
2336. Boileau-Narcejac — *Le bonsaï.*
2337. Frédéric H. Fajardie — *Un homme en harmonie.*
2338. Michel Mohrt — *Le télésiège.*
2339. Vladimir Nabokov — *Pnine.*

2340. Vladimir Nabokov — *Le don.*
2341. Carlos Onetti — *Les bas-fonds du rêve.*
2342. Daniel Pennac — *La petite marchande de prose.*
2343. Guy Rachet — *Le soleil de la Perse.*
2344. George Steiner — *Anno Domini.*
2345. Mario Vargas Llosa — *L'homme qui parle.*
2347. Voltaire — *Zadig* et autres contes.
2348. Régis Debray — *Les masques.*
2349. Diane Johnson — *Dashiell Hammett : une vie.*
2350. Yachar Kemal — *Tourterelle, ma tourterelle.*
2351. Julia Kristeva — *Les Samouraïs.*
2352. Pierre Magnan — *Le mystère de Séraphin Monge.*
2353. Mouloud Mammeri — *La colline oubliée.*
2354. Francis Ryck — *Mourir avec moi.*
2355. John Saul — *L'ennemi du bien.*
2356. Jean-Loup Trassard — *Campagnes de Russie.*
2357. Francis Walder — *Saint-Germain ou la négociation.*
2358. Voltaire — *Candide* et autres contes.
2359. Robert Mallet — *Région inhabitée.*
2360. Oscar Wilde — *Le Portrait de Dorian Gray.*
2361. René Frégni — *Les chemins noirs.*
2362. Patrick Besson — *Les petits maux d'amour.*
2363. Henri Bosco — *Antonin.*
2364. Paule Constant — *White spirit.*
2365. Pierre Gamarra — *Cantilène occitane.*
2367. Tony Hillerman — *Le peuple de l'ombre.*
2368. Yukio Mishima — *Le temple de l'aube.*
2369. François Salvaing — *De purs désastres.*
2370. Sempé — *Par avion.*
2371. Jim Thompson — *Éliminatoires.*
2372. John Updike — *Rabbit rattrapé.*
2373. Michel Déon — *Un souvenir.*
2374. Jean Diwo — *Les violons du roi.*
2375. David Goodis — *Tirez sur le pianiste !*
2376. Alexandre Jardin — *Fanfan.*
2377. Joseph Kessel — *Les captifs.*
2378. Gabriel Matzneff — *Mes amours décomposés (Journal 1983-1984).*

2379. Pa Kin — *La pagode de la longévité.*
2380. Robert Walser — *Les enfants Tanner.*
2381. Maurice Zolotow — *Marilyn Monroe.*
2382. Adolfo Bioy Casares — *Dormir au soleil.*
2383. Jeanne Bourin — *Les Pérégrines.*
2384. Jean-Denis Bredin — *Un enfant sage.*
2385. Jerome Charyn — *Kermesse à Manhattan.*
2386. Jean-François Deniau — *La mer est ronde.*
2387. Ernest Hemingway — *L'été dangereux (Chroniques).*
2388. Claude Roy — *La fleur du temps (1983-1987).*
2389. Philippe Labro — *Le petit garçon.*
2390. Iris Murdoch — *La mer, la mer.*
2391. Jacques Brenner — *Daniel ou la double rupture.*
2392. T.E. Lawrence — *Les sept piliers de la sagesse.*
2393. Pierre Loti — *Le Roman d'un spahi.*
2394. Pierre Louÿs — *Aphrodite.*
2395. Karen Blixen — *Lettres d'Afrique, 1914-1931.*
2396. Daniel Boulanger — *Jules Bouc.*
2397. Didier Decoin — *Meurtre à l'anglaise.*
2398. Florence Delay — *Etxemendi.*
2399. Richard Jorif — *Les persistants lilas.*
2400. Naguib Mahfouz — *La chanson des gueux.*
2401. Norman Mailer — *Morceaux de bravoure.*
2402. Marie Nimier — *Anatomie d'un chœur.*
2403. Reiser/Coluche — *Y'en aura pour tout le monde.*
2404. Ovide — *Les Métamorphoses.*
2405. Mario Vargas Llosa — *Éloge de la marâtre.*
2406. Zoé Oldenbourg — *Déguisements.*
2407. Joseph Conrad — *Nostromo.*
2408. Guy de Maupassant — *Sur l'eau.*
2409. Ingmar Bergman — *Scènes de la vie conjugale.*
2410. Italo Calvino — *Leçons américaines (Aide-mémoire pour le prochain millénaire).*
2411. Maryse Condé — *Traversée de la Mangrove.*
2412. Réjean Ducharme — *Dévadé.*
2413. Pierrette Fleutiaux — *Nous sommes éternels.*
2414. Auguste le Breton — *Du rififi chez les hommes.*
2415. Herbert Lottman — *Colette.*
2416. Louis Oury — *Rouget le braconnier.*

2417.	Angelo Rinaldi	*La confession dans les collines.*
2418.	Marguerite Duras	*L'amour.*
2419.	Jean-Jacques Rousseau	*Julie ou la Nouvelle Héloïse, I.*
2420.	Jean-Jacques Rousseau	*Julie ou la Nouvelle Héloïse, II.*
2421.	Claude Brami	*Parfums des étés perdus.*
2422.	Marie Didier	*Contre-visite.*
2423.	Louis Guilloux	*Salido* suivi de *O.K., Joe!*
2424.	Hervé Jaouen	*Hôpital souterrain.*
2425.	Lanza del Vasto	*Judas.*
2426.	Yukio Mishima	*L'ange en décomposition (La mer de la fertilité,* IV).
2427.	Vladimir Nabokov	*Regarde, regarde les arlequins!*
2428.	Jean-Noël Pancrazi	*Les quartiers d'hiver.*
2429.	François Sureau	*L'infortune.*
2430.	Daniel Boulanger	*Un arbre dans Babylone.*
2431.	Anatole France	*Le Lys rouge.*
2432.	James Joyce	*Portrait de l'artiste en jeune homme.*
2433.	Stendhal	*Vie de Rossini.*
2434.	Albert Cohen	*Carnets 1978.*
2435.	Julio Cortázar	*Cronopes et Fameux.*
2436.	Jean d'Ormesson	*Histoire du Juif errant.*
2437.	Philippe Djian	*Lent dehors.*
2438.	Peter Handke	*Le colporteur.*
2439.	James Joyce	*Dublinois.*
2441.	Jean Tardieu	*La comédie du drame.*
2442.	Don Tracy	*La bête qui sommeille.*
2443.	Bussy-Rabutin	*Histoire amoureuse des Gaules.*
2444.	François-Marie Banier	*Les résidences secondaires.*
2445.	Thomas Bernhard	*Le naufragé.*
2446.	Pierre Bourgeade	*L'armoire.*
2447.	Milan Kundera	*L'immortalité.*
2448.	Pierre Magnan	*Pour saluer Giono.*
2449.	Vladimir Nabokov	*Machenka.*
2450.	Guy Rachet	*Les 12 travaux d'Hercule.*
2451.	Reiser	*La famille Oboulot en vacances.*

2452.	Gonzalo Torrente Ballester	*L'île des jacinthes coupées.*
2453.	Jacques Tournier	*Jeanne de Luynes, comtesse de Verue.*
2454.	Mikhaïl Boulgakov	*Le roman de monsieur de Molière.*
2455.	Jacques Almira	*Le bal de la guerre.*
2456.	René Depestre	*Éros dans un train chinois.*
2457.	Réjean Ducharme	*Le nez qui voque.*
2458.	Jack Kerouac	*Satori à Paris.*
2459.	Pierre Mac Orlan	*Le camp Domineau.*
2460.	Naguib Mahfouz	*Miramar.*
2461.	Patrick Mosconi	*Louise Brooks est morte.*
2462.	Arto Paasilinna	*Le lièvre de Vatanen.*
2463.	Philippe Sollers	*La Fête à Venise.*
2464.	Donald E. Westlake	*Pierre qui brûle.*
2465.	Saint Augustin	*Confessions.*
2466.	Christian Bobin	*Une petite robe de fête.*
2467.	Robin Cook	*Le soleil qui s'éteint.*
2468.	Roald Dahl	*L'homme au parapluie* et autres nouvelles.
2469.	Marguerite Duras	*La douleur.*
2470.	Michel Foucault	*Herculine Barbin dite Alexina B.*
2471.	Carlos Fuentes	*Christophe et son œuf.*
2472.	J.M.G. Le Clézio	*Onitsha.*

Composition Bussière
et impression S.E.P.C.
à Saint-Amand (Cher), le 23 avril 1993.
Dépôt légal : avril 1993.
Numéro d'imprimeur : 749-694.
ISBN 2-07-038625-2./Imprimé en France.

63077